U0054705

街角咖啡館

陶然／著

時空再現，時空再造

——小論陶然散文

陳義芝

出生於印尼，中學回返祖國，自北京師大畢業後長居香港的作家陶然，即將在臺灣出版最新散文集《街角咖啡館》。

我與陶然相交十八年，只見過幾次面，在中國大陸三次、臺灣兩次，少則一二日，多則五六日，屬於生活層面的認識顯然不深。彼此矜持，也未必贈書，隔海通電話止於問安；他主編的《香港文學》，特別是每期由他執筆的〈卷首漫筆〉成了我遙遙默察其情懷、見解、人脈、動向的一扇窗：謙沖中有掩不住的神采，圓融中有清清楚楚的眼光，在新舊潮替中既堅持，也拓展。

我曾在文學媒體待過二十六年，深知編者與作者，拒迎之間有可道、可名，更有非常道非常名之藝術，狂、狷兩種心情交煎，躬耕與為他人作嫁，是不同的修行。

陶然一九八五年任《香港文學》創刊執行編輯，二〇〇〇年接替著名作家劉以鬯出任總編輯。我在一九八六年任臺灣《聯合報》首任副刊組副主編，一九九七年接替著名詩人瘂弦出任副刊組主任；二〇〇七年我離開媒體，陶然仍兀立在文字世界的中心。同樣出身中文學界，我們的薰習之路相近，所不同者，他在回歸前後的香港與大陸有更密切的往來，奔走於世界各地之頻繁，居華文世界之冠。所謂兀立在文字世界的中心，也包含這一旨義。各國的山川形勝、歷史人文，以及個人在「大時代」曲折的成長遭遇，使他胸藏說不完的人生故事，有道不盡的今昔滄桑，形塑了一顆創作心靈。

陶然是小說家兼散文家，論者以為「在陶然的文學世界中，小說成就最高」，北京師範大學新聞網報導傑出校友，稱許他的小說「呈現都市生活的多樣性和複雜性，又善於掘發人的情感世界，描繪人的精神成長歷程」，陶然的小說「大體上由『移民故事』、『香港故事』、『新編故事』三部分構成」。移民故事源於他的移徙經驗；香港故事顯示他的現實關注；新編故事則見其歷史意識。他的散文處理同樣的題材，可以當作小說的互文看，而比小說更直接表達個體的生活面相、心理、心情，袒露其人文素養與人間關懷。以之研究陶然的創作心靈，是珍貴文獻；作為探勘陶然作品的情感地圖，也是不可或缺的材料。

每一個作家終其一生都在處理一個屬於他的主題，陶然散文最重要的主題，莫非時間的感慨、懷古的意緒、滄桑的意識。

先說陶然的文學筆法，看他如何描寫香港茶餐廳中零零散散的座客，午前各自點一份三明治、叫一杯奶茶或咖啡，攤開馬經、看著電視螢幕、賭馬、吹牛、爆粗口：

有個中年平頭的漢子，我每次去，總見到他，拖著一隻哈巴狗，似乎與東主很熟，一進來，便大大聲揚手打招呼，然後找了個地方坐下，把狗鏈綁在桌子邊，兀自喝咖啡。自在得好像就在自家一樣，他跟老闆說：「……你就好啦，唔似我，周末都唔知去邊，留喺屋企老婆又嫌阻定，咩喇喇聲出來噴口水咯！」那壯年老闆陪笑道：「裴哥講笑啊！呢度小本生意，兩餐都難揾，世道艱難啊！」那裴哥咯咯笑，「禾稈冚珍珠，發達沒人知啦喂！事頭婆呢，又去打麻雀呀？好心佢唔好成日打呀，幫老公你收下銀都得啩？」老闆苦笑，「邊有你咁好命啊！」「你真係識得講笑，抵你發達！」「我都想，六合彩又唔中，×！」粗口張口就出。

以一小段市井對話，就把講粵語的、市場經濟的城市角隅，鮮活呈現。這篇散文藉外在事務，帶出各種各樣的人生，包括老闆娘、老闆的老爸、老侍者，以及物換星移的消息。

光看陶然的文題：「最憶是江南」、「秋涼大阪」、「這裡從前是漁村」、「都市人面桃花」、「登門，人已去」、「聚散如風」……就可見現世人生濃厚的變遷之感。以此變遷作為核心軸，他描寫切身的體驗與認識。獨到的哲理與情思，成為他散文的主要風貌：

大熱天坐在這裡納涼真好，可是我們終究不能久留。是的，誰非過客？只有這裡的花花草草是主人。（〈誰非過客？〉）

此刻夜晚漸濃，那海邊有閃爍爍的燈火，機場跑道依在，只是我再也望不到有甚麼飛機親吻它了……（〈絕響〉）

就在我前往移民廳蓋下十個手指印，立誓這一去再也不復返的那一刻，我已生生地切斷和出生地的天然聯繫。（〈航向北方〉）

> 閃光燈把夜景拍下來了，連同那「天津勸業場」幾個豎寫的大字，但拍不下多年的變遷。那位朋友沒有出現，我也沒問，多年不聯絡，總是有各人的理由，何必去捅破那薄薄的一層面紗？所有的東西，好好壞壞也都留在心底好了。（〈聚散如風〉）

如果沒有人生故事、沒有時間的嘆息，就不易逼出滄桑。陶然的散文，好就好在是人生故事，破除了散文寫真與虛構的爭辯。〈航向北方〉一文可說是他飄泊獻祭之作：青蔥十六歲，夢一般的年華，他從赤道僑居地啟程，搭上遠洋輪航向中國，落腳北京。幾十年後重回僑居地，「人事已經全非，斷了音訊，就像風箏斷了線一樣，飄然而去，無影無蹤」；陶然描寫海上航行，四月的黃昏，大海沉默，一團火焰漸漸向海面靠攏，猛然一躍沉入海的另一頭，隨即換景成月亮升起，星星滿天，那情景是意象，真像他履踐的人生。在華僑補習學校補習時，他遇到一位慈母似的Z老師；北京唸中學時，他遇到一位潑辣果斷後來遠去新疆的女同學L；還有出國奔喪從此轉去西德留學的C，以籃球為一技之長的歸僑學生組長L（又一個L）……各有各鮮活的形貌。陶然好用大寫的英文字母作人名代號，那些在他生命夜空劃過的人事，果真都是沒來得及駐留，已消失在人海裡的符號，但當他追憶，他說「往事悠悠，斷斷續續地又從我的心河中爆豆似地跳出」，成為青春勃發時代的紀念碑。

充溢在陶然筆下，為其思維形式、情感機制的懷古意緒，是他散文的另一特色。例如：〈戀戀廬山〉追憶《廬山戀》那部老電影，並踏查一九三〇年代蔣介石、宋美齡居住過的「美廬」，白居易遊廬山的「花徑」，朱元璋兵敗退走山澗的「天橋」，陶然鋪敘井然，增添了地景的深度。〈聲色光影〉一文，記香港電影工業之興衰，有文化史觀、社會風情、資訊分析，正是他熟悉的香港事務；〈熱帶風拂過〉一文講述雅加達如何歷經葡萄牙、印度、荷蘭、英國、日本，最後回到獨立的印尼手中，巴達維亞老城的「椰子島碼頭」令他想起當年登船飄洋的「鍋子角碼頭」。陶然不僅嫻熟僑居地與祖國的大時代背景，連歐洲行他的文化筆記也飽含情韻。渴望文化旅行的讀者，大可按圖索驥。

作為創作欣賞，陶然筆下最堅實的表現在於紀實細膩具體。這等白描工夫，是散文家最要緊的基本功，一個具備豐富閱歷的人有此寫生功力，則其散文一定扎實好看。以〈成吉思汗從這裡崛起〉為例，他先說草原景象的失落，續說騎馬感受，回頭寫航機初降的心情、勾勒呼倫貝爾的地理位置，接著寫哈達、羊肉餐、蒙古包、敖包，穿插成吉思汗歷史影集的描述，最後再回到呼倫貝爾湖畔即景與傳說。「要是完全沒有故事，只有湖水無聲蕩漾，恐怕也太寂寞了吧？」他說。不僅寫景、抒情，還講故事，不僅講自己的故事，也講別人的故事，時空經緯、古今交織，篇幅不長而格局不小，文筆樸實而寄寓實深，這就是陶然散文！

歡迎他的作品在臺灣出版，在臺灣遇見更多知音。

二〇一一年二月七日於臺北翠山

街角咖啡館

目次

contents

目次

contents

輯二　青春年華　087

輯三　山上山下　139

目次 contents

目次 contents

輯一　聲色光影

香港茶餐廳

走進興記茶餐廳，是下午茶時間，周末的食客不多，零零散散的，大多數是上了年紀的老漢，叫了一件三文治或多士，再來一杯奶茶或咖啡，便坐在卡座上，攤開馬經，一面看一面喝，好像在打發時間。忽然一場賽馬吸引了他們的注意力，紛紛轉過頭去，望向電視螢幕，看著馬兒衝向終點線，一個老者把手上的馬經大力一甩，用短促的聲音爆出一個粗口；其他人也都長嘆一聲。看來他們都是馬迷，每逢周末都來捧場，看那神情，大概也是輸多贏少的了。居然如此，為何還要賭？那老者笑罵：「有睹未為輸，誰知到下一場我就中呢？」那也是一個道理，你永遠不知道下一場怎麼樣，所以理論上永遠有希望。就像六合彩，明知中獎的機率微乎其微，但人們還是前仆後繼，一往無前；不給自己希望，那生活該多麼沉悶。

其實他們花一點錢，來到這裡，當然要給自己一個理由，實際上是打發時間。如果萬一馬兒跑出了，當然求之不得，回去可以跟黃面婆趾高氣揚地吹牛，假如一無所獲，也可以發洩一下，豪氣地說，給馬場鋪草皮。

然後與那幫麻甩佬神吹，從鄰里是非到國家大事，一會是小男人，一會是大丈夫，角色不斷演變，當中夾雜著短促有力的單字粗口，聽得人人莞爾。

有個中年平頭的漢子，我每次去，總見到他，拖著一隻哈巴狗，似乎與東主很熟，一進來，便大大聲揚手打招呼，然後找了個地方坐下，把狗鏈綁在桌子邊，兀自喝咖啡。自在得好像就在自家一樣。他跟老闆說：「……你就好啦，唔似我，周末都唔知去邊，留喺屋企老婆又嫌阻定，咩喇叭聲出來噴口水咯！」那壯年老闆陪笑道：「裴哥講笑啊！呢度小本生意，兩餐都難搵，世道艱難啊！」那裴哥咯咯笑，「禾稈冚珍珠，發達沒人知啦喂！事頭婆呢，又去打麻雀呀？好心佢唔好成日打呀，幫老公你收下銀都得啩？」老闆苦笑，「邊有你咁好命啊！」「你真係識得講笑，抵你發達！」「我都想，六合彩又唔中，×！」粗口張口就出。

這老闆有個老爸，我不知道他是自己創業還是老爸留給他的生意，他老爸有時也會來幫忙，收一下錢，或者繁忙的時候送點心，但他有些顫巍巍的，令人擔心他隨時會栽下去。所以他大部份時間都坐在櫃檯上，無事就看報紙，偶然瞥一眼電視，或跟著客人的話題陪笑。早上繁忙時間，人到中年的老闆娘還保持身材，坐鎮收銀處的櫃檯上，她戴著眼鏡，衣著舉止端莊，與周圍的氣氛不太諧調，只顧收錢找錢，一臉的酷，偶爾抬起頭來望一眼，也不大說話。

其實我已經許久沒來了，茶餐廳雖然裝修過，但格局沒變，客人似乎也沒變，左右兩邊靠牆是兩列卡座，中間一行是圓檯，配上幾張無靠背的櫈子；但那老侍者不見了，我沒好意思問起，只是懷疑他也退休了。上一次來，大約是大半年前了，我聽他和熟客聊天，他站在卡座邊，歎息道：「……唉！人又老，錢又冇，做埋呢幾個月，都要退休啦！行都行唔郁啦，即使老細唔炒我，我仲留喺度做得乜？費事留度現世！」而原來的中年女侍者也不見了，聽說她不久前在端茶時滑倒，跌傷盆骨。這茶餐廳經常抹地，有時正在吃東西，她便神不知鬼不覺飄了過來，喝一聲：「抬腳！」沒想到她竟會倒在她抹過的濕滑地板上。

我忽然想起十多二十年前的一個朋友，他也在茶餐廳做過，一有空他們幾個和大師傅便聚在一起打牌，總是輸多贏少，一個月發下的工資加上小費的總和，也總是不夠家用，他明明知道不對，但不能自已。「沒法啦，做這一行的，總是希望有意外之財，無端端發達！」無端發達恐怕很難，我後來也沒有他的消息，因為他也離開那茶餐廳，不知去向。

替換那老侍者的是一個中年人，風風火火的，咋咋呼呼的，幾次幾乎把客人的茶杯撞翻，老闆看在眼裡，忍不住出聲：「小心點啊華叔！」他也不以為意，只是淡淡一笑，依然故我。跑堂的阿嬸也換了，這新來的也人到中年，人人叫她肥姐，聽那口音，鄉音未改，估計是福建人，小心翼翼，滿臉陪笑，我要了一個茶餐，她問了一句：「走唔走奶？」見我望了她一眼，她趕緊解釋，「有的客人唔要奶，搞錯就唔好啦！」廚房是開放式的，有兩個大師傅在忙碌，其中一個瘦小的，大約是主力，他不停地在煎蛋、整三文治，另一個是戴眼鏡的中年人，繁忙的時候，他也客串跑堂的角色，一面抹額頭的汗，一面匆匆端茶端咖啡給顧客。

我本來認為，餐廳就是餐廳，那是吃飯的地方；茶室就是茶室，那是喝茶之處；兩者界線分明，絕沒有調和的餘地。沒有想到來七十年代初期來到香港之後，才知道香港有一種叫茶餐廳的地方。起初也不覺得有甚麼特別，也就是比較便宜的吃飯喝茶的食肆而已；但去的多了，這才發現它是街坊式的食肆，人多的時候，男的女的陌生人彼此擠在一起，沒甚麼人的時候你可以獨佔一桌優哉遊哉自得其樂，客人的衣著也很隨意，西裝革履固然有，他們大多是保險經紀之類，在這裡便喝茶邊拉客，也有做三行的工人下午茶時間歇一會，準備再戰。當然也還有像我一樣的街坊，只是喝一杯，填填肚子，吹吹水而已。

那天早上上班時間，陰晴不定的天氣忽然變臉，下起傾盆大雨，一時之間路上行人雞飛狗跳，這茶餐廳本來早上時段人就多，碰到雨天生意更加興隆，所有座位都無虛席。雨傘滴著雨點，紛紛插進櫃檯旁的水桶裡，在旁邊滴濕了周圍一地。那老闆忙得走動不停，一面吆喝：「交叉甜，外賣！」「咖啡外賣，走甜！」堂倌急步而來，端上我早先叫的早餐，牛油麵包煎雞蛋午餐肉，那杯咖啡重重放在玻璃檯面，發出「砰」的一聲，香氣熅熅而來。我聽著那雨聲嘩嘩地打在玻璃門上，暗想，這時分，最好就躲在這裡笑看風雲。

最尷尬的，是在繁忙時段要搭檯，但這是茶餐廳慣例，牆上便貼著告示：「四人位，繁忙時間請合作」，已經講到如此明白，你還能不乖乖就範？卡位上面對面坐著一個陌生人，已經很不自在了，如果是個年輕靚女，就更加不知如何是好，望也不是，不望也不正常，最好趕快交錢走人。

雖然香港茶餐廳的絲襪奶茶很出名，但我從來也沒喝過，因為心理上抗拒。以「香港茶餐廳」命名的餐廳，在內地已有多家，可見其名的吸引力有多大。在蘇州大學，也有家「香港茶餐廳」，我們在那裡吃早餐，C問我，「要不要試一下你們香港的奶茶？」我敬謝不敏。也許是保守，但不必勉強；喝東西罷了，在香港已經喝不慣奶茶，人在別處，也就沒有必要強自己所難了。

二〇〇九年三月二十日

（刊於《百家》雙月刊第三期，二〇〇九年八月）

街角咖啡館

那天C來電說，下班後喝杯咖啡吧！

這才省起，實在已經很久沒見了。都市節奏就是這樣，人人都被綁在時間的戰車上，往往不能自主；想要偷得浮生，談何容易！

還是約在老地方吧！那間街角的Delifrance。到了那邊才赫然發現關門，好像在裝修的樣子。我心中狐疑：以後那熟悉的招牌還會不會重現此處？

今天上午經過，已經重新營業，依舊是餐廳，但不再是Delifrance，它搖身一變，成了Pappa Gallo。原來，從法國搖身一變成為義大利，僅僅是一步之遙；何況，不管是那一家還是這一家，也都供應散發嫋嫋香氣的「卡巴仙奴」。但是，顧客明顯地少了。這街角的地段甚佳，人流很旺，九點半理應在星期天早餐的高峰期內，我從那偌大的落地玻璃窗望進去，已變得煥然一新的義大利餐廳，裝修得比它的法國前身要講究許多，但，只有一個中年人在低頭寂寞用餐。記得最後一次到那家Delifrance，是去年十月底的一個星期天下午，我與一位來自美國的朋友相約，哪裡想到竟然滿座，逼得我們只好站在街角匆匆說了一會話便道別。憶起那個人群晃動的下午茶時間，我腦海裡便盤旋著「租約期滿」四個大字，猜想必是因為業主加租，於是演化成了這樣一種老闆更新、招牌轉換的故事。

這餐廳對面的「澳門茶餐廳」，位於另一處街角，這個連鎖餐廳，老是人滿，不論甚麼時間去，幾乎都會見到門外有食客排隊輪候入座。因為慕名，有好幾次企圖光顧，但每回都給那氣勢嚇退。在它傲然挺立在這拐角處之前，這裡一直都是西餐廳，也數不清換過多少個老闆幾多種招牌，全都以結業告終。說是風水吧，同樣一個地方，怎麼一家家都撐不下去，唯獨這澳門茶餐廳開得紅火？看來，街角的咖啡館，雖然佔了地利，受不受歡迎，還有其他因素，包括不可知的因素。

都說近幾年香港的咖啡館明顯地多了起來，走在路上，冷不防一陣咖啡飄香便撲鼻而來，在寒冷的冬日裡，尤其叫人心中騰起一股溫馨的感覺。但說起咖啡館，不能不提及天下聞名的巴黎咖啡座，前年冬天的一個夜晚，我們正在塞納河畔的拉丁區走著，冷風乍起，凍得直哆嗦，便一頭紮進巴黎聖母院旁邊的一家咖啡座，聽那鐘聲在寒夜裡沉沉盪開，叫人想起雨果的著名長篇《巴黎聖母院》，懷疑夸西莫多在敲鐘。位於塞納河南岸的拉丁區，星散著歷史悠久的巴黎的大學，它因當初走動在區內小街上的大學生們都操著一口流利的古拉丁語而得名。這些大學生們在小咖啡館喝咖啡，也在小酒館喝酒；他們不是朗誦就是爭辯，有時狂歡一旦一言不合便扔出白手套決鬥。如今，古拉丁語不再流行，決鬥也成了歷史，但大學的文化氛圍卻保存下來了，遊人們來到這裡，總不免要到當年藝術家哲學家們坐過的咖啡館喝一杯。我們不知道這家咖啡座的歷史，不知道它當年是否也是大學生們流連的地方？我們偶然闖入，只是為了喝杯熱咖啡取暖。去年春天也是在巴黎，那個下午，L陪我逛了好來塢電影《花街神女》拍外景的現場「花街」，沿路扮成過客，其實是邊走邊觀察佇立在門廊下的神女；大概時間還早，企街的女郎不多，而且都是中年，叼著一支煙；並不曾見到年輕一族。之後，我們信步走著，見到一家街角咖啡館，便進去歇腳，剛喝一口咖啡，冷不防就遭遇《卡門》，那旋律頓時烘托了人在「花都」的微妙感覺。真正享受咖啡，還是那天傍晚，幾位在巴黎的朋友，請我們到聖日爾曼大街，喝那種巴黎人愛喝的兩口便喝完的咖啡。這咖啡座也處於街角，室外的露天座位已經客滿，我們好不容易才在室內就座，咖啡飄香，人聲營嗡，堂倌來回奔忙，直把夕陽趕進地平線下。原來，這大名鼎鼎的「雙猴」咖啡座，是當年海明威、沙特等現代主義作家聚集的地方。巴黎的冬天日短夜長，離開的時候還不到五點，但天已大黑，昏黃的街燈盞盞燃亮；巴黎的朋友指著鄰近另一家亮著霓虹招牌的咖啡座說：那是「花神」，也是海明威他們當年常去的地方。

但也不是只有海明威才能使得咖啡館發出光彩，不同的地方有不同的風采。茅盾的故鄉烏鎮，是江南水鄉小鎮，至今，村鎮味道依然濃厚，但現在在那街角已有一家咖啡館，名字甚為東洋風：「伊藤咖啡語茶」。當年茅盾離開的時候，這裡肯定沒有咖啡館，茅盾當然也沒有在家鄉咖啡館喝過咖啡；秋天的夜晚小鎮靜靜，我們一腳踏入這偶然發現的「伊藤」，室內一片漆黑，只有輕音樂悠悠飄盪，隨著我們進入卡座，頭頂上長圓柱形燈罩內的燈光才溫柔亮起，旁邊還有幾對鞦韆式的搖椅寂寞等待情人的到來。喝一杯愛爾蘭咖啡，咖啡座雖然因沒有茅盾坐過的歷史而失色，但卻又有鄉間氛圍的奇異感，那是一種村鎮鄉土味與西化咖啡情節的矛盾，可是，這矛盾又讓偶然闖入的遊人，在這樣的夜晚獲得靈魂極度鬆弛的時光，甚至打烊時間到了，也還流連著不捨離去。老闆笑嘻嘻地說：沒關係，坐吧坐吧！但我們難道真的可以興之所致，一直在那裡坐到天明？難忘的還有無錫歐風街的「尚典咖啡」，比起烏鎮，這裡自然洋化得多，一杯「卡巴仙奴」，竟引來現場的鋼琴獨奏，叮叮咚咚將涼涼秋色敲進夜裡；那落地玻璃窗外側，潺潺瀉下無數條彎彎曲曲的水流，我本以為是室外夜雨濛濛，仔細一看，原來是人工特意製造的效果；那營造的氛圍，果然獨出心裁。這和坐在湖州「雨果咖啡」的卡座同喝咖啡，燭光閃爍搖動的面影，即使是一樣的情致，外觀上卻是大異其趣。後來一想起「尚典咖啡」，總覺得那是一片鋼琴聲穿過江南漫漫秋夜的意象。可是，我不知道何日可以重臨，即使真的可以再來，或許也是別一樣的情致別一樣的心思了。在現實生活中，重歸的足音，實在太難不染上歲月沉重的風塵。

還記得在北京建外大街街角邂逅Starbucks，同樣是在秋夜。它室內佈置簡單，沒有燭光也沒有鋼琴，角落的沙發有一對西方中年男女在細語。我靠窗坐下歇息，望著街燈下車水馬龍、人來人往，一個十來歲的小女孩突然不知從哪裡竄了出來，手持鮮花，站在我旁邊，不斷重複地說：先生，給您的女朋友買一束花吧！那種不顧一切的固執的溫柔，叫人不忍開口拒絕。回頭再喝，那杯美式咖啡已經微涼，甜味中透出些微苦意，只有香氣嫋嫋，依然如故。

是的，偶然闖入的地方，可能會有小故事，但可能也沒有，今年大年初三在澳門，中午走出葡京酒店，憑印象拐入馬統領街，果然找到街角的「雅谷餐廳」。四年前也是在這裡吃葡國餐，喝杯咖啡；於今環境未變，甚至有的侍者也還面熟，只是換了不同的顧客。但有些變化，恐怕是不容易從表面一眼看出，比方歲月的流逝，比方人們的心情。並不是小城無故事，只是忽忽過客無力追蹤罷了。

最隨意的，還是在香港偷得浮生。那家Pacific Coffee飄散著陣陣咖啡香味，我坐在溫軟的沙發上，鄰近有幾個年輕男女在悄無聲息地滑入網上世界。已經記不清是巴黎的春風還是東京的夏日、北京的秋陽還是倫敦的冬雪，那些捎來的異地情態，剎那間澎湃我的腦海，我靜靜傾聽那絮絮細語，靈魂早已越過千山萬水，悠然翻飛；在這樣慵懶的時刻，時空凝聚在眼前，沒有間隔，顯得意味深長。

好一個自我放逐的週末下午，在街角的這座咖啡館獨飲，甚麼都想，凌亂的；其實，原來甚麼都不想。室內歌聲飄盪，輕輕、悠悠、懶懶，溢滿心間。

二〇〇五年二月十二日

（刊於《作家》二〇〇五年四月號）

天涼時分

秋雨擊在玻璃窗口上，一陣緊一陣鬆，像戰鼓聲，但並沒有戰爭，也許有暗湧陣陣；望向窗外，天色陰沉，雲層壓得很低。昨天明明還是熱浪翻滾，今天天氣卻變了臉色，天有不測之風雲，信焉！

冒著雨勢去吃早餐，雨點打在傘面上，一路上滿懷溫暖，心神竟有些恍惚。這天氣，最好就是躲在茶餐廳，一份炸兩，一杯熱咖啡，可以驅冷；就像在灣仔那條小巷閒坐那樣，悠閒而自在。但這裡雖有咖啡，卻沒有炸兩，只有豬腸粉。那雨傘在門外的水桶裡擱淺，擁擠的滴水溢出，差不多的顏色和款式，讓粗心的主人認不大出自己那一把，離去時幾乎錯領了另一枝。

但入口的竟是越南小館的魚丸河粉，據說是手打的，如今早已是機器批量生產的時代，人工的便生出爽口的優越，但出於賺更多錢的需要，傳統只好讓位，這大概是社會發展的規律，不知是幸，還是不幸？只有那越南咖啡冒著白氣，嫋嫋升上天花板，留下一室香味。

這銅鑼灣的早晨，好像是秋天永恆的約會，踩著固定的節奏而來，周而復始。也是在一個晚上，那個雨夜，匆匆闖入一家越南餐廳，竟寂靜無人，那原本充滿一屋的熱帶風情盪然無存，只有那雨點打在玻璃門的聲音，沙沙沙的，似熱帶的陣雨，迷惘有如《時光旅的戀人》。這時有一對男女，女的戴著口罩，我正納悶，她已經把它脫下，露出一張青春的臉，哦，豬流感橫行啊，不說人人自危，但適當防範還是必要的。就像那天中午在機場，人流中等候，竟看到綠色口罩推著行李車，緩緩出來，在那一剎那，還真有疑幻疑真的感覺。去喝一杯咖啡吧，加上一塊芝士蛋糕，這中午真有太平洋的感覺。但上環那老式茶樓卻以它的順德點心屹立，穿著舊式白衣的侍者都上了年紀，推車叫賣的阿嬸也不再年輕，點心單子寫好，就往桌底一塞，連茶客都大多是街坊裝，看報閒聊張家長李家短，議論時事縱橫俾睨，口角生風；完全是另一種風情另一種姿態。一抬頭，但見牆上貼著蓮蓉月餅的廣告，哦，中秋就在眼前。

是中秋之前吧，雨剛下過，維園水泥地球場上濕碌碌的，中秋花燈高掛，照亮一方天地，有幽長低遠的色士風在暗地奏起，卻看不清聲源來自何方。此刻溫暖從天而降，就像天風一樣神不知鬼不覺。跟廟街那街邊的露天演唱又自不同，大概屬業餘性質，那曲調有點荒腔走板，觀看的人大多在街對面佇足，一見歌者持著盤子走來，觀眾全都一哄而散，瞬間躥得一乾二淨，只留下《帝女花》的歌聲，在寒風中顫抖。想來他們的表演，恐怕不如廟街歌廳吧？至少有玉照有名有姓貼在門前，二十元一張入場卷，還有熱茶奉送。歌聲間歇飄來，我從門縫中偷窺，但見裡頭列著幾排椅子，不見觀眾，場面寥落。本想進去看個究竟，忽見門前有幾條漢子，穿著短袖圓領衫，抽著煙，講著粗口，歪歪斜斜地站在那裡。一想裡面不知是甚麼環境，儘管門口一位阿嬸嚷道：「來啦來啦！二十蚊一位！好平啦！」我們終於還是倉皇退卻。

中秋前夕心血來潮，上山頂看月亮。有多少年沒去山頂了？明知這夜必定人山人海，也義無反顧地加入彎彎曲曲的長蛇陣，纜車起點站只聽見男呼女叫，南腔北調，人龍緩慢前進，到底還是有秩序地到達。可是還有回程要趕呢，一群中學生模樣的十幾歲男女，活蹦亂跳，青春逼人，排著隊，走幾步，隊伍停下，他們便鬧著一團，回過身來，擺著V字手勢，嘻嘻哈哈，照張相。可是我已沒有那閒情，山頂的月亮又不露臉，只有涼風繼續吹。

都說那裡有飯吃有歌聽，你要是喜歡，還可以隨著樂曲在舞池飄一回，但我是那麼落後，夜總會早已歇業，白天門面冷冷清清，只見清潔大嬸在掃地，她抬起頭來，大大聲地說，「早就『執笠』，而家仲有邊個來呀？唱歌都去卡拉OK啦！」衰老的夜總會基本已經遁入歷史，只留下遙遠的記憶，燈光閃爍，舞步滿場飛奔，在懷舊歌聲中任人憑弔時光太易衰老。那個沸騰的夜晚，蘭桂坊出奇地落寞，四周靜靜，登樓重溫「一九九七」，昏暗燈光下空盪盪的，只有兩桌人在喝悶酒。播出的南美歌聲如潮，風情似海濤，水果沙律和芒果汁在前，拍一張照片留念，那一刻的笑臉定影，卻擋不住時光傾斜。下樓踱入那家雪糕專門店，街上人來人往，咖啡雪糕入口冰冷而甜蜜，當街不顧儀態，瞬間回到了天真時代，這夜晚，這夜晚！

戴上高爾夫球眼鏡如扮黑社會電影中的大哥，其實只是眼睛酸痛，遮陽而已。這眼鏡越洋而來，護住的是我的眼神，免得一觸即發。而太陽依舊從東方升起，雨天不再，驟涼的天氣頓失，大概又要回暖了吧？

二〇〇九年九月二十七日至三十日，銅鑼灣皇悅酒店；
十月一日至四日，灣仔衛蘭軒酒店；
十一月二十七日定稿。

（刊於《文匯報・文藝天地》，二〇〇九年年十二月十八日）

聲色光影

時間回到一九七四年夏天，我剛從北京移居香港的次年，我在北角新光戲院看紀錄片，那屆世界盃由東道主西德對荷蘭的決賽，當時荷蘭的十上十落全攻全守型踢法，風靡全球，我自然也心儀，並從此成為荷蘭的球迷，至今不變。結果當然有目共睹，荷蘭以一球之差功敗垂成。那片子紀錄了過程，歷史就這樣寫下。

其實我極少觀看紀錄片，奧運也只是從電視上挑喜歡的直播比賽節目來看，更不會賽後去追看紀錄片。

但香港的電影，確實有其獨特的文化特色，當時香港的電影院都是上千人的座位，滿座的時候，全院黑壓壓的一片，現在回想起來，真是壯觀。特別是七十年代中期，我還記得，在北角皇都戲院觀看李小龍主演的《猛龍過江》的盛大場面，戲院外面人山人海，賣零食的小販推著車子叫賣，生意興隆。那時還有樓座，電影院是有專人操控的電梯，侍者穿著紅色制服，拉上閘門，「老爺電梯」便冉冉而上，把我們送到樓上。

幾十年來，香港一直是僅次於美國好萊塢及印度寶萊塢的第三大電影工業基地，即使遭遇上世紀九十年代中期開始的電影工業危機，加上一九九七年七月一日中國收回香港主權，香港電影依然保持其自身獨有的特色和魅力，繼續在世界影壇佔有重要的地位。

香港電影是華語電影的先驅者，因為香港是整個大中華地區最先接觸電影的地方。華語電影被分割成香港、中國大陸、臺灣和新加坡四個板塊，香港並成為華語世界以至東亞的電影製作基地。香港電影工業幾乎沒有政府資助，香港也沒有對外來電影實施任何進口限額；由於一切交給觀眾和市場去決定，所以香港一向注重滿足觀眾口味的商業電影，如周星馳「冇厘頭」式喜劇和成龍動作片所主導。此外，也經常把成功的電影翻炒，或者開拍續集。

香港有一個發展完善的「明星制度」，在這個制度下，也由於香港以粵語為主，影星與粵語歌星重疊，比如劉德華、梅豔芳、張國榮等人便是其中的佼佼者。香港電影成為文化主流，在世界各地也經常被模仿，近年影響更在好萊塢的動作片中顯現出來，有些電影，比如劉德華、梁朝偉主演的賣座電影《無間道》，更被好萊塢購去版權，拍成好萊塢的《無間道風雲》，回過頭來在香港公映。

當然，香港也曾有過較高級而又顧及票房的專門放映外國片特別是好萊塢片的大型電影院，如「碧麗宮」，門票雖然稍貴，但其沙發式的寬大座位及可以隨便伸展雙腳的空間，至今令人懷念。一進門，便給人以舒適的感覺，不但是環境，連氣氛也格外不同。記得九七年結業那一晚，到散場時，許多影迷久久在大堂徘徊不去，或者照相記住這一刻，或取走甚麼留念。但商業社會的步伐不能阻止它改建成商場的巨大誘惑。曲終人散，大門砰然關上，又一家電影院「陣亡」了。如今香港只剩下一兩百人的迷你電影院，當初有誰能夠預料得到！

即使現在電影票已加價到五六十元一張，電影依然還是香港最廉宜的娛樂，也最為年輕人所歡迎。商業電影固然大行其道，但藝術片也還有市場，比方「百老匯電影中心」就是專門傾向不太靠攏商業價值之路。當然這也是相對而言，即使在這裡首映的像《泰坦尼克號》（港譯《鐵達尼號》）這樣的片子，也首先考慮的是它具有票房吸引力的大片。這也很正常，沒有票房就沒有收入，也就沒有資本營運，沒有人會和錢過不去，尤其商業社會更加如此。但是香港的影迷還有一層幸福，他們還有一年一度在四月舉行的「香港國際電影節」可觀看，即使再另類，再少數，也可以在那裡找到「至愛」。

其實非主流電影在八十年代的香港電影市場曾經十分活躍，市場接受新類型的態度、製作人資源的充裕度和留洋回港的新電影人剛從電視圈吸取一定的經驗，令香港的另類電影或者藝術電影得到發展的空間，產生了像許鞍華、嚴浩、方育平等「新浪潮」的電影製作人。到了八十年代後期，「新浪潮第二浪」逐漸冒起，年輕導演如關錦鵬、羅卓瑤及王家衛等陸續拍出有特色的作品，九十年代開始這些導演的作品在各地的影展和影評人中引起注目，特別是王家衛的《重慶森林》、《春光乍洩》、《花樣年華》，關錦鵬的《胭脂扣》、《阮玲玉》等等，使到香港電影在國際上獲得認同。

當然也有問題。八十年代末期，香港本土的門票已開始下降，只是由於得到區域觀眾的支援，所以能夠維持到九十年代，到了中期，電影業下滑，收入減少一半。九十年代末期，電影的製作從九十年代初的超過二百部，減產到約一百部。好萊塢電影經常成為票房冠軍，為幾十年來所僅見。香港影業的停滯，主要是因為過去的電影太重娛樂成分，片商只希望以低成本製作和不太注重劇情的電影來賺錢，在觀眾水平越來越提高的情況下，只有捨香港電影而改看其他電影了。有人將香港電影的不景氣歸咎於盜版的猖獗，這其實並非主要原因，電影公司的老闆只顧賺錢不顧電影素質，才是致命傷。在市道低迷的情況下，《古惑仔》、《少林足球》、《無間道》、《黑社會以和為貴》等，都證明了香港電影的魅力，證明市場還有反彈空間，問題在於片商再也不能存在僥倖心理，認真製作，才會有回報。

二〇〇八年八月五日

（刊於《香港作家》雙月刊第五期，二〇〇八年九月）

西行，在記憶中

好多年沒到西環了，地鐵不到，只好搭小巴。從鰂魚涌過去，又停又開，兜兜轉轉，我沒有去過那地方，好在事先和司機打了招呼，差不多一個小時，車子停在「西寶城」前面，「金龍船」就在二樓。

小巴駛經的路，似曾相識，上環的海味舖依然故我，那吊在各自門前的鹹魚乾貨，招牌式地引人，當風吹來，空中飄來的味道還是那樣嗆人，但生活在這一帶的人，恐怕早已習慣那味道，或許一旦失去了這種味道，一時還難以適應呢。人的慣性勢力，有時是很強大的呢！比方這西環，我的想像，始終停留在那個時候，一九七四年吧，當時我的一篇散文被發在《海洋文藝》試刊號的「青年之頁」上，心中的快樂無於復加。當時還不流行以支票付稿酬，稿費便要山長水遠地跑來西營盤領取。我記得，那是藏在巷子裡的印刷廠的寫字樓，平房，不用上樓。那裡有幾個人辦公，光線不足，好像門口也沒掛甚麼牌子，一進去，說領稿費，便有一位中年女人出來接待，稿費裝入信封裡，叫我簽收。後來變成了「作者」，認識了編輯部的人，才改到中環的辦公室取款。

我已經不記得那巷子叫甚麼了，但很短，似乎是死胡同，離皇后大道西只幾步路。那以後我再也沒有再去過，它現在到底還在不在？

剛移居香港的時候，其實我也不時在那一帶出入，主要是和那裡的朋友喝下午茶。記得我的第一本長篇小說，便是在上海書局出版。在五六十年代，上海書局曾執香港出版界牛耳。一九七八年的夏天，當時的總編輯趙先生約見我，約寫一部長篇，我們在這裡的一家餐廳見面，並敲定大綱。我至今記得他和藹親切的笑容。出版後，他又約我寫一本反映青年人生活的中篇，那天下午，在銅鑼灣的「美心」（即當時的「利舞臺」戲院，現在「利舞臺廣場」）的對面，我們一面喝著咖啡，我把大綱交給他看，他很快就認可了。聊天時，他談起接觸生活，他說，作為寫作者，甚麼生活都要瞭解一下，比方三級片也應該看一看，但話雖這麼說，但我還是不夠膽，要是給人看到，我也怕人家說我這老頭「鹹濕」呢！當時是一九八〇年，那樣的顧慮當然也是普遍的，不是他獨有。他以老前輩的身份，如此坦誠，令我刮目相看。其實我和他並無深交，但後來我住院，住在銅鑼灣法國醫院，他竟也特意跑來探病，還帶了兩瓶葡萄適，令我特別溫暖。聽說他除熱心之外，為人也很低調，每年加薪，他也不出聲，認為斤斤計較名譽待遇，有失文化人的人格。後來他離去了，他說，出版社的方向都改變了，留下來也沒甚麼意思了。他表示不反對出些賺錢的書，但因此少出甚至不出文學書，他無法同意。不久，這個當年當過歌劇組負責人的老人，便移民加拿大，後來他也回過香港，我們在上環一家茶樓喝過茶聊過天，還相約再來便相聚，豈料二〇〇二年底，消息傳來，他已在年前於加拿大去世。我所能做的，只是在我主編的《香港文學》發表他老友的悼念文章，以寄託哀思。

小巴又停又開，穿插在街頭巷尾，窗外閃現的舊樓似曾相識，那時無聊，曾與Y坐過電車，從鰂魚涌叮叮噹噹地浮過北角、銅鑼灣、灣仔、中環、上環到西環，在屈地街總站下車。那裡有一家單身男子公寓，堆滿了雙層床，Y便是居住在這其中的一張下格床上。人多而雜，出入自由，那不是私人物品很不安全嗎？Y苦笑，最要緊租金便宜。那時是七十年代中，我不知道香港還有這樣的地方，回來跟一個老香港提起，他還不怎麼相信。

Y在內地時有個學生C，中學都還沒畢業，來到香港，憑著英俊的外表、挺拔的身材，考上電視臺藝員訓練班，頓時成了我們心目中的「偶像」，在那公寓裡，他便常常模仿電視主角的動作，一會做談情狀，一會做中槍手掩胸口倒下狀，倒也給沉悶的生活增添了一點樂趣。他當時在「邵氏」獲得了一個配角角色，我們以為他會大紅大紫。Y還曾帶我同去清水灣「邵氏」片場找他參觀，還在配音室看配音演員為羅烈主演的電影《三狼案》配音，當時國語片是主流，粵語片被標籤為「七日鮮」的「粵語殘片」，不配上國語，市場上行不通。

正當我們看好C的時候，聽說他和一個新晉女星相好，又聽說吹了，他又追到一個太子女，在影圈傳出的許多風流艷史之後，他忽然銷聲匿跡；很多年之後的一個傍晚，我下班經過皇后大道中，巧遇多年不見的Y，他已改行做保險經紀，他還問我，公司有沒有保險做？看來也不甚得意。我問起C，他說已多年沒有消息了。在影圈混出個名堂來，談何容易？

我那時還跟著Y去買過馬，但我平時並不留意，對馬匹的狀況根本一無所知，只好把「金玉滿堂」配上「草上飛」，變成「金玉滿堂草上飛」，好聽就行。Y笑道，人家一大早就起來看馬兒晨操，觀察牠們的狀態，你倒好，這樣取巧，哪裡會中？幸好我只是「小賭怡情」，投注額小，也沒怎麼期望回報。也就投注了兩三次吧，連投注也是由他打電話代勞，至今我也弄不清楚怎麼個買法。

我會想到出書，也是因為Y，他無事編了一本國語會話手冊，我幫他編了一兩篇，雖然稿費不多，但畢竟是他的產品，拿在手裡，格外興奮。這也促使我後來見Z，從此踏上出書之路。想想，這也是我的一段西環緣份。

而我今夜來到西環，來到「金龍船」，是為香港大學駐校作家的歡迎晚宴。而老朋友C，正是那位駐校作家。

二〇〇九年四月七日

（刊於《百家》雙月刊第四期，二〇〇九年十月）

電車悠悠行

頭一次搭電車，還是兩角車費，有個售票員坐在車尾負責賣票收票。那光景早已沉入歷史，如今說起，不但孩子們瞪大眼睛，表示不信，連我們自己也有點懷疑，曾經有過那樣的時候麼？

過去了的東西，不能倒流，就如時光流逝一樣，無法追回。在香港島叮叮噹噹轟響的電車，也被法國公司分了一半股權，這世界沒甚麼是不變的，電車也一樣；但即使如此，它還是香港至今最便宜的交通工具。

有些人特別是年輕人，可能會嫌電車老態龍鐘，車速又慢，香港人一切都講快，講求效率，當然不能忍受；但其實也不盡然，電車上不盡是老人，也有好多男女學生，甚至衣冠楚楚的西裝友，至於速度，雖然肯定不如的士巴士，卻不一定比小巴慢多少，因為小巴不時在途中兜兜轉轉兜客，這裡停一下，那裡停一下，直到客滿才風馳電掣飛奔。這就讓人想起龜兔賽跑的故事，你坐在小巴裡，永遠也不能掌握自身的命運，一旦坐上去，你只好不去計較快慢了。電車就不同，總有個大概時間可以預計。

不記得第一次坐電車是甚麼時候了，只記得車費似乎是兩角。當然那時的兩角，比現在的幣值要高得多，那時一份報紙也就是兩角錢，但乘上電車，叮叮噹當從筲箕灣開到屈地街或堅尼地城，或者在銅鑼灣分岔，由「銅鑼灣廣場」左轉，到「利舞臺廣場」右轉再左轉黃泥涌道，經跑馬地直達總站；由頭至尾，不論路途長短，也都一律兩角錢；怪不得那時沒事的時候，便呼朋喝友搭電車兜風去。

那時剛到香港不久，人生地不熟，粵語也不通，一時找不到工作，便在天后廟道一家夜校學習，我本來對電器一竅不通，只是一個朋友的建議，抱著試一試的態度，其實也是為了擴大視野，打發時間而去。在那裡認識的一個同學，有一晚，課後提議一起去遊車河，我也沒細想，便一口答應。其實我對他的背境一無所知，回來一說，他們大吃一驚，勸我小心。那時我初來乍到，根本不清楚社會險惡。我們搭電車到了西環，找了個高坡，席地坐下，望著住宅區點點燈火聊天，夏日清風拂來，不知夜之既深。對於我來說，這無異於小小的社會實踐，只是那麼一次出遊，也明白社會雖然並不單純，但也不像我想像中的另一種極端，到處是陷阱。

有一天上午，閒極無聊，便乘著電車，到灣仔下車，到當時在修頓球場附近的「南天書局」，記不得是幾樓了，只見裡面燈光幽暗，有個老闆似的老者看店。我匆匆地抓了一套四本的《碧血劍》，還有大仲馬的《基督山恩仇記》，便交錢走人。出了門口，回頭一望，忽見有一張貼著相片的「悔過書」，一看，原來是學生偷書被抓獲，當眾留下字據。怪不得那人目光陰沉，老跟隨著讀者的身影轉。

那個中午，Y帶我上北角，當時，北角電車總站有間室內餐廳，大排檔式的，供職員用餐，也對外開放，價錢相對廉宜。我們就在那裡吃了海南雞飯，然後搭電車西行，是平日，又是起點站，這時分電車沒多少人，我們坐在上層的座位上聊天，一路上風從兩邊吹來，都不知有多舒服。

到了堅尼地城下車，我才想起要打電話，走過一家擺賣水果的鋪頭時，見到有一架黑色電話擺在那裡，那時電話是用輪盤式，要一個號碼一個號碼轉圈撥，哪有按鍵那麼方便？手機更不用提了，那時還沒誕生呢！我剛撥機，Y站在旁邊，急促地提醒我，「快！人家要做生意呢！」並用眼睛瞟了一下旁邊的牌子，那裡寫著：「商業電話，借用只限三分鐘。」我快快撥了，快快收線，舒了一口氣。儘管好像給人催著，有點不舒服，但那人情味，還是給人很大的安慰。

夏夜的晚上，無聊的時候便搭電車東行，那時的筲箕灣電車總站還在「永華」電影院附近，與它隔街遙遙相對的是「冠南」酒樓，酒樓前有個報攤，因為在轉角處，來往人流很旺，生意極佳。如今電影院和酒樓都已消失，只剩下報攤做歷史的證人。

那時英皇道到了末尾，為一塊巨大的山石阻擋，必須向左拐，後來那山石被炸為平地，原地建成康怡花園和康怡廣場，右邊拉直成一條直路，叫康山道。那時從英皇道一路下去，西灣河警署、太古城、太安樓，許多教科書書店，燈火由暗到明，又漸漸由明到暗，筲箕灣到了。當然當時還要沿著彎路拐左，現在路已然拉直，電車也就可以直線行駛，經「吉之島」前面，向前駛去。

別看電車冰冷，它也有柔情的一面，那天上午搭電車上班，開到維多利亞公園附近，忽然一隻黃色的蝴蝶翩翩飛來，一頭闖進車廂裡，原本在閉目養神的乘客，聽得一陣喧嘩，紛紛睜開眼睛，加入指指點點的行列。蝴蝶在人叢中飛舞，沒人去撲打牠，只是吱吱喳喳地議論，蝴蝶看來有些慌亂，亂飛已看不出甚麼章法，一個上班族似的女孩直指大開的視窗，嚷道：「從呢度飛出去啦！」

不久牠真的從那窗口飛出去，一下子就飛得無影無蹤。於是電車裡又恢復平靜，打磕睡的繼續打磕睡，閉目養神的繼續閉目養神，聊天的繼續聊天，好像甚麼事情也沒發生過似的。「鐵漢柔情」，突然這句話沒頭沒腦地竄進我的腦海裡，西去的電車在銅鑼灣右拐，又叮叮噹噹沿軒尼詩道，穿過鬧市開去。

習慣了有電車的日子，即使不坐也好，它那叮叮噹噹的聲音，成了生活中的一種風景，並非不可缺乏，但萬一消失，卻又好像少了甚麼。幸虧，至少在可見的將來，它似乎還會在港島留存下去。東去，西來，橫穿香港島，它轟響了一百零七年，歲月無情，它敵得過歷史風塵麼？但我卻明明聽著它一路唱著鋼鐵的歌，來來往往。

二〇〇九年四月十五日

（刊於香港《文匯報・文藝天地》，二〇〇九年九月十八日）

秋夜赤柱

沒想到週末晚上七點半已是末班車了，這班從北角開往赤柱的巴士；可見夜間乘客一向不多。上了車，果然冷清，赤柱我當然去過，只不過都在白天，最多入夜便離開，這般夜遊，倒是第一回。

車子在半山蜿蜒而行，空曠的藍色夜空，一顆孤獨的星，安靜而耀目，就那樣掛在東邊，直牽動心潮在寧靜中起波瀾。久居鬧市裡的水泥森林，星星月亮早就消失在視野中，此刻重拾那種大自然的感覺，已流逝的歲月，又在剎那間汩汩回湧。記得那年在新加坡，中午逛水庫公園，抬頭見到白色月亮，想要掏出相機，它卻一頭鑽進雲層，再也不肯露面。這一次本可拍照，但心思已經墮入那氛圍，竟忘記將它攝入鏡頭，等到驚覺，車子已經下坡，移步換景，哪裡還有甚麼星星？可是那場景卻永遠留在我的腦海，澎湃著不肯退潮。

晚上的赤柱廣場並不熱鬧，只有幾個年輕人在打打鬧鬧，我們乘扶手電梯下到海畔，美利樓靜靜立在那裡，大概是在進行甚麼工程吧，海畔給圍住，無法接近，只好遠望那中式瓦面斜頂，默默回想樓內那仿希臘復古式圓形石柱。美利樓是香港碩果僅存的古歐陸維多利亞建築，樓高三層，糅合了東西方的建築風格，主要以巨型花崗岩建成，它建於一八四四年，原本坐落在金鐘花園道

（中國銀行大廈現址）；作為一級歷史建築物，它見證戰後香港經濟的迅速發展。可是隨著城市的發展，它已不合適繼續留在鬧市，有關當局於一九八二年拆卸，每塊磚頭都標號，按原來的模樣於一九九八年在赤柱海旁重建，並於一九九九年重新揭幕，成為赤柱的地標之一；而它的搬遷，也成了香港保護古蹟文物的新一頁。

美利樓只能遠望，而建於一七六七年的天后古廟，這晚也沒時間再去，我只記得它的主神是天后，副神卻很多：觀音、關帝、車公、北帝、金花、洪聖、濟公、城隍等等；諸神和平共處，反映出早期農業社會人們多神崇拜現象。而最令我印象深刻的，是正殿左牆掛著的一張老虎皮，它因長期承受香火，被燻得發黑了。背景故事是，一八四二年某天，赤柱警署印度籍警員羅・阿星當值，一頭老虎從海上浮來，上岸後見人就撲，被阿星舉鎗射斃；此虎重達兩百四十磅，身長七十三英寸，倒楣的老虎吃人不成，牠的皮卻成了買路錢，永遠留存在這裡了。

還有甚麼東西繼續留在這裡，已經顧不得一一追尋，海潮在呢喃，抬頭但見寫著「赤柱」二字標誌的小條幅在柱子上隨風搖擺，忽然想起有人說過：赤柱太小，無處可遊。其實不然，只是這個晚上太匆忙，我們無法一一到訪。攝錄機悄悄轉動的聲音，在這靜夜裡滑行，記下了此刻的赤柱情態也留住了人影心聲，疾走的是時間還是背影？但聞夜風在輕輕吹，有一首甚麼歌隱約傳來，似曾相識，待要仔細回味，它卻已經飄然遠去，再也不可追蹤。轉到赤柱市場，已經正規化的店舖紛紛拉閘關門，還是那時有些雜亂感的赤柱市場風情濃厚，轉來轉去又是另一個新天地，有柳暗花明的樂趣；如今這般直接了當，餘韻都消失得一乾二淨了。

位於港島東南區的赤柱，臨近南中國海，是香港開埠初期一個重要市鎮，一八四一年港府第二號憲報上記載，英國政府於一八四一年五月所做的戶口調查顯示，當時的赤柱已有兩千人，佔了總人口七千四百人的港島的百分之二十五。「赤柱」一名的由來，有多種說法，最出名的一種是，從前這裡有一棵巨大的木棉樹，每當木棉花盛開的時候，看上去有如「赤紅的木柱」，因而得名；但也有另一種說法，當年海盜倡狂，住在這裡的客家人以客家音向外人介紹此處時，原意是說「賊處」，但發出的音調卻近似粵語的「赤柱」，而流傳下來了。

於今赤柱已經從小漁村演變成一個低密度的海濱住宅區和熱鬧的旅遊區，歐式的房子散發著閒散的氣息。是二十年前的夏天吧，我第一次跑到赤柱照相，那倚著小洋房的笑容是何等地青春飛揚，如今小心翼翼地拾回，竟有唯恐驚破美夢的感覺。眼下夜色中的赤柱大街人流正旺，菜館一間接著一間，以燈色、音樂、招牌和香味各自誘惑途人；這一間還是那一間？眼花繚亂，這便成了個問題。露天酒吧流淌著酒氣和狂野笑語陣陣，我想起那回，是傍晚時分吧，夕陽把把那家法國餐廳映得昏黃一片，樓梯前的小酒吧，法國紅酒散發著幽香；可惜此行已錯過那時分，夜色中我們本來已經進入一家南美菜館，那跳盪的音樂自有獨特風情，可是好位置都沒有了，好不容易夜遊赤柱，沒理由不好好鬆弛一下，於是便登上一家位於二樓的泰國菜館，只因為憑窗可以俯望赤柱大街的人流。人流其實也沒甚麼好看的，無非是秋夜風情，可是在這樣的一個晚上，卻有不一樣的心境，室內有吊扇在輕輕轉動，夜風又從窗外吹來，比起密封餐廳的冷氣，至少有更多的自然情趣；即使以那窗口為背景留影，也有室外活潑流動的風韻；只是只有行人的影子幢幢，沒有車燈晃來晃去。忽然便想起京城郊區香山腳下的秋夜了，也就是一個月前的十月中吧，卻比眼下還透著熱氣的香港秋天涼得多，那冷冷的寒意直沁人身，我們坐在「聽蟬軒」二樓的陽臺，寒蟬自已噤聲，樹影恍惚，上山車子的車頭燈流過來又流過去，營造一個不很真實的世界；而我們卻明明又真的就在那裡吃晚飯，悠悠的話語懶懶地漫了出去，竟在那夜色中化解，變得無影無蹤了。還是這裡煙火人間樂聲笑語，並沒有鬧市的喧囂，卻也真切得可以枕海聽隱隱濤聲。

抬頭一看，月兒正上中天，夜露漫漫持久襲來，猛然便想到那句：為誰風露立中宵？這時才有點明白，甚麼叫做夜涼如水。

二〇〇五年十一月五日初稿；
二〇〇六年二月五日定稿。
（刊於香港《作家》二〇〇六年三月號）

都市人面桃花

「長島餐廳」？那張優惠卡上的名字叫我一愣，那晚離去時，我拿了這張卡嗎？大概是結賬時塞給我的吧？當時也沒在意，隨手一塞就走。後來不知怎麼一來，便夾在這眾多的這個卡那個卡當中，突然便冒了出來。

如今的城市生活，似乎也都註定不能缺少優惠卡或者宣傳單張之類，每天下班回家，我總會從信箱抓出一大把，有用的和沒用的混雜在一起，久而久之，便全都懶得去分辨了。各種卡也都使出渾身解數，希望招徠客人，而「長島」的優惠，則是客人每次惠顧凡滿五十元，即可在卡上蓋一個章，收集十個章之後，便可作五十之現金使用。可歎我已經有了一個印章，卻到今天才赫然知道這種優惠的秘密。

那晚去「長島」喝飲料，其實是興之所至，潛意識中或許是為了「舊地重遊」吧？以前，這裡也是餐廳，不過卻叫「紅茶館」，但「紅茶館」早就關門了，在休息一段時間之後，它搖身一變成為「長島餐廳」。

大概是因為對「紅茶館」的那「一夜情」記憶猶深的關係，一踏進「長島」便有些陌生的感覺，咦，我有沒有走錯地方？

地方還是老地方，只是招牌換了，人群大概也不同了。「紅茶館」之夜，是靜悄悄的，除了我們之外，只有遠遠的有一桌客人，連侍者也不知躲到甚麼地方，我覺得掛在牆上的仕女幾乎就要飄飄下凡了。像這樣的光景，作為客人當然滿意，但老闆終究還是逼得要關門大吉了。但今晚的「長島」卻場面熱鬧，幾乎座無虛席，同樣已過晚飯時間，都為喝飲料而來，為何會有如此天淵之別？

或許是招牌不同吧，雖然在我看來，「紅茶館」要比「長島」有韻味得多，然而事實證明，「長島」的生意遠比「紅茶館」好得多，否則，「紅茶館」也不會無聲無息地便逍遁，而「長島」也不會就這樣昂然地取而代之。

在都市的快速節奏中，變幻原是永恆，餐廳的更替早就司空見慣，人們也就漸漸趨於麻木；但於我而言，舊地重遊但卻人面桃花的感覺，卻格外強烈。

我忽然想起，在「紅茶館」喝凍橙汁，是兩年前中秋過後的一個晚上；而這回在「長島」喝凍蔘茶，已是兩年後中秋過後的一個晚上了。如果有甚麼相似之處的話，那就是同樣是秋涼。茶館都已這樣的不同，更何況人事，人事也早已全非了。

而那「紅茶館」只能留在記憶中，我再也不能回到那個靜悄悄的晚上了。

二〇〇〇年十月十一日

（刊於上海《新民晚報・夜光杯》，二〇〇九年五月四日）

山徑彎彎

雨點淅淅瀝瀝，直打在傘面上，一陣急，一陣鬆。那風，冷不防就從斜刺裡飄來，殺我個措手不及，肩膀便潮湧泛濫。我禁不住打了個冷噤。

昨天明明還是艷陽高照，但天公說變臉就變臉，根本不與你商量，連個緩衝時間也沒有。幸好早有準備，見天色不妙，持傘下去，果然走不到百步，那雨便嘩啦啦地傾盆而下。只見山徑上濕漉漉地，想來是夜來風雨摧殘，那枯葉紛紛壯烈犧牲，匍匐在路面上，任途人踐踏。

最讓人心醉的，還是深秋時分，兩旁樹木成蔭，當風吹來，那黃葉便飄飄然落在頭上，並不密集，比起北京的瑟瑟秋葉，要稀疏得多；也正因為偶然才飄下一片，才讓人更覺得珍貴。而此刻，它無助地躺在濕地上，一場風雨，叫人慨嘆命運之無常，人生的莫測。

其實在很多時候，還是鳥語花香的世界。這山徑叢生著許多植物，標上許多陌生的名字，成為樹木研習徑。沿途左手邊是斷崖，鬱鬱蔥蔥地叢生著眾多的林木，一直沿伸到山下街面；右手邊也是長在山坡上的樹木，有些地方的斜坡長滿草坡、攀緣植物、苔蘚，苔蘚上有人用利刀刻下大大的英文名字，風雨也不能洗盡，好像要永遠留下記憶，讓我想起在北京上大學時與同學春遊，爬上八達嶺烽火臺，大家紛紛在長城城牆上留名。自以為從此不朽了，豈知歲月風雲早就汰洗了年輕時的狂傲，只剩下青春的回憶。草坡還有小黃菊、野牡丹、八爪金龍、薇甘菊……走了約一個小時，氣喘吁吁汗流浹背，終於登到大風坳，看到柏架山獨有的長柄野扇花，還有貼著它的「七葉一枝花」，其根狀莖可供藥用，特別適於跌打損傷，是名副其實的山草藥。它的七片葉子一輪頂生，形狀奇特，極具觀賞價值。

更有露出根部、樹葉向天空張成網狀的細葉榕，蒼然立在那裡，它已經納入香港古樹名木冊；另一棵是木棉樹，到了五月，木棉花開，紅艷艷地燃亮天空。歌聲和二胡、手風琴聲聲傳來，男聲女聲參差，循聲上坡右拐，原來是一群晨運客在「紅屋」前的空地上吊嗓子。那裡還有兩組長桌和長櫈，供人在樹下遮陰休閒。由紅磚和花崗岩建成的「紅屋」，是俗稱，它也叫「紅磚屋」，正式名字應為「林邊樓」。一八九〇年時，曾經是太古宿舍，第二次世界大戰期間被日軍破壞，戰後約六十年前太古將其重修，原來的兩座宿舍樓合而為一，並於一九七六年交給政府，是香港二級歷史建築。只看它靜靜地立在那裡，不言不語，不知內情的，也只不過當它是一般的古老大屋而已。

樹葉迎風招搖，八哥、畫眉、翠鳥、烏鴉、麻鷹、貓頭鷹、鵪鶉，眾多的鳥兒在林間歌唱，相思鳥聲音清脆，百鳥此鳴彼應，組成一片祥和的氣派。我在平臺上，曾經看見一隻喜鵲，棲息在從山坡上伸上來的枝頭上，吱吱喳喳地清脆歡叫，顧盼自豪。我一動，牠忽然一驚，忽啦啦振翅高飛遠走，一會就在天空消失得無影無蹤。喜鵲是鳥綱鴉科，出沒於山腳林邊，能預報晴雨，據古書記載，喜鵲「仰鳴則陰，俯鳴則雨」，我看見牠們在枝頭飛上飛下，亂叫亂嘈，鳴叫聲參差，就知道要下雨了。果然，不久雨便鋪天蓋地下了起來；時近清明，頗有點路上行人欲斷魂的模樣。

夏天時蟬兒此起彼伏地聒噪，好像忍受不了那個熱浪滔天的天氣，直叫到似乎就要斷氣了，已經上氣不接下氣，但很快又回過氣來，還是固執地「知了——知了」地哼著，有時哼得滿懷心事的途人心煩意亂，你又不能干涉牠們的自由，畢竟天空也是牠們施展歌喉的天地。而兩旁的草木，有花蝴蝶翩翩飛舞，給都市人以驚喜感。記得很久以前，我上班搭電車西行，忽然有一隻迷路的蝴蝶誤入車廂，驚動全車的乘客，不論男女，甚至連本來還在打瞌睡的，也都加入引導牠飛向窗外的自由世界的行列中。

那次我正走著，冷不防一隻赤腹松鼠橫越小徑，我還沒回過神來，牠已經消失在草叢中。我忽然記起那年初冬，在倫敦附近的小城林間散步，也有一隻松鼠，就在我面前不遠處停下，猶回過頭來，望向我，雙眼滴溜溜地亂轉，毫不驚慌。一直等到我幾乎伸手可以摸得著牠，這才慢悠悠地爬開。都是松鼠，但對人類的反應竟是如此地不同。有時也會遭遇流浪狗或流浪貓，牠們似乎也和人們一起去晨運。

上到斜路，地上滿佈著圓圓的地洞和方形石碇，他們說，那是建於一九三八至三九年的大爐竈和儲糧室，本來是英軍抗日時提供伙食之用，但建爐不幾天香港便失守，所以它從未用過，成為歷史遺跡，轟隆炮聲已經聽不見了，我們所能做的，就是跟人在這裡找欖子歇息，或者乾脆做做操而已。

晨運客無非都是那樣，但偶然也有不同。一個每天早上必到的中年人不論春夏秋冬，他都是一身短衣短褲運動裝，舉著啞鈴，雙手一舉一放，跑著步上山，大口大口地吐氣呼氣，冬天時白氣不斷地從他嘴裡呼出，夏天時胸前給汗水浸濕了一大片。我老是看著他從後面超越我而去，過一會又迎面下山，與我擦肩而過，瞬間不見在彎路上。

便是雨天，也有人風雨不改，撐著雨傘上山去；但人畢竟少得多了。那天早上，氣溫掉到十一度，上山的人寥落，走了一段都寂靜無人，面對平時人來人往的山徑，不覺有些寂寞，那天色又暗淡，路燈昏昏，如果此時從草叢中跳出一夥剪徑的大漢，那如何是好？正想回身退下山去，卻見那人已經雙手交替舉著啞鈴跑下山來。

但就是這樣的一條山徑，也差一點不保。一九九八年，政府曾建議，柏架山道前半段由英皇道至林邊段，興建居屋；但遭到附近居民和保育人士的強力反對，我記得，當時沿途作為護欄的鐵絲網上，全都系上一條條綠絲帶，以表示環保的訴求與決心。人們的努力終於獲得了勝利，也就使得我們能夠繼續在這難得的山徑來去如風，自由上下。倘若不抗爭呢？人們豈不是放棄自己的權利，把山徑白白拱手讓人麼？

山徑彎彎，山徑彎彎，彎過來又彎過去，蜿蜒而上，又蜿蜒而下。「大風坳」上迎風，連羽毛球也給吹得搖擺不定。售賣零食飲品的流動小販架起車子，忙著做生意。每逢周末周日，在山下，也往往有在彎路小平臺擺攤的小販，零售雨傘、毛巾、迷你收音機日等等日用品，但光顧者寥寥。有時碰見三三兩兩結伴而行的老者，他們在月旦地產商瘋狂起價，何等無良；議論股市風雲突起，變幻莫測。頓時，個個成為思路縱橫的評論家。也會聽見幾個上了年紀的阿嬸，相互訴說張家長李家短，兒子如何不孝；然後就討論，山下哪家茶樓的早點最便宜，相約著「一齊飲茶！」

我沿著彎彎山徑下山，只見前面兩個中年人拄著爬山棍，一路走一路說著閒話，其中一個腰纏腰帶，從那裡的小收音機裡傳出鄧麗君《甜蜜蜜》歌聲，不覺山徑已是盡頭，英皇道就在眼前，車水馬龍，市聲喧囂。

那山徑，就叫「柏架山道」。

二〇一〇年四月十五日

（刊於《香港作家》雙月刊第三期，二〇一〇年五月）

榕樹灣畔

渡輪停靠南丫島，一踏上榕樹灣碼頭，便立即有一種不同的寧靜感覺。熙熙攘攘的旺角鬧市遠去，沒有了摩肩接踵的人流，遊人二三，有兩個老翁坐在碼頭邊靜靜垂釣，不時釣出一條泥艋，其中一個長歎一聲，又把釣到的魚丟回海面。他們是在放長線釣大魚吧？

沿海堤走去，兩邊欄杆上斜倚著一排自行車，全都上了鎖。我想起在阿姆斯特丹，好多自行車都上了四把鎖，偷車賊眼見偷不成，把心一橫，乾脆再加一把鎖，讓主人自己也駛不成！南丫島民風純樸，但恐怕也是防人之心不可無；何況外來遊人不少。自行車是島上的主要交通工具，島民們下班從香港九龍搭船歸來後，便由碼頭直接騎著回家去。

在「榕樹灣大街」走走停停，一陣蝦糕味道飄了過來，原來是一位阿嬸腳踩蝦膏醬製作，大概是我臉露遲疑之色，同伴哼道，你才知道咧，不過不要緊，不乾不淨，吃了沒病！我苦笑，無言以對。

但在海畔餐廳午飯時，卻不敢以身試蝦膏了。這餐廳不大，碰到工作日，遊人本來就不多，加上過了午飯時間，只有我們兩人是遲來的客人。聽那年輕老闆，一口普通話，我私下疑心是內地新移民。我們坐到靠海的露天部分，上面有塑膠布遮陽，十月秋風在午後的燦爛陽光下飄忽，近處海面，有幾艘小船在飄盪，海鷗忽高忽低地在海面滑翔。記得那一年夏天，也來過南丫島，也在這大街的海畔餐廳晚飯，但已不記得是哪一家了。也許關了門也不奇怪，只空留下回憶。那晚是吃海鮮吧，細節不復記起，只記得串串彩燈在夜間閃耀，海浪拍在岸邊，「嘩——嘩」一聲，一陣陣在空曠的夜空中作響。但此時金風拂面，秋陽高照，是一個懶洋洋的下午，斜倚在有靠背的椅子上，有一句沒一句地聊著，睏意襲來，眼皮沉重，差點就睡了過去。朦朧中縹縹緲緲竟回到「山頂亭」，我在那裡俯瞰隔海的長洲島和大嶼山，耳畔孩子們的喧嘩童聲不絕於耳，忽然一聲驚叫，原來是一個六七歲的胖男孩騎的自行車失控，沿著步行道下滑，直衝山坡下而去。驚醒結賬，叫了半天，躲在裡面的老闆才奔出，莫非他也在打瞌睡？離開時穿過廳子，只見小黑板上，用白粉筆寫著各種啤酒的價錢。

南丫島是香港除了香港島、大嶼山之外的第三大島，它位於香港島的西南面，約十三點七四平方公里；古稱「舶寮洲」，唐宋時代曾為停泊往廣州貿易的外國船隻之地，後來名稱雅化為「博寮洲」。到了近代，由於它位於香港之南，形狀又像漢字的「丫」，因此被命名為「南丫島」，並逐漸取代「博寮洲」一名。一九六四年，曾經有過把「南丫」改成「南雅」的建議，但不獲當局接納。南丫島居民大約六千人，大多住在北面地勢比較平坦、可用作耕地的榕樹灣一帶，但也有人居住在南面的索罟灣。自上世紀七十年代香港經濟起飛，很多年輕的南丫島居民搬遷到香港謀生，剩下年長的一輩留守。著名影星周潤發便出生在這裡，他在南丫島度過他的童年。一九九〇年，香港電燈有限公司在南丫島西北部菠蘿咀填海，建立南丫島發電廠，以取代已經停止使用的鴨脷洲發電廠之後，較多的外籍工程師搬到榕樹灣一帶聚居，區內逐漸出現一些西式茶座、餐廳，讓島上中西文化交匯得十分明顯。我們徜徉在街頭，除了純樸漁村及美麗景色之外，露天海鮮餐廳、酒吧林立，小賣攤檔、店舖不斷，還有不少西班牙風格的村屋，難怪許多西方人都喜歡留連這裡。他們大約是容易找到家鄉的感覺吧？拐到榕樹灣後街，又佈滿各種不同特色的店舖，滿溢著歐陸風情，還有日本餐廳，以及其他餐廳。我在路邊站著，用匙羹挖那小盒雪糕吃，路上行人不多，但覺入口甜而冰涼，直沁心肺。

南丫島中西文化並存、新舊不一的特殊風格，最適宜在春天漫步，那回來到島上，見到有人放風箏，春風浩蕩，紙鳶忽高忽低地飄忽，地面上的人奔走呼喊，一派快樂景象。似乎已是好多年前的往事了。那情景讓我憶起少年時代在萬隆，和當地朋友一起在田野上鬥風箏，它們在半空中糾纏不休，突然手中線一顫，感覺一輕，那線飄飄然垂了下來，而風箏早已隨風遠颺，只剩對方得意地在翻空中跟頭。遠去了，快活不知愁滋味的慘綠少年生活。涼風有信，秋月無邊，這個秋天讓人清醒，走走停停，好像在度假，懶懶散散的，給人以休閒的感覺。

「南丫郵政局」乍看就像市內郵政局一樣，髹上綠色的郵政標誌。仔細一看，裡頭格局不大，也沒甚麼顧客，顯得冷冷清清；而且它上面是民居，左近的牆壁上，斜靠著幾輛自行車。是郵局職員準備下班時的交通工具？還是村民隨便寄託？不清楚。但點點滴滴，都顯得很生活化、很世俗化、很平民化。到處都有寫著「單車出租」字樣的小舖頭，招徠遊客。

正逛著，忽然聽得汽笛聲響，啊呀有沒有搞錯？不是說島上禁止機動車來往麼？回頭一看，原來是島上專門運載貨物的「ＶＶ車」（即Village Vehicle的頭兩個英文字母的簡稱），又稱「露天小卡」，只許載貨不准載客。它嘟嘟地從後面趕過來，掠過我身邊，一下子消失在橫巷裡，無影無蹤。

走到「天后古廟」前，人影稀疏，我看到一位戴著帽子的老漢，翹起二郎腿，怡然自得地坐在廟前榕樹蔭下的塑膠椅子上，旁邊斜倚著枴杖，腳下是一膠袋的蔬菜瓜果。看來他剛從菜市場回來，經過這裡，順便歇腳。這座古廟歷史悠久，但已難於考證到底何時興建了，只知道它於清光緒二年（一八七六年）重修。最為人津津樂道的是廟前的一對石獅子，據說自建成後，漁民的漁穫便豐富起來，所以島民都認為石獅子能夠帶來財運。我往廟內張望，裡頭暗沉沉的，香火似乎不旺。不知是否過了朝拜的季節？

想要游泳，「洪聖爺海灘」是個好去處，但可惜此刻是秋涼，我們只好站在沙灘上，看海水微微翻波浪，腳踩細沙發愣。樹蔭下有一群年輕男女在燒烤，嘻笑聲聲傳來，攪動藍天，而白雲照舊飄飛不止。

南丫島再好，也終須歸去。碼頭在望，忽聽得一陣電鈴聲驀然急速響起，宣告這班船就要就要開出了，我們就像百米運動員似的，沒命地跑起來。過了這一班，大約就要再等三四十分鐘了！

二〇一〇年十月二十五日，於南丫島；

十二月二十九日改於香港

（刊於香港《文匯報・采風》，二〇一一年一月十一日）

絕響

從家居窗口外望，有一片海面。但似乎差了點甚麼，眼下變得沉寂下來。這才想起，欠缺的是飛機的起落。

那從海上伸了出去的跑道依然，但沒有了飛機的光顧，它會不會感到寂寞？那個時候，飛機整天轟響，如今只有海水輕拍，那反差，有滄海桑田的味道。

習以為常的風景不再，往日的一切又立刻變得無比珍貴，在記憶中長存。

啟德機場在服務了七十三年之後，終於完成了歷史使命。就像潮起潮落一樣不可避免，事物在它誕生的那一刻開始，早就蘊含了消亡的必然命運，即使曾經有過輝煌的時刻，七十三歲的啟德，只怕也已經老去，以它的條件再也無法應付愈來愈繁忙的航空需要。隨著時代的發展，它顯得落伍了，侷促了；如果說半個世紀以前它從容不迫的話，那麼，到了世紀末，它就變得有些無力招架。

起起落落繁忙不止的飛機，既牽起了香港和世界各地的聯絡網，卻也叫啟德機場不勝負苛。令我們驕傲的啟德，竟然變得瘦小了；即使軟件的服務水準一流，但作為硬體的機場本身已然供不應求，啟德機場走向了它的最後歷程。

從此以後，我們再也看不到那三千多米的跑道上，每兩分鐘起落一架飛機的壯觀景象，啟德機場作為世界上繁忙的機場，無奈地打上了休止符。

但啟德機場依然在我心中徘徊不去。

在日常生活中已經熟悉了的東西，本來就融進了腦海裡，即使它不復存在了，卻也不能夠從我們的印象中連根拔去，也不知道這種懷舊情結到底是好還是壞？從現實出發，消逝了也就消逝了，都市步伐無法抗拒，即使歎息再三也無濟於事，人又何必如此多愁善感？但是從人情而言，誰又能夠那樣鐵石心腸？畢竟，啟德機場曾經留下過那麼美好的記憶。

我最後一次在啟德機場降落，還是在去年四月初，帶著京城那北方春天的氣息。當時雖然知道啟德將要成為歷史，但卻沒有更感性更直接的認識，以為那是遙遠的事情，啟德終究還是天長地久。在潛意識裡，我相信還會在啟德出入，哪裡料到鏡頭一轉，原來與啟德的緣份已盡。

也不能說完全是我的一廂情願，只因為其實有好幾次重新出入的可能，只是後來時機配合不到，惟有眼睜睜看著啟德之夢輕輕溜走。人是常常不能把握自己的，只因為現實中總是會有更強大的力量令你俯首。計劃終歸是計劃，想要落實，還有一段路程要走。

天地宇宙浩瀚，而人卻那麼渺小。以前總相信人定勝天，於今才明白，冥冥中有一種無形的狙擊，猝不及防便叫你手足無措。

我仍記得，香港春天下午的陽光正好，豔豔地灑在啟德機場的停機坪上，機場巴士的車門開了關上又重開，我就這樣回到香港了麼？在入境大廳裡排隊等候過海關，便有一種恍惚的感覺。

時空真是一種奇妙的東西，古都已經遠去，握別的難道竟是一場春夢？但春夢了無痕跡，而首都機場卻已深深留駐在我的印象裡。我猛然憶起，首次乘飛機從這裡離去，是一九七四年的秋天了。秋去春來，時光流轉，等到省起，便有一種驚回首的感覺，哀哀地瀰漫在心湖中。

於今想起已不是一時感觸，眼看首都機場依在，而啟德機場卻化入了歷史，不禁慨歎永恆難求。城市的步伐堅定，滄海桑田不可避免，試問有哪一塊地方是永恆不變的呢？近年來，一個個我們熟悉的都市景觀悄然落幕，只有那記憶在腦海裡閃過，因為我們是見證者，有了比較，才會有心理上的落差。將來從未見過啟德機場的一代人，只能從歷史圖片中尋找它的蹤跡，辨認它的面貌了，那種超然的心情，怎麼能夠與曾和啟德的心共跳的當事者相比？

隔山隔水畢竟與身在其中的感受截然不同。

然而，留下一些影像，卻無疑為後代提供一種緬懷的直接憑藉。難怪一九九八年七月五日又碰上星期天，這啟德機場運作的最後一日，人們一早便蜂擁而去，在九龍城飛機場一帶，街頭巷尾都擁滿了向飛機告別的仰望的頭顱，而且個個也都不忘攜帶相機，好像只是在一夜之間，人人都成了攝影家。

大概也不是都有當專業攝影家的野心，只不過到了這種離愁別緒的時刻，大家都想要抓住即將逝去的每一個瞬間罷了。這也是人之常情，或者說是人性弱點，當司空見慣的時候不懂得珍惜，一旦眼看就要煙消雲散，這才勾起了眷戀不捨的情緒。

除了出於惜別的心情，也許還有商業上的考慮：拍得一張最後時刻的相片，假如有與眾不同的角度與構圖，日後或許千金難買。須知，從此之後，多少年以來日日在大嶼山方向現身，繞過旺角上空，飛到九龍城便一扭機身，以一個三、四十度角的瀟灑大轉體擦那低矮的樓頂，斜線俯衝啟德機場跑道的繁忙班機，就成為歷史陳跡。今後想要再拍飛機起降，惟有趕到赤鱲角國際機場——不過那已經是另外一回事了！

去者已矣，來者猶可追。話雖如此說，我的情意結依然繫在啟德機場。其實也並非只是啟德機場所牽引出來的落寞，都市的日新月異所需要付出的代價，難免叫我們有些傷感，這種傷感未必是理智的，但卻富有人情味。

機場之外，令我們回望再三的，還有碧麗宮、利舞臺、荔園甚至皇都電影院……多少年來，它們早已融入香港人的生活當中，成為某種代名詞，但是在商業的巨輪滾滾輾向都市的每一個角落的時候，利潤不符理想的娛樂場所哪裡有力頑抗？於是，我們童年的夢遺落在荔園之外，最後的藝術舞臺演變成商場，從此，我們再也不可能舒適地伸展雙腿、斜倚那寬大柔軟的沙發式椅子欣賞高素質的電影了！

也許它們的消逝無關大局，但臨別依依，在最後一刻，以那最後的背景，照相的人群自不在話下，可資紀念的東西也都紛紛被一掃而光。我有時也不能明白，留下這些，到底又有甚麼用處？不過轉念一想，大概這就是人們告別的一種方式吧，既然不能挽留，只好作最後的致敬。

最後的啟德機場也不例外，即使正值法國世界盃足球決賽周的高潮，許多市民也都晚上看電視直播，白天看飛機升降。

已經是倒數最後一天了，近萬人趕來送別，連看不見飛機的啟德機場候機室也人山人海。人人都在尋找有特色的機場標誌作為留影的背景：接機大廳、候機大廳、電子顯示螢幕前，貨幣找換店前，還有餐廳招牌……

以往等候上機，時間還早，我常常在這餐廳裡喝杯咖啡，但以後想要再重溫舊夢也不可能了。更徹底的是「天天美食」，它推出的「告別餐」意味它不隨機場搬遷，倒迸出了與啟德機場共進退的幾分壯烈意味。

但時間的腳步卻毫不遲疑，夜色傾斜，秒針滑過午夜，最後一架班機，於七月六日零時二分飛離啟德機場。它原本應該在午夜前飛出，只是一位外國漢子為了成為最後上機的乘客，不惜冒著誤機的危險拖延登機時間，竟生生地叫這一班港龍飛機跨越日期界限。

當這架飛機升上夜空，機場跑道兩側的導航燈猛然開到最亮，好像在為它壯行色。這兩列強光持續到一時十八分才熄滅，從此，啟德機場的來往客機便成了絕響。

隨著導航燈的熄滅，繁忙的啟德光榮退休了。

繁華不再，啟德機場從絢爛歸於平靜，已經一個多月了。此刻夜色漸濃，那海邊有閃閃爍爍的燈火，機場跑道依在，只是我再也望不到有甚麼飛機親吻它了……

一九九八年八月十六日

（刊於香港《大公報・文學》，一九九八年九月二日）

小城，在賭場之外

這個位於「大三巴」附近的「九如坊」，是以前澳督「禦膳」之處，它有很中國的名字，做的卻是聞名的葡國菜，在某種意程度上，頗有一點澳門的象徵意味。它的露天前地串起七彩燈泡，閃閃爍爍把夜晚溫柔的心情表露無遺。可是，沒有訂位？對不起，要輪候。這才想起，今夜是聖誕夜，在澳門，人們或許寧捨火雞，也要吃這裡著名的葡國菜式。仰望天空，如此良夜如此星辰，竟不能在這裡小坐，不知是沒有口福，還是留下一個遺憾，要我們有個他日重來的理由？

是熱鬧的聖誕夜，附近的議事亭前地，早已張燈結綵得燦爛輝煌，引得遊人借景留影，那此起彼伏的閃光燈，流動的是甚麼樣的心思？

人如潮水，卻是有點空間的熱鬧，我想，熱鬧正應如此才恰到好處，否則變成人擠人人看人，好在哪裡？

享用葡國餐，是一種心情，聽說陸軍俱樂部可去，便搭車前往，哪裡想到大門緊閉，好像在裝修，原來旅遊指南一類東西，很多時候都是紙上談兵，全憑它行動，冷不防便會一頭撞到現實的牆壁。好在不遠還有老店「沙利文」，吃葡國餐的願望終於沒有落空。前一晚坐車經過，只見街上排著人龍，以為中午我們也要等候，也許是到得早，進去便有座位；堂倌穿著舊式的白上衣，且都是上了年紀的男性，自然又撩起老派的一片格調。是不是正宗葡國菜已經不重要，那氛圍早就先聲奪人，在這裡吃飯，最適宜慢慢品嚐，有一句沒一句地閒聊；就像聽著老式鐘擺，嘀達嘀達響動，任那時光從指縫間溜走。旁邊忽然響起粵語：「我地而家嚮沙利文食晏，你來唔來呀？食完我地就搭船返去嘍！」我下意識地瞥了一眼，原來是個中年人在邊吃邊打手機，典型香港人香港節拍；看來是剛從葡京賭場出來，趕著回香港。是的，今天是聖誕假期的最後一天，明天就要開工，上班族怎能不急著放棄賭場風雲？

聖誕次日傍晚在媽閣廟徜徉，借那景色留影，留住的是人影，但人聲笑語卻已隨風飄去，想要努力還原，卻早已在記憶的誤差中走樣，只有那氛圍依然，心境依然；上次來到這裡，已是好多年的事情，我不再記得任何細節，似乎是入鄉隨俗燒香參拜，煙霧繚繞，善男信女很多；但今天沒幾個人，不知是來這裡的遊客少了，還是今天天色已晚，進香的人也就住足了？我想要努力記住此情此景，卻又對我的記憶力缺乏信心，就像當年陪母親來到這裡，我默默想要記住那美好時光，可是現在回想起來才曉得，我的記憶是那麼不爭氣地貧乏，母親已離我而去，我卻找不回種種溫暖的場域；只有那留下的相片斷斷續續提點，卻已連不成一部連續播放的電影。這就像人生，一旦過去了，便永不回頭；回望，總有甚麼在途中失散。

在心中嘆了一口氣，進廟沿著石級步步登高，回首一望，但見一輪橙紅的夕陽掛在天邊，照耀漸漸暗下的海水，有一種滄桑感；而凸顯在鏡頭裡，又有蒼涼美。或許這美，也就存在藝術之中吧？夕陽終究不可抗拒地墜下，沉在海平面那一邊，暮色鋪天蓋地而來，晚風輕輕吹，一輪月亮爬上來。坐在廟前小廣場綠色長椅小歇，頭上的榕樹吱吱啾啾一片亂鳴，原來是歸鳥紛紛投林。這裡當然沒有盧廉若公園寬闊，白天尋找它，也不容易，問了老半天，途人才恍然：「你找的是盧九公園吧？」原來澳門人只管按他的排行稱呼它。公園裡人也不多，中式的園林，讓人聯想起古小說中的員外，他們住的莫非就是這樣的地方？但眼下丫鬟是沒有的，只有坐在石欖上的老人，在全神灌注地下棋；還有幾個葡籍男女，正以池塘花樹為背景，輪番拍照。

是歸去的時候了，可是張望了半天也盼不到一輛的士，不能傻等，只好另想辦法。忽見近旁的巴士站不斷上下乘客，趨前一看，站牌上赫然標有所住酒店那一站，那豈不正是我們要找的地方？連忙上車，乘客不多；可是，在哪裡下車，並不知道。向那中年司機打聽坐幾站，他一臉不耐煩，「坐二十分鐘左右啦！」二十分鐘？這怎麼掌握？車子快慢有時難以控制，塞車不塞車結果也是兩樣；但再問恐怕也無濟於事，只好退回座位，隨機應變。車子晃晃悠悠又駛了一陣，心裡不踏實，再向坐在旁邊的阿嬸打聽，從她與同伴對話，我可以斷定她是澳門人，以為她肯定知道；不料她一聽，便丟下一句：「唔知，你唔好問我！」弄得我有些尷尬。不過始終還是要不恥下問，否則給拉到地老天荒，再回頭怕也不容易。過一會再問一個中年男人，沒想到他竟用敵意的眼神瞟了我一眼，拉長音調說：「唔——知——喔——」到了這步田地，求人不如求自己了，打醒精神留心每個站，唯恐漏掉目的地；終於順利在酒店前下車，長長吁了一口氣，原來，在陌生地方，有時你必須自救才有出路。經小小的虛驚，回到臨時的「家」，那種溫暖，也就長長短短地顯現出來，但夢中之路格外顛簸，點點滴滴一直到天明。

我們從聖地亞哥古堡酒店走下去，中途見到海關，工作人員指路，沿途安靜，只有兩旁的矮房，不太見到行人，不須多久，媽閣廟便在望。大老遠從西洋墳場搭的士來到這酒店，原意是想要喝葡式下午茶，不料為時已遲，晚飯開始登場，而我們又不算餓，於是便在那裡打了個轉，拍下砲臺還有古堡的風貌，竟也躁動在夢的邊緣。這古堡酒店，澳門回歸那年我去過，中午一群人在樹下露天餐廳吃葡國菜，馬介休葡國雞烤魚吃得不亦樂乎，忽然頭上葉子飄飄而下，就落在菜盤裡，不嫌髒，卻吃得更有情趣了；也許那是熱鬧的關係吧，心境也因而寬闊。此去也還是同樣的地方同樣的環境，但我再也拾不回當年的感覺，可能那是因為沒有就座慢慢進入角色的關係，然而有許多事情是可一而不可再，地方依舊，那棵樹表面看來也還是一樣，但細細一算，其實老了好幾年，更不用說是人了！變化其實一直在悄悄進行，一刻也沒有停止過，春風也已非當年，我們又豈可強求桃花依舊？

不去賭場，晚來就去看看澳門蘭桂坊，已經是八點多了，但各家均冷冷清清，毫無氣氛；想要喝一杯，也提不起心緒。來時請教的士司機：哪家最火？那司機笑道：家家都差不多。莫非他所說的差不多，就是如此這般？也可能我們看到的，只是一面，它或許越晚越瘋狂，我們只是來早了，無緣見識那場面？還是「漁人碼頭」熱鬧，探照燈在夜空交錯閃動，紅男綠女來來往往，小孩追逐奔跑，還有歡聲還有笑語，有聲有色地織成一幅節日風情。這裡既沒有碼頭更沒有漁人，但這船來的名稱引人，生生地造就了一個商業和娛樂兼備的旅遊點。只是，人氣一旺，家家飲食店便有人滿之患，想要拐進果汁舖歇腳，哪裡還有我們插足的空間？

喝不成蘭桂坊，便過馬路到斜對面看觀音塑像，只見祂在海中亭立，一片安寧。是夜的安寧，不像西洋墳場，下午時分它沐浴在西下金黃的陽光下，有些肅穆的靜，門口有幾個穿黑衫戴斗笠的阿嬸在倚著大鐵門聊天，見我們進去，也不理會。墳場內沒有人，墓碑所刻名字，絕大部份是西方人，也有很少的華人；想來非富即貴。裡面還有一座小教堂，空寂無人，我們不由得放輕腳步。出來時看到一群少年人，男男女女，大約七八個吧，說說笑笑走進來了，其中一個男孩還在用手機大聲說話。我們出門時，那些阿嬸忽然很有默契地圍了過來，伸手討錢。搖搖頭，搖掉殘陽的記憶，海腥味一陣陣飄進鼻端，海浪嘩嘩拍岸，回過神來，才驚覺身在何處；有些微涼意籠上心頭，這冬夜，漸漸深了。

二〇〇六年十二月二十五至二十六日，草於澳門金域酒店；

二〇〇七年三月二十四日定稿於香港

這裡從前是漁村

享受一頓豐盛的葡國餐以後，已是曲終人散時分，紅酒香醇，還留在齒頰，室外毛毛雨，似有若無，更添幾分情趣。意猶未盡，今夕向何處？識路的老馬奮勇充當導遊：就近的「龍環葡韻」。

那名字似有點老土，但卻點出了精髓：龍環是澳門其中一個離島氹仔的舊稱，這一帶海邊馬路，五幢綠色小型葡式建築，於一九二五年建成，曾是政府高級官員的官邸，也是一些土生葡人的住宅，後來政府將之收購，並進行徹底修復，其中三幢被改建成博物館，由東到西分別是「土生葡人之家」、「海島之家」、「葡萄牙地區之家」，另外兩間分別是「展覽館」和「迎賓館」。「土生葡人之家」是這裡最具特色的博物館，土生葡人主要是指當時葡萄牙人和東南亞一帶的馬來人、菲律賓人及印度人通婚後產生的族群；他們有自己的語言和生活方式，通常信仰西方的宗教，又有明顯的東方生活習慣。我們在夜間漫步窄窄的小石板路上，周圍非常寧靜，靜得幾乎沒有聲音，只有我們的腳步聲回響，顯然是情侶散步談情的勝地。走近一株老榕樹，它那如蓋的濃蔭讓人遐想，忽然，L一聲歡叫：月亮！我抬頭一望，在那葡式建築上方，明晃晃地掛著一輪明月。沒想到平時一臉嚴肅的學者，這時竟會流露出難得的童真！深藏在都市森林久了，月光都給遮蔽了，我們全都佇足不前，紛紛掏出相機拍照夜景。

登上湖畔，才知道也有人架起角架拍夜景，平靜如水的湖那頭，岸邊燈火輝煌，流動的霓虹廣告此起彼伏，好一幅人間仙境的畫圖。附近的樹下，有幾雙長椅供人歇息。這時，春風輕輕吹來，有人叫道，坐下來坐下來！很靜謐，誰都不言不語，好像都沉醉在這幅春風夜景圖中。

但在澳門本島的「白鴿巢公園」，就沒有這麼寧靜了。也是夜間，從酒店走去，佔地廣闊的白鴿巢公園卻明明立在那裡，它是澳門最古老的公園之一，園內小山環疊，古木參天，鳥鳴聲不絕，花香處處，即使是夜間，也有許多人在這裡運動、休憩，有的耍太極，有的提籠架鳥，我碰見一對老漢在黃豆般的燈火下，拖鞋都脫在旁邊，就著山石鋪開戰局，雙方車馬炮將士相殺個天昏地暗，周圍立著一群觀看戰況的男人，也都不言不語，充分體現「觀棋不語真君子」的作風。一百年前，這裡本來是葡籍富商馬葵士寓所，因他曾飼養數百隻白鴿，它們棲息於屋宇，遠遠望去，有如巢穴，因而得名。

但我們是來尋找詩人的，葡萄牙偉大詩人賈梅士。尋找是從民政總署大樓開始的，它建於一七八四年，曾多次重修，目前的規模是一八七四年重修的格局，具有明顯的南歐建築藝術特色。它前身為市政廳，穿過前廳，便是擁有小花園的小庭院，在花團簇擁下，左邊是賈梅士的半身雕像，隔著噴水池，右邊遙遙相對的是葡萄牙教育家的胸身雕像。兩旁有幾張綠色長椅供人歇息，迎面石壁正中有流水潺潺噴出。回頭一望，高高的陽臺後面，長方形綠色窗門緊閉，那樣子令人聯想起莎士比亞筆下的《羅密歐與朱麗葉》的場景。就在那一刻，賈梅士便沉澱在我心湖裡。

賈梅士在白鴿巢公園的半身銅像藏在石洞中，一八六六年為馬葵士所鑄，並不特別引人矚目，特別是夜間，它躲在一角，也給花團圍繞，刻有他的簡介，一注頂頭燈照射下昏暗，朦朦朧朧但可以看清。這位生於四百多年前的詩人，因觸犯宮廷官吏，被流放到澳門，隱居此洞，並創作了著名的史詩《葡國魂》。

從白鴿巢公園出來，晚間散步的人不斷三三兩兩地擁來。我發現澳門的人行道，有許多用黑石子鋪成的花紋，最令人印象深刻的，是市中心地帶議事亭前地鋪設的黑白色碎石心，並砌成波浪形圖案。據說是以前從葡萄牙特地運來的，當中是不是有甚麼故事，那自然是人言言殊了。走在矮矮房子旁的行人路上，忽然從樓群的縫隙間，偷窺到高高的「大三巴」就屹立在左上方，月亮高掛，明晃晃的，在夜色茫茫中分外迷離朦朧。那夜色是奇詭的，藍黑的高而遠，牌坊斜立，玲玲瓏瓏，好像很遙遠，又好像近得可以一把摟在懷裡。大三巴已經司空見慣，但從來沒有這一次給我這麼震撼的感覺。大三巴牌坊是天主之母教堂（即聖保祿教堂）正面前壁的遺址，它創建於一五八〇年，卻在一五九五年和一六〇一年先後兩次失火，一八三五年的一場大火更燒至僅剩教堂的正面前壁。當地人因教堂前壁很像中國傳統牌坊，故稱之為「大三巴牌坊」。那一夜，便以那樣的印象刻入我的記憶年輪中，不肯退潮了。

都說去澳門要吃葡國菜、澳門菜，它們的特色無可否認，但中菜也不錯，北京路一帶的北方小館子便價廉物美，各式水餃、酸辣青瓜、魚香肉絲，都很地道。也曾在一家餐廳喝烏雞蔘湯暖胃，那是個雨夜，玻璃窗外亮著車頂黃燈的「的士」駛過來又駛過去，像幽靈似的寂寞，我仿佛聽見雨點滴滴噠噠地擊在車身的聲音。

到「瑪嘉烈蛋撻」早餐，是很多香港人的選擇。即使去得早，也只能與陌生人搭檯。座位有限，後來者只好向隅，我看到許多年輕男女站在路邊一面聊天一面吃蛋撻，我們買了票交了錢，坐等了許久，也不見動靜；但見女侍者穿梭來往，忙得不亦樂乎。聲名在外，果然「零舍不同」！

在澳門，酒店免費穿梭巴士奇多，交通相當方便。我們在「巴比倫娛樂場」下車，旁邊就是「漁人碼頭」。跟上回剛開張時的情景大不一樣，夜空沒有探照燈掃射，也缺乏人流，四周寂靜得很，只有海風勁吹，淒冷。食肆前面的小廣場上，有支小樂隊在演唱，女歌手在賣力地唱，三個男歌手伴唱，一面彈吉他、電子琴、吹單簧管，但無論唱得怎麼好，旁若無人的食客都無動於衷，只當他們是透明的，一味進進出出，沒一個客人停下腳步，只有一個胸前掛著牌子的女工作人員，默默維持秩序。我對那面對晚風歌唱的場景感到有些悲涼，卻又佩服那種堅持，對職業尊嚴的維護。也許這其中也飽含著辛酸：不唱，又能怎麼樣？

還是山上的「聖地牙哥古堡酒店」讓人遐思，這是在建於十七世紀的葡萄牙城堡基礎上，經改建後於一九八一年作為五星級精品酒店開放，修復工作保留了許多原來的特色，如聖•詹姆斯小教堂、酒店露臺的濃蔭古樹，以及舊城堡的建築風格。我們在寧靜的院落走動，酒店正門側放著一門巨大的銅鑄古炮，再往前就進入一條古老隧道，牆壁兩邊昏黃的燈光微亮，地下水淙淙流淌，泉水滲過牆壁注入石頭臺階的一汪溪流中。我看到靠近室外游泳池處，有一口許願井，雖然井口現在封住了，但許多人都喜歡在這裡拍照。附近是聖•詹姆斯專門修建的酒店教堂，傳說他的幽靈依然在夜間出來遊蕩，就像幾百年前一樣，檢閱駐紮在古老的媽閣堡的部隊。據《新約》說，聖•詹姆斯原是漁夫，後應耶穌之召，與其弟約翰一起成了耶穌的第一批門徒，很受耶穌器重。公元四十四年，聖・詹姆斯被希律王用劍斬首處死。而葡萄牙人的炮臺供奉他的原因是，葡國軍隊奉他為主保，因此小教堂裡的聖・詹姆斯是身穿葡國軍服，手持長劍鐵盾。我們坐在餐廳陽臺的椅子上，望著西灣那頭，頭頂的樹葉飄飄然而下，落在酒杯裡、盤子裡、我們的身子上。

而沿著山徑下去，不遠的山下海邊就是「媽閣廟」了。澳門之名，源於漁民十分崇敬的女神天后，她又名娘媽。據說一艘漁船在風和日麗的日子裡捕魚，突遇狂風暴雨，漁民處於危難中，忽然有個少女站出來，喝令風暴停止；風竟然就停了，大海也恢復平靜。上岸後，少女朝媽閣山走去，驀地一輪光環照耀，少女化成一縷青煙消失了。後來，人們就在她登岸的地方建了一座廟宇，供奉她。

十六世紀中葉，第一批葡萄牙人抵澳時，在這裡上岸，詢問當地名稱，居民誤以為指的是廟宇，便答之「媽閣」。葡萄牙人音譯成MACAO。其實，澳門因盛產蠔，蠔殼內壁光亮如鏡，因此被稱為「蠔鏡」，後來改為較文雅的「濠鏡」。但一切都成了歷史，我們徜徉在煙香燎繞的媽閣廟裡，但見夕陽從海平面下沉，橙紅如血，一閃即逝；天漸漸發黑了。

二〇一〇年四月二十四日至五月一日，初稿於澳門帝濠酒店；

六月二十四日定稿於香港

（刊於香港《文匯報・采風》，二〇一〇年九月二十日）

歲月悠悠，也匆匆

那天路過油麻地北海街，不經意間抬頭，忽然望見彩色霓虹燈「翠華餐廳」組成的四個大字在黃昏中閃光，它「刷」的一下子便勾起我的記憶，是的，這裡曾經是我留連之處，以前街口有一家「普慶」戲院，現在已改建成商業大廈了，都市的步伐匆匆，滄海桑田，許多東西都認不出來了。眼前一片暮色蒼茫，我該往哪裡去尋回已逝的過去？那畢竟是三十多年前的事了，就像青春一去不復回一樣，許多細節已經不復記憶了。

我的視線掃到旁邊的「發記」茶餐廳，忽然「嗡」的一下，像閃電一樣在夜空中劃過，剎那間我記起來了，它前身是「馬來餐廳」，有一段時間我常在那裡流連。那時我來港不久，最親近的朋友便是張仁強，他是我大學時的同學好友，同樣來自印尼，自那時訂交，至今數十年，雖然彼此造化不同，但歲月流逝，友情益發深厚。

一九七二年春，臨畢業分配前，他申請去香港。當時只是風傳對於像我們這種歸國華僑身份者，有個來去自由的政策，但也只是聽說而已，沒有見證真的有人給批准出境。須知，那時出境是很嚴重的事情，搞不好會有「叛國」之嫌。那天，我們繞著學校西操場轉圈，他心事重重地對我說：「我準備遞申請了，要是我給宣傳隊抓起來，隔離了，你趕快給我新加坡的姐姐發電報，叫她想辦法救我。」但我們太悲觀了，他很快就批下來了；但當時的客觀環境，也不能說我們無端杞人憂天，有個天文系的華僑學生，便被宣傳隊指為「中情局特務」，在全校大會上被公開批鬥之後，交由衛戍區士兵押走，我雖不至於嚇得屁滾尿流，卻也膽戰心驚，只怕一個不小心，莫名其妙踩上地雷。

他先我一年來到香港，記得臨別前，我們從北太平莊的北師大出發，騎上自行車，先去王府井東風市場北門二樓的「湘蜀餐廳」吃我們最愛吃的「魚香肉絲」、「宮保雞丁」，吃完便直奔天安門廣場，席地而坐聊天，內容大都不復記憶，但記得他說：「你也去香港吧！放心，有我一口飯吃，就會有你的半口！」他這話讓我很感動，倒並非想要謀求甚麼，而是覺得走路有人扶持的感覺。他和太太抱著孩子乘火車離開北京站南下時，我送站，他握著我的手道別，還不忘說一句：「香港見！」直到好多年後我們同回北京，再到西單「四川飯店」吃懷舊菜，北京朋友一聽都樂了，那是過時的菜，還吃呀？其實他們哪裡知道，我們吃的是感情菜，而魚香肉絲也從當年的二角六分錢一盤，躍進為三十來塊一碟。

那時感覺上香港是遙遠的地方，只能靠郵件聯絡。我們有書信來往，不太密，卻一直不斷。他那時隻身在外，境遇也不好，租住在黃大仙的一間房，出去打工，不懂粵語，大學資歷又不獲承認，只好出賣體力，擔擔抬抬。但即使是這樣，也逃不脫被裁的下場。他當時極度徬徨，妻子剛帶著幾歲的孩子來港，他不想她擔心，每天上班時間他到點就走，一副忙碌的樣子，其實是偷偷跑到九龍公園看報紙吃速食，把一天的時間打發掉，下班時間便回去，好像甚麼事情也沒有發生過。雖然境遇不佳，但他並不灰心，他通過熟人在尖沙嘴馬來餐廳找到一份工作，在廚房當二師傅，專門給大師傅炒菜。他說，我哪裡會炒？隨便啦！他想起文革時對立派的大師傅，每當開飯時間便敲鑼，大喊：餵豬了餵豬了！當然只是口頭泄憤，取得心理平衡而已。他也有類似的心理。他每天早上要去開門，買肉買菜，打點一切；那時我四姐姐夫已先我來到香港，有一天早上上班經過，撞見他，給他拉進餐廳，當時還沒營業，只有他一個人坐鎮，於是便像將軍似的接待我姐夫吃早餐，吃完才送走，他又繼續打點一切，做早餐前的準備工作。

當時我還在北京，不知道他的辛苦，他在信中從不訴苦，只說，等你來了，我們看電影去！等我來到香港，他已搬到北角皇都又再搬到九龍美孚，我們去看的第一部電影不復記憶，只記得是九點半場的西片，應該是週末晚上，在太子的金聲電影院（如今已拆，改建成高層商業大廈）。那時有許多流動小販在門外擺食檔，我們吃了魚蛋之類的小食，入院大嚼。後來還在銅鑼灣的「明珠」，一齊看了《獨行殺手》，記得那時我寄居在不見天日的單人小房間，出外便覺得海闊天空。那時我們愛看阿倫狄龍，覺得他不能笑，一笑就失掉他的冷面殺手本色。那孤獨殺手很符合當時我們的心境，只不過銀幕上是殺手的身不由己，而現實中我們卻是面對茫茫前途，自然心境落寞。當然還看了他另一部不演殺手的文藝片《師生情未了》，情節也早就忘卻了，只記得有個鏡頭，在黑暗中，燈光一閃一滅地打在阿倫狄龍的臉上。多年後我曾想找這張碟子，尋回記憶，或者找當時的感覺，可是毫無頭緒，也許那不是暢銷的影片，未必有市場吧？那記憶也就隨風而去，只剩那一閃一閃的鏡頭，伴著我的青春年華，一直在我腦海裡迴旋。

那時他還沒發達，有一大堆親戚同住，我當時單身，有候便跟著他一起，午夜時分待他下班離開餐廳，從北海街橫過彌敦道，穿越廟街，去搭小巴，跑到美孚新村去消磨週末。星期天下午，我們會跑到美孚下面的餐廳喝杯咖啡胡亂聊天，一坐就一下午，樹西常說，屁股那麼長，總也講不完，哪有那麼多話好講？他說，冷飯也可以不斷地炒嘛！確實，我們聊天已經不是光聊天而已，而是為了那個氛圍，包括那些學生記憶。閒時賭馬賭狗，偶有所中。有時我去，他正要買馬，樹西笑話道，你來他就會中，已經好幾次了！但到底中了沒有，我也不清楚，日子像流水一樣滑過去，我從來也沒問過他。不是不關心，而是覺得中也好不中也好，也沒甚麼大的區別。當然，那時心中有夢，過聖誕時總是問他：你說會發達的，幾時呀？他笑嘻嘻地說，快了快了，明年這個時候吧！其實我問他答，只是聊天，我從來沒有認真，但卻可以窺見他在不斷努力，他遷換工作，替銀行運送硬幣，我還曾陪他去旺角一家餐廳，和某男電視藝員談生意，談的是手錶。結果如何我沒有追問，但也讓我感到他在做生意時很四海的作風，他從不精打細算，而是大開大闔。有一度他曾想要我和他拍檔，但很快就放棄了。他說，你的性格不適合做生意。其實我也有自知之明，做生意要有手腕和人脈，我沒有。既然沒有，也就不必強求，強求也強求不來。只有我們的友情依然。

我看著他從美孚搬到新界的新田，在樓下辦個山寨毛衣廠，他太太樹西開個診所，給村民看病；樓上住人。早上我和他穿過村子去吃早餐，青蛙在池塘裡一高一低地鼓噪，夜晚不知名的昆蟲唧唧地叫，螢火蟲一閃一滅地低飛，四周寂靜，讓人跌入南洋童年生活的回憶中。他和村人打成一片，有人辦喜事，我也參加過他們的流水席，隨吃隨走，倒也是另一幅充滿人情味的風情畫。閒時他就駕著他的二手車，陪我到元朗轉。他認識一個在那裡開洗相舖的人，當時詩人蔡其矯熱衷於拍照，那時還是菲林時代，他便請他把底片直接郵去，由那人郵回，過一段再由他結算，建立長期關係。我也問過他如何銷賬，他大笑，沒多少。當時是八十年代初，他還沒有發達，只是比我好一點而已。後來他搬到中環半山區的寶山道，我偶然問起，他說不清楚，很久斷了聯繫。而在一九八七年，他的公司也已經上市了。

一九九二年春節，我按例打電話給他，不料那邊傳來嗚——的長音，以後多打幾次也都如此，我暗想他搬了，納悶他怎麼連一聲招呼也不打？這不是他的作風。後來從他大舅那裡聽說他遷到澳大利亞去了，他們夫婦倆還曾滿世界轉。一九九八年春節前，他回到香港，暫住銅鑼灣怡東酒店，久後重逢，才聽他說起他的故事。那一晚，我接到電話，他劈頭便問：「你知道我是誰？」我喜出望外，脫口而出：「別人不認得了我都認得你！仁強！」我們大笑。原來他回來好幾天了，但因我在九七年搬家，他找不到我了，樹西插嘴，本來我們想到你舊居樓下去喊話，看看能不能找到？後來還是從一個朋友那裡打聽到我的電話。兜了一大圈，他們又回到香港，雖然他在澳洲黃金海岸有獨立洋房，但他還是長居香港，也遊走澳門，在那裡也有獨立的三層大宅。他離開怡東後數遷其家，從半山的梅道、堅道直至目前的東山臺，走遍全世界，還數香港最好。前兩年他請我們前往黃金海岸，那是三層高的三十八號豪宅，前院種著芒果樹，後院也種著芒果樹，還有網球場，靠河是私家碼頭，搭上私人遊艇，便可以呼呼地直開到大海去。有一晚，他聽到劈啪——劈啪聲，在寧靜的夜色中顯得有些恐佈，莫非鬼在打球？後來才發現，哪裡是鬼？原來是百葉簾給風吹起又飄落，持續打在窗沿的聲音，如此有節奏。

那條街有個法文名字，兩旁種上開著紫色花朵的鳳凰木，偶有一兩棵是火紅色的，整條街很寧靜，偶然有車子駛過，即使是陌生人，他們也都會主動揚手和你打招呼。晚上的黃金海岸沒多少夜生活，我們大多去賭場消磨，看盡人生百態。有個澳洲阿婆，姑且稱她「賭神阿婆」，七八十歲的樣子，頭一晚她獨自來，一面喝著賭場供應的加冰的酒，一面從容下注，竟大獲全勝。樹西看得有趣，便跟著她投注，每次投中，兩人例必歡呼擊掌，把歡樂帶給大家。次晚她帶著個孫子模樣的少年，已經成年了吧，下注還是無往而不勝，逗得那男孩笑逐顏開。但後來就不再見到她了，即使想像著多種可能性，但終究沒有結論，也是，畢竟只有兩面之緣，又沒有怎麼交談過，怎會知道人家的底細？

但馬來餐廳那一夜我卻記憶猶深，雖然已是三十多年前的事了。那個冬夜我照例在那裡吃咖哩雞飯喝一杯咖啡，忽然隔著幾張檯，在另一邊，隱隱約約的燈光下，有一個穿皮大衣的男人，摑了他旁邊的女人一耳光。我當時極為震驚，在旁邊站著的仁強悄悄跟我說：「那是個探長，那女人是歌星，他的情婦。」我聽說過她的名字，當時還小有名氣。來到香港，還沒投入社會，對這樣的社會小風景大吃一驚，他卻說不足為怪，他說出一個個響亮的名字，包括我在北京時中學同學、當時早已移居香港、改藝名為羅烈的小故事，我光憑想像無論如何也想像不出來，促成了我構思第一篇小說《冬夜》，氣氛和環境的寫法是受到海明威《殺人者》的一點影響。

直到二〇〇六年九月，我和他一起回母校北師大，被安排出席「優秀校友系列講座」，那晚，我們講完，到了提問環節，有個同學遞上條子，「現在的人情越來越單薄，是甚麼令你們能夠維持幾十年的友誼不變？」這當然不是三言兩語就能回答的問題，首先是緣份，再有是投合，我們的經歷差不多，在印尼出生長大，回祖國讀書，又在萬般無奈中移居香港，雖然他經過努力奮鬥成為富人，但我們的心靈是相通的，「雖然我們沒有講出口，但心裡明白彼此的心意。假如碰到困難，我們都會站在對方一邊，共同應付。」我這樣說。他私下也曾多次跟我說，他有兩個好朋友，一個是小學同學陳國進，一個便是我了。儘管他在商場長袖善舞交遊廣闊，「但知心朋友沒幾個。」他說。

每年秋天，我們都會上北京，回母校參加「錢瑗教育基金」的頒獎儀式，他從二〇〇四年開始設立這個基金，他出錢出力，任董事長，並首期捐助一百萬，我和樹西等人掛名理事，以紀念我們的老師錢瑗。並因此和錢瑗的媽媽楊絳有了聯繫，每年我們必去她家探訪，歡聲笑語一片，她也不時給我們這兩個「兒子」寫信。去年我病了，病得不輕，她一再囑咐仁強叫我不要勉強，要量力而為，編東西很辛苦，花腦子；她說。我看著她簽名送我們的《走在人生邊上》，明白了，我會悠著點兒。住院期間，仁強他們幾次來探訪，水果之外當然也塞了錢，叫我安心治病。以我和他的交情，感謝的話自然顯得多餘，一切盡在不言中。在現實社會中，金錢當然很重要，但我和他的交情，又豈是金錢所能衡量？只有一句「心照」才能說清。

今年七月，他上北京，在人民大會堂領取「中華十大經濟英才」獎，回港後的一天中午，約我在銅鑼灣的「巴東印尼餐廳」相聚，我們吃印尼餐，喝椰汁水珍多冰，但他已不復吳下阿蒙，我們隨意聊天，時光荏苒，很多事情已經不同了，但只有我們的情誼依然，「我們都是老派的人。」他說。八十年代初，他在商界剛露頭角，我曾在當時《天天日報》的「外流人才列傳」專欄上寫他，斷言他「必將成為商界鉅子。」其實當時我也沒有多少根據，只是憑著對他的瞭解、憑著一股信念。

北海街依舊那樣，變化不大，但人生已經那麼不同。看到他一步步攀上他的位置，憶起前塵往事，作為他的老友，除了替他開心之外，也只覺得與有榮焉。

二〇〇八年六月十日至八月十六日，完稿於香港

（刊於香港《城市文藝》二〇〇八年九月號）

開心就好

五月底的一個中午，秦嶺雪相約在灣仔富臨門喝茶，我們已經就座，才見秦嶺雪戴著綠色的口罩搖搖擺擺踱了進來。他一向早到，這次姍姍來遲，我們不免調笑他，他只是哈哈一笑，「非典呀，可不是鬧著玩兒的！」

這也是「沙士」猖獗以來他第一次出來跟我們喝茶，在此之前，他說他的生活方式是家裡公司成一線。在電話中也曾開玩笑問他，何時請弟兄們吃飯？他說，兩個人吃可以，再多一個人就不行了。我腦子鈍，當時沒有領會，以為說的是跟我吃飯，嘻嘻哈哈也就過去了。現在再想起，好像不對了，待以後有機會再問問他這內裡乾坤。

說他保命保得厲害，他也不否認，淡淡地說，上了年紀了，不怕才怪！一年前應邀前往福州參加「秦嶺雪詩歌研討會」，在飛機上我們坐後艙，正說得興高采烈，忽遇氣流，飛機顛簸，秦嶺雪立刻沉默下來，臉色雖不致慘白，卻也緊張。按說他遍遊大江南北，乘飛機無數，但他卻說，還是無法淡然。我們調侃他因為日子過得富貴，所以特別珍惜。當然這只是說說而已，一般人都會珍惜生命，這沒有甚麼可大驚小怪的。記得傑克・倫敦有一篇小說，題目就叫〈熱愛生命〉，而電視連續劇《康熙帝國》開場那首歌的歌詞，有一句便是「我真的還想再活五百年」；看來，古今中外，從小人物到帝王，也都一樣的心思，只不過各有各的樂趣罷了。而現實中的秦嶺雪的確逍遙快活，金錢有一些，朋友一大堆，時間不太少，人在畫中游，詩書不斷來。依我看，人到了這種境界，簡直就是快活似伸仙了。

第一次聽到李大洲這個名字，還是七十年代末在廣州，詩人易征提起的。那個時候我在文壇邊緣徘徊，不免孤陋寡聞；我的印象這是做生意的寫作人，我也沒有放在心上，只覺得這名字果然有在商場縱橫的氣派，後來知道詩人秦嶺雪便是商家李大洲的筆名時，一時之間竟讓我難以將它們合二而一。直到看了他的作品，見了他的人之後，我暗想：雲橫秦嶺，雪湧藍關，但他哪裡有一絲處境艱苦，前途茫茫的模樣？這活脫脫的秦嶺雪，隱隱透出一種古雅豁達的氣息；儘管我們私下還是「大洲大洲」地叫他。

說秦嶺雪儒雅，還因為他有不俗的國學根底，他的新詩便充分流露出他舊詩詞的修養。應該說他是家學淵源，他祖父、他父親都寫得一手不錯的古詩詞；而他至今也還記得他小時由祖父抱著，聽祖父背起抑揚頓挫的唐詩。他覺得那些韻律就這樣悄悄潛入他的心底。當然，如果只是固守古典，他大概只能是秦嶺雪，但他不僅是秦嶺雪，還是李大洲，雖然他並非沒有抗拒過現代詩，但他終究有兼收並蓄的藝術野心，或許也是合該如此，八十年代末，他因身體不佳，整整一年沒有上班，他實在無聊，便潛下心來研讀劉登翰主編的《臺灣現代詩選》，這便成了他九十年代中期以後詩風轉變的前奏。但說起新詩的啟蒙，五十年代他喜歡的是沙鷗、梁上泉等人的詩，到了一九五八年，他在中學語文補充教材裡讀到蔡其矯的〈海峽長堤〉，一見傾心，於是把蔡其矯那時僅有的三本詩集《迴聲集》、《迴聲續集》、《濤聲集》全都買來，而且一直保存到現在。那天和他通電話，他還在說，今天早上我還在讀呢！也就是從那時開始，幾十年來他一直追蹤蔡其矯的作品，從無間斷。

他作品的產量不算多，寫詩三四十年，也就出了兩本不厚的個人詩集《流星群》和《明月無聲》，而且其中有百分之三十是重複的。當然，他的詩作並不止這些，最初的一本三人詩合集，出版於八十年代初，他說他當時之所以參加，並不是想當詩人，而是因為需要渲洩對故鄉對內地文化的情感。也許正因為如此，他對發表詩作的態度嚴謹，我便常常遇到這樣的情形：詩作已經發排，他還要修改幾個字。他告訴我說，只有八句的〈黃河〉，本來是三十幾句，但詩成之後，他一讀再讀，把不必要的全部刪去。至於他將他認為不好的詩作放棄，也是他「少產」的因素之一。

不要以為他是「苦吟派」詩人，通常他都是在快走晨運時想到幾句，回到家裡，便躲進洗手間，開了冷氣，把木板架在盥洗盆上，拉來椅子，攤開稿子，那幾句便鋪展成一首短詩。他家也並非沒有書房，在洗手間寫詩，大概也是詩人的「怪癖」吧！他聞言大笑：「我也不一定非在洗手間才寫得出詩！」那倒也是，他寫世界盃的兩首詩，便是在地鐵途中寫成。據他說，那是個星期日上午，不多的乘客，幾乎個個都是「熊貓眼」，使他聯想起夜來的世界盃賽事電視直播，詩思泉湧，倚在車門角位，站著疾書成了「地鐵車廂裡的海明威」，從荔枝角上車，到中環下車，詩成。他坦然：我寫作沒有甚麼使命感，有了詩情，有了靈感，便寫。

詩歌之外，還有書法。我總覺得他喜歡書法的程度還在寫詩之上。不論以前主編《香港作家》還是現在主編《香港文學》，我每期也都請他書寫標題以增色，他笑語「是對我的栽培」，那當然有點言不及義，而他每次題寫，都極為認真，他說，他每個題目都要好好思索如何結構，要寫好幾次才會比較滿意。

看他揮毫的時候那種瀟灑姿態，只覺得他已經渾忘人世煩惱。都說寫作是用命，而書法是養命，秦嶺雪出入兩者之間，卻一樣那麼從容，我想，這和他的心態有關。

還是在「秦嶺雪詩歌研討會」上，有位論者在宣讀論文前說，他認為秦詩有很多是情詩，私下曾經問過秦嶺雪；在座的秦嶺雪當眾笑說：「我覺得事無不可對人言！」

好一個「事無不可對人言」。說說容易，真的做到卻難。但秦嶺雪為人比較坦蕩，倒是真的。比方他做生意，這是謀生的身份，但他對商場卻無好感；我想這也是他不斷地想要回到古典的原因之一。也有人稱他是「儒商」，他不以為然地大笑：「只有奸商，哪有甚麼儒商！」他說：「儒商哪有這麼好當？不是有幾個錢就是儒商了。」

那晚，他當面稱讚一位小姐，然後瞟著我說：「你說是不是呀？」我笑而不答。過了一會，他把我拉到一邊，一臉的童真：「你這個傢伙，怎麼不支持我呀？叫我沒面子！」

更早的時侯，應該是八十年代末吧，韓國詩人許世旭來港，秦嶺雪在灣仔悅香飯店請吃晚飯。詩人豪情，杯酒言歡，我叨陪末座，本來就寡言，這時乾脆就做個食客兼聽眾。飯後道別，他半開玩笑對我說：「你不說話可要開除你的飯籍了。」但我性格如此，而且自知並無高見，每遇有高明談古論今，我總願意做聽眾的角色，以增見識。他大概看出我朽木不可雕，也不與我一般見識。其實朋友見面只是為了友情的氛圍，話多話少不是問題，所謂盡在不言中，他該明白。

對朋友他也直言，去年我在一次訪問中說，至今我都還沒能把《紅樓夢》從頭到尾讀完，訪談發表後，他打電話對我說：「你不讀《紅樓夢》可不行，你不要以為很好玩，《紅樓夢》哪能不讀？我非得送一套最好版本的《紅樓夢》給你不可。」

當然，「事無不可對人言」只是一種境界，或者是氣魄，每個人或多或少都會有一塊秘密花園，或許那是神聖的私人領地，容不得他人窺探。我想秦嶺雪也不例外。只是，他的坦然，總讓人覺得他光明磊落。當然，坦然也得有條件，我想，事業的成功，是他最大的資本。

秦嶺雪和我共同的朋友不少，香港的暫且不提，就內地而言，和他同屬閩籍詩人的蔡其矯、舒婷等人便是。那次去福州開會，大家好不容易首次齊全相聚，但除了開會和吃飯等公眾場合相見外，結果也沒有私下敘舊的機會。原來，秦嶺雪的朋友太多，加上他又是那次會議的主角，他在西湖賓館的那間套房，老是高朋滿座，哪抽得出空與我們周旋？好不容易那晚他請與會者晚宴之後有了空檔，我們都說去喝咖啡，他卻要跟王仁傑、孫立川喝茶討論王的劇本。於是，我們和北京來的李輝、應紅，跟著蔡其矯、孫紹振、王炳根，搭車直奔市中心。次日和他提起，夜來我們如何胡說八道，他的眼睛放光。

有甚麼辦法呀？他即使心想幾用，也是分身乏術。還是悠然些好，就像平時他總是那麼從容一樣。我沒見過他晨運時快走的姿態，想像中那該是另一副神情，一副我不熟識的神情。就像我不知道儒雅的秦嶺雪，一旦成了在商場上對陣的李大洲，到底如何應付突變的風雲一樣。

但，不管是義氣也好，豪氣也好，秦嶺雪是靠得住的朋友。於是，我們可以不理會他在詩畫界的成就，也可以不理會他在商場如何得意，與他真誠相交。朋友相交，開心就好。

二〇〇三年五月十日

（刊於《香江文壇》二〇〇三年六月號）

輯二　青春年華

航向北方

夢一般的年華，青蔥十六歲，我從赤道山城回到古都北京，真有點賭博的味道，在此之前，隔著一個太平洋，我對江山的理解僅止於從電臺廣播，還有報章雜誌而已，根本沒有任何具體認識。就這樣，憑著一股熱情，憑著天然的對國家的感覺，加上當時印尼的排華惡浪，我便這樣拜別父母，搭乘「芝加連加」號萬噸遠洋輪船，漂洋過海十一個日日夜夜。

最難忘大洋航程。當遠洋輪船徐徐滑出港灣的時候，已是深夜時分，港口入睡，卻又為一陣喧嘩所攪醒，我們全擁到甲板上，只見才放行的碼頭上擠滿了送行的人群，綵帶紛紛從船上拋物線似的擲出，隔著一個空間，這一頭是回國的學生，那一頭是送別的親友，「再見吧親愛的媽媽，別難過莫悲傷，祝福我們一路平安吧！」在豪情的歌聲中，忍不住飲泣，只因為到了這時才無比明確，這一去，再也不可能回頭，我從此就要離開父母，離開親友，離開我出生長大的地方，投向北方，一個我只聽說過卻從沒有任何感性認識的地方。

是有點忐忑，有點迷惘，又有點興奮，既有些莫名擔憂前路，又憧憬著迎面陽光在望，矛盾的心情交加，但我明白，就在我前往移民廳蓋下十個手指印，立誓這一去再也不復返的那一刻，我已生生地切斷和出生地的天然聯繫，那剎那，豪情頓生，但覺生為中國人，如果永遠不回到中國去，將會成為一生的遺憾。

回頭無望，只有勇往直前，雖然也並不是我自己的主意，那時，爸爸對我說，看來，你遲早是要回國的了，遲回不如早回，早回好早讀唐山的書，儘快銜接，要考大學也比較有利。那時沒有多想，便一口答應，心裡認定這是新鮮時髦的事情而興奮，當時，許多同學都捲入回國狂潮中，人人無心向學，都在打聽誰誰誰準備回國了，大家都沉醉在那氣氛中，只有極少人無動於衷。我的申請遲遲沒有批下，我還在哥哥的陪同下，跑到雅加達中國領事館催促。護照簽出，已經非走不可，臨離開前，興奮莫名，到處告別，隔壁是憲兵上尉賓當（Bintang），有衛兵把守門口。中國軍事代表團訪問印尼時，到達萬隆，他出面成為主人之一，只見他站在敞篷吉普車上，當車隊的開路先鋒。我覺得他威風凜凜，玉樹臨風，成了我心目中的偶像。他笑著說，他將應邀訪問北京，屆時去看我。我信以為真，但後來沒聽說他來，再過幾年，聽說他去世，因為癌症，我不由得有點失落，其實我跟他也沒有甚麼交情，只不過是鄰居而已，不過人還比較客氣。

記得大約一九五八年吧，印尼剪幣（即將紙幣一剪為二，面值也當成一半使用），剛在電臺宣佈，我們店已迅速關門，他傭人就拍門來買東西，爸爸猶豫再三，收嘛，明擺著讓你蒙受損失，不收嘛，又怕得罪，以後有人搗亂，恐怕他也不會出面。但終究不甘無辜被屈，還是很客氣地，以徵詢的口氣問道，聽說剪紙幣了？那傭人驚異道，是嗎？我問問看。交易沒做成，次日見到，爸爸正要道歉，賓當卻搶著說，對不起，我不知道有那回事。彼此哈哈一笑，就好像一場春夢了無痕，生活繼續，無風無浪。賓當留在我的腦海裡，連同他陪著中國軍事代表團逛「加朗色得拉」（Karangsetra）遊樂場的那一瞬間，當時我在父母的帶領下，正在那裡遊玩，不期而遇，我們深知不是時候，急忙閃在一邊，目送他們穿著畢挺的軍裝，從旁邊走過去了。少小離家，等到幾十年後我回來探親，舊居依在，但鄰居已經人去樓空，連在那前院高高聳立的木棉樹，也早已不見了。我忽然覺得，門前的馬路變窄變短了，三輪車固然不再，連自行車也極為罕見，倒是汽車摩托車大大增加，我家對面成了食物中心，有各種各樣的熟食檔在那裡擺賣，它遠近馳名，特別是周六晚上，這一帶變得車水馬龍，好些人甚至駕車而來，為的就是吃一頓或者喝一杯。我在那裡生活的時候，哪裡能夠想像？而當時的童年異族玩伴，如今卻已經無法打聽他們的消息。記得我離開時，吾棍還囑咐我，回來一定找我！等我歸來，人事已經全非，斷了音訊，就像風箏斷了線一樣，飄然而去，無影無蹤，再回頭哪有那麼容易！

最難忘的是海上航行，在大洋中漂蕩，海天一色，無邊無際，偶然遠處有一艘海輪掠過，一會就消失得無影無蹤。整個的感覺就是：大！風平浪靜的時候，我站在甲板上，看那搶在船前爭相跳躍的飛魚，此起彼落地在前頭領航，不知道傳達的是甚麼資訊？不相識的乘客卻將一盤盤水果、蛋糕，甚至連杯盤一起，全給倒落大海，迅即便給海水捲走，消失得一乾二淨。到了晚上，夜航船不時給夥伴發出致意的訊號，遙遠處那燈火通明的「物體」也發出一閃一滅的訊號回應。這時，太平洋夜晚的感覺真好，真想一個人靜靜的，沒人打攪，讓思潮隨波逐流。當時也就有人說起海上故事，說有人在航行中途得急病不幸去世，又不能等到目的地才落葬，於是便舉行海葬，逝者被投入茫茫大海，巨輪拉起汽笛，繞著那投擲點，緩緩繞了三圈，做最後的致敬，才轉舵駛向前方。也有一絲恐慌，特別是在上不著天下不著地的大洋中，一種無助的感覺湧上心頭，海風漫天吹來，襲在身上，倍感蒼涼。好在終於還是平安到達。

寧靜，就像黃昏時分，夕陽西下，那橙紅的太陽在遠處下墜，大海沉默，四周寂靜無聲，只有輪船馬達聲兀自轟鳴，遠遠地傳開，更加凸出周圍的靜謐。直到那一團火焰由漸漸向海平面靠攏，變成四分之三圓，半圓，四分之一圓，只剩海天一線間，忽地，那火團猛然一躍，便沉沒在海的那一頭，只留下餘光，染紅了西邊的半個天空。那橙紅的天空慢慢變黃，逐漸變黑，月亮昇起，星星滿天。我坐著不動，涼風吹來，冷意漸深，這難忘的四月，此生恐再難遇上的太平洋之夜！

當然也有頭昏腦脹的時候，雖然是四月，太平洋大致平靜，但也不盡然，有時海水捲起如山的巨浪，在船頭掀起黑色大廈，高過船頭，彷彿就要迎面把我們一口吞沒。那一陣子，絕大部分乘客嘔吐大作，昏昏然躺在船艙裡，連說話的力氣也沒有了。大海在我們面前展示它無窮威力。我們顯得非常渺小，「蟻民」，是多麼貼切的形容。

當船員們吆喝著，看日出了！看日出了！正是太陽冉冉昇起的時候。我們掙扎著爬起身來，搖搖晃晃跑到甲板上，那裡擠滿了人，四周寂靜，只有沐浴在一片金色陽光下的大海，發出一陣陣撞擊在船舷的聲音，嘩嘩嘩的，傳得空曠而悠遠。

又一天了。巨輪停泊在港口，但見許多小船圍了過來，從船舷望下去，是一些印度、馬來小販在兜售東西，有些荷包腫脹之人一擲千金面不改色，買下軍用望遠鏡、珠寶玉石、手錶等等，令我羨慕得很。更加羨慕的是後來，幾個人竟上了岸，回來大談新加坡見聞，簡直令人妒忌。咦，不是不准離船嗎？他們笑而不答，其中一個還睒了睒眼，不知是甚麼意思？但島國新加坡便蒙上一層神秘的面紗，令我這個過其門口而不入的過客，心癢難搔：明明只有一步之遙了，但終究還是緣慳一面。直到好多年以後，我才有好幾次遊獅城的機會，或是純粹旅遊，或是開會間隙閒逛；當年小船圍擁而來的情景不再，但那畫面定成了凝鏡，遲遲不肯從我腦海中退潮。

經歷過驚濤駭浪，終於航向平靜，到達南海，掠過香港海面，輪船慢慢駛往廣州黃埔港。碼頭上，歡迎人群敲鑼打鼓，我們魚貫步下扶梯，我最記得拉起的橫幅上大字寫著：「海外孤兒有了娘！」「祖國是海外華僑最有力的靠山！」那一刻，心中激蕩。不過也有一絲猶豫，我踏上的國土，將會怎樣展示其面貌呢？

但也來不及細想了，只見大廈灰沉沉，街道兩旁掛起晾著的各種衣服，在春風中無規則地飄揚，我的心沉了下來。

三年困難時期開始了，而我也告別父母的羽翼，一腳踏入國門，學習獨立生活。

二〇〇八年三月三十一日草成；七月二十八日改定

（刊於《大公報・文學》，二〇〇八年八月三十一日）

四月北京

總是不能忘記那榆樹，那時我剛從赤道回北京，剛在華橋補習學校安頓下來，便心急地跑到附近的釣魚臺，但見路旁的行道樹光禿禿的，沒了葉子，但枝頭間已顯露出小小的青芽，翠綠得可愛。北京的四月底，便以這樣的面貌，展示在我面前。

出生在山城萬隆，常年氣候如春，一年只分旱季和雨季，對於四季並沒有甚麼感性認識，一旦回到季候分明的北京，那微冷的料峭春寒，便深深地襲上我的心頭。這是北京的春天，我剛踏足，立即印象深刻。當時我穿著棕色皮衣，生來就在熱帶行走，自以為足夠了，豈知那寒在骨子裡的天氣，竟讓我回校之後發燒，打針吃藥，折騰了一番才慢慢痊癒。我才知道春寒的利害，下的馬威，令我不敢大意：溫帶氣候完全不同熱帶。從此之後，我便小心隨著季節變幻，更換衣服，春捂秋凍，我從熱帶孩子，變成四季穿不同衣裝的學生。當然，當時的顏色單調，不是藍便是灰，變化甚微，我更加不敢放肆，在規矩中墨守陳規，並沒有人明確告訴我該穿甚麼不該穿甚麼，但周圍的氛圍，一點點敏感也足以叫人自律。後來考上大學，不覺放縱自己，頭一天上課，竟穿上格子短袖衫而不自知。直到後來混熟了，一個來自河南農村的同學開玩笑說，剛來的時候，見我穿花衣裳腳踩皮鞋戴手錶，還以為我是外國留學生呢！我嘻嘻哈哈地應對著，心裡著實暗暗吃了一驚。從此便把一切不合時宜的裝束打進冷宮，熱天白上衣，冷天藍或灰衣服，穿布鞋或棉鞋，而且一穿到底，直到遷居香港。

於今，釣魚臺外表依然，門口還是昂然挺立著穿著軍服的衛兵，但人肯定已經更換了多次，多少故事也只能憑著想像去演進。當我回來，驅車駛經，風雲似乎在我眼前緩緩掠過。

釣魚臺又稱國賓館，那時，迎來送往的國賓都住在這裡，對我們這些不得其門而入的老百姓而言，充滿了神秘的感覺。遠遠望去，只見綠蔭蒼松處處，但內部如何，只能留下無限想像空間，任我們去猜想。倒是它後面有一口湖，常見有人在那裡悠然游泳。

那時時興迎接來訪的國賓，我曾經無數次在這裡或者天安門附近被安排在學生群中列隊歡迎，熱烈歡迎，往往是周恩來主賓，胡志明駛過去了，金日成駛過去了，謝胡駛過去了，恩克魯瑪駛過去了，許許多多已不記得名字的亞洲非洲領導人駛過去了。車隊過去了，我們也就陸續回校去了。

四月，北京的春天正盛開季節的的狂歡，那也是春遊的好時候。剛上大學，記得上大學頭一年的春遊，便安排登八達嶺長城。天還沒亮，我們便出發，當時是意氣風發的大學生，不知天高地厚，也有點少年不識愁滋味，坐在從永定門開往八達嶺的火車上，一路高歌一路歡聲笑語，春風陣陣拂來，覺得世界真是我們的。到了目的地，爬長城，唯恐落在別人後面，一氣登上幾個峰火臺，雖然喘得上氣不接下氣，汗流滿面，濕透全身，但卻抑制不住內心的快活。青春年華驕傲地顯示自己的生命力，儘管那時並不自覺。後來回想起來，那真是一去不復返的歲月，但當時並不以為意。它從指縫間很輕易地就溜過去了，只留下已經泛黃的老照片，給那舊日留下憑據：確曾有過那樣得意的日子，照片上題著的「風華正茂」四個毛筆字可以作證。我記得我們在城牆上用小刀刻上自己的名字，好像是大人物留下印記。豈知風吹過，能留下名字的人，大概都不是以這種方式幻想不朽的芸芸眾生，諸如我們這些人，豈敢有那麼大的想頭。

到頤和園春遊，又是另一幅情景。盪舟昆明湖上，此舟碰著那舟，在湖面上激起一串青春的歡樂笑聲，險些沒掉進湖裡去。於是便有人引亢高歌：「讓我們蕩起雙槳……」歌聲此起彼伏，直劃到夕陽西下，還戀戀不捨，不願棄船而去。留下的是在太湖石邊的天真照片，黑白分明得就好像在昨天一樣。但我們再也回不到從前，歲月如歌也如流水，北京的四月已離我遠去，我再也聞不到四月那春寒料峭的氣息，微涼中讓人清醒的氛圍。那年四月我重回，北京再也不是我熟悉的生活過十三年的古都北京，她已迅速成長，連我都不太認得了。看著賈哥哥林妹妹我差點迷了路，我那時有甚麼大觀園?!

四月北京，在我心中還有一層意義，當年回國，從廣州出發，搭三天兩夜的火車，也是在四月二十二日踏上北京的土地。在我的生命中，與北京結緣，始自那個難忘的寒氣逼人的四月。那時，我離開家裡離開父母，學會獨立生活，在北京做個節假日孤獨的寄宿生。

二〇〇八年九月二十七日

（刊於《大公報・文學》，二〇〇八年十一月二日）

補習生涯

那時是四月，既不是學期初也不是期末，我們剛從海外回國，華僑補習學校處於鼎盛時期，印尼排華，一批又一批的華僑學生前仆後繼地湧來，我們被安排到北京華僑補習學校補習，準備三個月後參加統考，以測定成績，分配到相應的正規中學去。

在廣州等候分配時，有關人員動員我們去集美，並播放彩色記錄片作為支持的後盾，說集美如何漂亮如何動人，無奈我無動於衷，堅持要上北京，卻並沒有必去的理由。他們一再做工作，說北京名額少，但我的理由是有堂哥在那裡，可以照應我。我想這理由也很牽強，心裡暗暗做好了去別的地方的思想準備。但分配名單公佈，真的分到北京，連我也不敢相信我的眼睛。我後來常常想，如果當時我給分到外地去，後來的生活道路肯定會有所不同，人的選擇，即使是被動的，有時也會影響一生，豈能不信！

那時補校是在阜外西口，也就是西城區阜城門外，當時雖不算偏僻，但也不在市中心。據說我們來到之前，這裡曾發生印尼幫和泰國幫兩幫人打群架的事件，傷了多人。傳聞起因是為了女孩子，但真正原因就沒有人知道了。我大吃一驚，加上有人說泰國華僑會打泰拳，很厲害，我弱小的心靈更加害怕了，此生還從來沒跟人打過架，要是雙方動起武來，那如何是好？

好在沒有，這時大部分泰國歸僑學生已離開補校，這裡幾乎變成印尼歸僑學生的天下。大家來自同一個地方，彼此也就相安無事。當然個人的小磨擦不斷，但大衝突似乎沒有。可是有些人還是好勇鬥狠，有個比我還小的同學，平時就懶懶散散，有一天忽然傳出他出事的消息，原來他上附近的甘家口商場，不知怎的，竟與一個路過的軍人口角，說話又不夠人家厲害，他血氣方剛，竟然動手，一拳便把人家打倒。他打人，就是有天大的理由也白搭，他被拘留，但不久也放了。他們說，好在是華僑，不然的話麻煩大了。大概是當時的華僑政策幫了他吧？

甘家口商場是我們留連的地方，那時沒有很多地方可以讓我們去消磨時間，也就是看看電影吃吃飯，也沒有多少選擇。甘家口商場有商場有餐廳，有中餐廳也有西餐廳，那時是困難時期，我們乍從海外回來，雖吃飯沒有定量，但還是很饞，都是歸僑身分，大家都不懂得顧忌，即使不是大吃大喝，卻也並不避人。有一次正在西餐廳吃著，忽然冒出個衣衫襤褸的乞丐，張口就一口痰，吐在那羅宋湯上，我一驚，當時是先交錢後進餐，我趕忙逃也似的跑了，回頭卻見那人坐在我原先的座位上，狼吞虎嚥起來。後來懂得避嫌，那才重新調整自己，或者是偽裝自己。人畢竟是貪吃的，特別是在困難時期，油水少，特別饞，記得有個香港回去的P姓學生曾悄悄帶我上的「全聚德」烤鴨店分店，當時就在西長安街電報大樓對面、首都電影院的旁邊。那是高價菜，十塊錢一隻，三個人吃，已經很飽了。雖然要排隊掛號，但他是熟客，只見他一進門便揚手，一個穿白衣的胖服務員便匆匆趕來，原來朝中有人好做官，他有內線，明明好多人輪候，我們連排都不用排，一直登堂入室。這好像也是我第一次吃烤鴨，用薄餅包上，加上大蔥青瓜條甜醬，一口咬下去，呀，那滋味，端的好吃。他悄悄地說，我們吃了就吃了，打槍的不要，回去要裝得若無其事，小心！我明白。那時吃吃喝喝隨時都會給周圍的人批判成「資產階級思想」，當時的環境，誰不怕？也有人悄悄說，有錢不如吃進肚子裡實惠，買衣服穿在身上太張揚，給人一眼看穿。這也是實情，那時藍黑灰是衣服的主調，社會風氣如此，誰也不敢越雷池一步，為了自保。

我們在補校，主要是補以前在海外根本沒有接觸過的政治課，許多名詞如「修正主義」，連聽都沒聽說過，心想，「修正」不是好詞嗎？但不敢問。慢慢地，我也熟悉了一些政治術語。六月底參加正規中學的統考，全國分配，班主任Z老師叫我們個人填寫志願表，我只填北京，Z老師找我談話，說不能只填一個，至少要填三個讓組織考慮。我說我想留北京，其他地方我沒有考慮，隨便吧！有個同學更當眾指著教室牆上貼著的宣傳海報說：「祖國的需要就是我的志願！」那氣氛，使得我心裡暗生壓力。但名單公佈，他給分到湖北，即場大鬧，原來他要留北京，或者上海，後來如何，那時兵荒馬亂，我也無心打聽；也不知甚麼原因，我果然給分到北京，只記得拿到方案時，我快樂得說不出話來，對Z老師充滿了感激之情，但也只是藏在心裡，從未表達過。至今，我還記得她那慈母似的臉容。但我去正規學校之前，只忙著整理行裝，根本記不得向她告別，離開了，雖在同一個城市，也再沒有回去過，當然也就沒再見過Z老師。她在我的生命中恰如一道流星在夜空劃過，轉瞬便消失得無影無蹤，但我想像中的她那大筆一揮，卻給我此後的道路以巨大的影響。

從此，我便取得了北京戶口，讀畢中學上完大學還留校搞「鬥、批、改」，直到畢業分配。離開北京時，已是一九七三年九月二十日，屈指一數，自萬隆回國，足足在北京待了十三年半。不同的是，當年從廣州北上時，是咣噹咣噹坐三天兩夜的火車，而離開北京南下，是乘飛機，三個多小時便到白雲機場。在廣州的賓館裡休息三天，準備經過深圳，過海關，移居當時非常陌生而且有點恐懼的香港。

二〇〇八年十二月二十五日

（刊於《大公報・文學》，二〇〇九年二月八日）

馬神廟

那地方有個奇怪的名字，叫馬神廟，在西城區釣魚臺附近。乍一見，立刻給我以「馬神」的印象，但甚麼樣子，我也搞不清楚。只有馬面的形象深刻腦海中，暗想，難道這一帶有過馬神的蹤跡？但我從來沒見過，也沒聽說過附近有個供奉馬神的廟。這名字怎麼樣流傳下來的？我根本一無所知，只是心裡有點納悶，文革時「破四舊」，它究竟有沒有被破壞掉？按那情景，是無法保持下來的了，但那時根本沒有想到它的存亡，只是後來回想，想當然而已。

那時，補校寄居在馬神廟的北京外國語專科學校，大概是中專吧，我們佔了一幢宿舍樓，女生在三樓四樓，男生在一樓二樓。上課時我們穿過花園，看到花兒在盛開，打打鬧鬧到教室去，無憂無慮。下課時常常見到那些北京男女同學在校園裡苦讀外語，他們大聲地朗讀，在我們不太有水平的耳朵聽來，也覺得不大標準，心裡卻萬分佩服他們的精神和毅力。可是我們和他們並沒有甚麼來往，各自自成一國，連學校外頭，也掛兩個牌子，而我們儼然是「國中之國」。

其實我們在那裡是過渡，並不準備長待。記得那年初夕，我們班在教室聯歡，也就是唱歌跳舞吃東西，一直鬧到倒數時間，當午夜來臨，收音機播出元旦鐘聲敲起，全場歡騰，男同學相互擁抱，外面寒風勁吹，教室裡爐火熊熊，照亮了張張年輕的臉，當P一把抱著我的的時候，我眼淚幾乎奪眶而出，可能是溫暖，可能是一時感觸，可能是遠離家庭的反應，可能是又新的一年來到了，我很難說得清是甚麼感覺；總之，在那一剎那百感交集，乘著新歲的翅膀悄然潛來。

在寒假裡，也曾與朋友結伴，乘無軌電車上北海公園，在那裡，冬天的湖面結冰了，經人工清理，變成天然滑冰場。購買入場券，這才知道，冰鞋還分花式刀、球刀和跑刀，像我這樣初學的「菜鳥」，當然要從花式刀開始。換上冰鞋下場，我們扶著擋板在冰面上踉蹌而行，但見一個個身影矯健，從我們身邊飛掠而過，而我只能倚著圍板卻步，不禁又羨又妒，竟不知人家花了多少心血時間，才練就那身輕如燕的工夫。冰場喇叭不停播放《步步高》、《旱天雷》、《雨打芭蕉》、《彩雲追月》等輕快的廣東輕音樂，我的心也飄飄然起來了，試著放開手腳，大膽嘗試舉步，剛邁開兩步，便一個頭重腳輕，一屁股跌在又硬又冷的堅冰上，和我一起跌倒的還有Y，我們兩隻熱帶魚哪會滑冰，在萬隆，只會穿溜冰鞋溜旱冰而已。我們勉強起身，北風猛地呼呼颳來，冷得我們打冷顫，又不能像他們那樣，繞圈疾奔，只好相互攙扶著趔趄而行，竟也滑出了幾步，已經很開心了。回校的路上，戴著帽子圍巾手套，全副武裝，在人擠人的無軌電車車廂裡，搓著手，呵著氣，一面回味著剛才冰上的一幕。

也是在冬季，我們成群結隊，跑到西四，忘了甚麼電影院了，只記得是在胡同裡，看奧地利的《冰上的夢》，後來又到崇文門看國產的《冰上姐妹》，欣賞冰上的藝術極致，看到力的追逐，對冰上運動充滿了嚮往。佩服歸佩服，但我終究不是北方人，到離開北京時，我依然是個欣賞者，光說不練。

在那些日子裡也有些無聊，有個同學買了鳥槍，揹著到處遊走。我見了有趣，便學著打鳥。我們宿舍樓門前有幾棵棗樹，高高地立在那裡，有時鳥兒便在那上面棲息。剛好這時幾隻麻雀飛來，停在枝頭，我看牠們撞在槍口上，也不細想，舉槍就射，竟然命中，那麻雀掉了下來，其他麻雀忽啦啦地驚走高飛，我看著掉下的麻雀猶在地上爬行。他們高呼著圍了上去，我卻止步不前，心裡有些難過。從來也沒有打過獵，不料一射即中，我反而被驚嚇了。自此之後，我再也不敢去獵鳥了。

印象很深的，是在附近的三里河工人俱樂部看《青年時代》了，那是蘇聯一部反映年青人生活的電影，那時中蘇已有爭端，他們回來後大談那片子如何「修正主義」，我卻茫然不知，只覺得好看，尤其是裡面的歌詞：「當年我的母親……」可能暗合了我剛離開家的心思，牽動了思緒萬千。我一言不發，但不免心驚，人家看出問題，我卻沒有，大有跟不上時代節拍的意思，以後該怎麼生活？好多年以後，內部放映批判電影《山本五十六》、《啊！海軍》、《日本海大海戰》等「軍國主義影片」，同學M搞到幾張票，也是在三里河工人俱樂部放映。記得那時社會上已沒有甚麼電影放映了，來來去去都是「老三戰」，即《地道戰》、《地雷戰》、《南征北戰》，還有一個明星，就是放電影前的新聞短片，往往出現當時在中國的柬埔寨流亡政府西哈努克親王。有新片子上映，我們興奮無比，也不管批判不批判了，看了再說。那光影聲色，一直陪伴我們幾達五個小時，還意猶未盡。但散場後，我們卻不語，大家心領神會，都顧左右而言他，沒人去觸及電影的話題。

那時在學校前面正在施工，建造樓房，有一晚，我們趁著夜色溜到那裡，只見工程剛開始，地基之外，牆面已起到一人高，還沒有圍住，隨便可以進出。春風從四面徐徐拂來，暖人心肺。仰頭一望，月亮當空斜照，寂靜四周無人，如此良辰如此夜，只聽到心跳聲，此時無聲勝有聲。直到許久以後，我又走過千山萬水，但總是難於完全忘卻那情景。

那個晚上，夜雨過後，我與Z從外面走路回來，踏著濕漉漉的瀝青路，我們嘀咕著這馬神廟的來歷，終於也不了了之。反正我們也不求甚解，就當它曾經有一座供奉馬神的廟好了，於是，在夜色中，仿彷彿有一匹駿馬在空中馳過。在我們前面約十來步，一個年青姑娘匆匆走著，Z望著她的背影，嘟囔著說了一句甚麼，濕氣中聽不大清，大概是評價那女孩吧，我只是笑了一笑，沒搭腔，學校已在眼前了。

二〇〇九年三月七日

（刊於《香港作家》雙月刊二〇〇九年第三期）

志在四方

已經記不得怎麼認識的了，那時分班，我因為不適合報考理工科，臨時轉到文史班。排座位的時候，分配和我同桌的是一位女同學L，剪了男性化的齊肩短髮，左臉上有一塊紅色的胎記，並不動人，是泰國歸僑學生。我本來生性就不主動，雖然同桌，也極少交談。

大概過了一個月，她向我借筆記本，才慢慢開始了話題。她是「大家姐」，本來在醫農班的時候，她便是團支部書記，是眾人的領袖，大家都以她唯命是從。離開醫農班插進文史班，她依然擔任支書，依然是眾人的阿頭。她作風潑辣果斷，有男性之風。在她面前，我好像是被保護者；唯一可以與她抗衡的，是當時我的功課比她好。有時她在堂上悄悄寫字條給我，問我問題，抬頭例必「小狗」；我回她，也「大狗」開頭。那時兩小無猜，純粹鬧著玩，心無雜念。直到有一天上午，聽說班長在講我們的是非，當時年少氣盛，按捺不住，立刻從宿舍下樓，直奔教室，當時空盪盪無人，我責問G說：「喂！你是班長，說話要負責任，不要胡說八道！」G悴不及防，結結巴巴地回答：「你……你……」他說不下去，我認定他心虛，便丟下他，揚長而去。看到他不知所措的狼狽相，出了一口惡氣，我有得勝回朝的感覺，都不知道有多過癮。

但不久有新疆大學的人員來我們學校，內招維吾爾語班學生，她竟然自報奮勇，事前我竟一點消息也不知道。心裡有些不平衡：哼！還說是好朋友吶，連要去新疆都不事先告訴我！

一切都已經塵埃落定之後，她才告訴我說，她是支書，要帶頭。當時全國正動員知識青年走向農村、走向基層、走向邊疆，配合動員，歌曲諸如《中華兒女志在四方》流行一時，形成一種無形的壓力。社會上正大放諸如《軍墾戰歌》彩色紀錄片，由著名詩人郭小川撰寫的解說詞慷慨激昂，在當時的我們聽來，極有文采，也很有煽動力。許多上海知識青年去新疆石河子軍墾農場落戶，形成一股熱潮，我想，她必然也對新疆有不切實際的幻想，比方對於美麗的地方、濃鬱的民族風情，有她的嚮往；因為我當時也是這樣的想法。

她臨行前約我去散步，那是二月大雪後的一個傍晚，晚飯後我們繞著學校轉了一圈，踏著未融的積雪，腳下棉鞋沙沙作響，一步一個腳印，北風吹了過來，寒氣直往棉衣裡面鑽。她歎了一口氣，問我：「你是不是覺得我很想上大學？」我嘴上說，沒有，但心裡對她不以為然。別說妳是團支書，妳始終成長在泰國，屬於熱帶地方，怎麼一下子就跳到大西北去了呢？但我不敢講，這話不合時宜，我當然明白。無法直說，反正去烏魯木齊已成定局，多說無益，不說也罷。

有一天下午，我下樓去鍋爐房，正好碰上她也打開水，我們寒暄了幾句，大都言不及義，好像是問她準備好行裝沒有？忽然她的熱水瓶爆開了，我們嚇了一跳，好在都沒事。當時的熱水壺，有些是用竹籃包著瓶膽的那種簡易壺，不巧她手提的便是這種水壺。我隨口安慰她：「舊的不去，新的不來。」她笑，沒說甚麼；但我心裡有一種說不出的感覺。

到了那一天，好像是星期天中午吧，我和一大幫醫農班的同學到北京站送她，站臺上送行者人山人海，西行的學生就佔了一個車廂。我們在月臺上告別，歡笑聲中，有淚水暗湧。列車長鳴一聲，倒退了一下，車子快要開出，L從窗口伸出手來，與我們逐個握別，說：「寫信！」直到不能不放手才作罷。

火車呼嘯著遠去，終於不見了，我們也紛紛收拾心情回校。

但L去如黃鶴，連一封信也沒有。

後來我上大學，有新的圈子和生活，沒有聯繫，她也從我的腦海中淡忘了。文革中有一天，原來的同學碰見我，說，L回北京串聯，問我有沒有見到？沒有，也不知道她究竟住在哪裡。偌大的北京城，人海茫茫，該到哪裡去尋找？

我只好自我安慰，要是她有心，必會聯絡我。

沒有人來找我，考上大學後，也許她不知道我的去向？就好像許多同學一樣，走出校門，從此真是「再見」了。人生道路上有好多驛站，跟許多人相遇幾回，分手幾回，也許是命中註定如此。她在《中華兒女志在四方》的歌聲中從北京西去，直到不見蹤影，不再回頭，就像一道流星從夜空中劃過，她出現了，很快又消失了，好比曇花一現。

二〇〇九年三月十日

（刊於《香港作家》雙月刊二〇〇九年第三期）

青春年華

已經記不清細節了，只隱約憶起，放榜公佈我分配到北京市第六中學，說是在天安門附近。此前，自四月回國以來，就在北京華僑補校補習，對正規學校的生活，既無知，也好奇。

給接到的學校，才知道是男校，也就是除了個別的女老師之外，都是男性，或稱「和尚學校」。我們事前完全不知道底細，也不明白體制，不免有些驚奇。其實那時男校都直稱中學名稱，而且都以數字作為校名，比方北京市第六中學、北京第一零一中學等等，男校和混合中學，前頭都不加甚麼，但女校則要加「女」字，如「北京女子第一中學」等。我們男六中位於「南長街」，延伸下去，為東華門所分割，在同一條街又分出「北長街」，那裡還有一座女校，叫「北京女子第一中學」，簡稱「女一中」。那時也在心裡冒出一個疑問，覺得似乎有些奇怪：為甚麼男中就不用標出「男」字，而女中便要點出「女」字？但也只是一閃而過，沒有細究。由於男女分開，有時活動不太方便，所以兩校的僑生便經常組織聯誼活動，比如「五一」、「十一」日間和夜間在天安門廣場的狂歡，需要出動男女同學聯合參加表演。那是後話了。

我們學校有學校宿舍，但不多，基本上提供給像我們這些無家可歸之人，北京同學即使當時住房條件大都不佳，也好過我們。我們共十幾個人，分在兩間大宿舍，一間住著十幾個人。男校倒也方便，彼此大大咧咧，不大注意儀容，頭髮從來不梳；也不止是男校如此，社會上絕大部份男性都如此，大家也都習慣了，要是有誰注重儀表，不免引人注目，搞不好被冠之於「資產階級思想」的帽子，須知，那時那是多麼可怕的「罪名」，人人唯恐禍從天上來，避之不及。猶記得有一年寒假，學校寂靜，一個年紀比我大的Y姓同學，拉我上王府井照相，四顧無人，我們悄悄溜了出去，到了「中國照相館」，才掏出塞在口袋裡的領帶，對著鏡子結好，才施施然拍照。照好，渾身不自在，想要除下，卻為Y所阻止，他一路上吹著口哨，顧盼自豪，我卻心事重重，好不容易捱到校門口，我無論如何也要把領帶除下，落得個「不實事求是」的譏諷。Y哪裡想到我已經明白凡事不可標新立異，與眾不同；我才不出那個風頭呢！即使照了，那相片除了寄給海外的父母之外，我也從不拿出來，那套在萬隆做好的灰色西裝也打進冷宮，一直到我離開北京，我都沒有再穿過。

我們學校是一座老校，據說清朝時曾是吳三桂的馬房。那是一座三進的四合院，迎面的是一塊石壁，屏風似的擋住門口，大字寫著「好好學習，天天向上」，是毛澤東的手跡；校址就在天安門左近的南長街，隔著一個北京第二十八中學，西邊便是中南海了。據說曾經打算起樓擴建校舍，但終究沒有批准下來，傳說是因為離中南海太近，樓房可以居高臨下，窺見那裡面的動靜。學校的另一邊，在長安街和南長街交接的街口，是幾內亞大使館，門口總是有腰間佩著手槍的士兵站崗。每當我夜裡回校經過，總是感到有點神秘。後來所有駐華大使館都集中搬遷到朝陽區，這裡改成胡喬木府邸，大門深鎖，也一樣讓我感到神秘。而在北長街的盡頭，靠近北海公園，是陳雲的府邸，外表看上去也是普普通通的四合院，也是大門緊閉，不能窺見裡頭到底是何模樣，想來必是別有洞天吧？還有上將李達也住在六中附近的一條胡同裡，但我沒有去他家門前看過。只是有一夜，我們去東四看蘇聯電影，回來得遲了，學校大門已經緊閉，敲了半天門，那看門老頭不知是否聽不見，反正是不理會。不得已，我們幾個便繞到宿舍區，那短牆不太高，我們搬來幾塊磚頭墊腳，翻過牆身，便穩穩落到校裡去了。我們剛翻過，忽然瞥見一個巡警騎自行車巡邏，我們驚呼「好險！」要是給當場逮住，那可真是有理也說不清了。事實上也曾經發生過深夜入校盜竊案，後來成為香港著名武打明星的羅烈（本姓王），當時是我們同學，課餘在什剎海少年業餘體育學校練重劍，他在夢中被驚醒，跑出來和另一個同學奔去追逐，翻過這短牆，終於抓獲小偷。

學校左手邊是一間小房，是傳達室裡面坐著個老頭，有客人來訪，須先登記姓名、單位、性別、到訪時間、探訪人姓名等，離開時還得有被訪人簽名作實，並填上離去時間。倘若看門人對你有所懷疑或者不滿，還有權要求你出示身份證明。總之，他職位不高，權還挺大。許多傳達室老頭資歷很深，都挺橫的，誰也拿他沒辦法。那些寄來的信件，便插在外頭的信欄裡，你還得討好老頭，免得他動怒，把信給沒收了，或者處理掉。那時我們幾個都在盼著海外父母的來信，有「把柄」在他手裡，加上要借電話或者要接聽電話，也全靠他通傳，所以更加不敢得罪。

越過那石壁，是大操場，我們便在那裡上體育課，在往西，是一排房子，我們在那裡上勞動課，上的是木工，有的同學手巧，煙鬥磨得似模似樣，但我不行，一上勞動課我就頭疼，給打的分數也總是在邊緣徘徊。我想大概給的也是「照顧分」吧？

在操場的西南角，有一間露天浴室，夏天我們成群結隊去那裡沖涼，一面引吭高歌，一面嘻笑，那時還不習慣於大庭廣眾前赤身露體，便只脫到三角褲便算，不像後來，習慣了在公共澡堂洗澡，甚麼也無所謂了。但是到了冬天，就無法繼續在那裡洗澡了，除了天冷之外，也還因為水管都結冰了，哪裡還能流出水來？我們只好去王府井的「華清池」，那公共澡堂的名字，端的讓人想起楊貴妃，連洗澡也感覺不同。否則就上西單的浴池，買票，入場，脫衣，存放，沖涼，當客人很多而位置不足時，衣服可以交服務員保管，但見他把東西存進籮筐裡，只一拉，便吊上橫樑，再交給你一個有號碼的牌子，方便你離開前認領。人少的時候，你可佔據床位，甚至可以在那裡睡大覺，直到心滿意足為止。

二進是教學區，包括校長室書記室、主任室、各教研室，還有小禮堂、圖書室，我除了上過圖書室借過諸如阿・托爾斯泰《苦難的歷程》三部曲等小說，就是去看看那唯一的黑白電視。那時第二十五屆世界乒乓球錦標賽在北京舉行，電視現場直播，供大家收看。但是人多地方有限，我們只能趴在窗外，非常艱難地從人縫間擠出一線偷看，已經感到十分幸福了。我特別記得中日團體決賽中，徐寅生連扣十二大板，扣死星野的威風凜凜鏡頭，不由得封他為我當時的偶像。

當然上課也新鮮，印象最深的是三角課，老師是渺其一目的四川籍男老師，五十歲左右，在當時的我們眼中，已經很老了。他用川腔講出「三——角」（「角」字短促，讀如jue，二聲）時，那「三」字拖得很長，P姓同學每每在課間小息時學著他的模樣，搖頭晃腦拉長音調說：「三——角」，不料給他聽到了，他也不以為忤，只是歎道：「你很聰明，可惜呀可惜，你腦子都不用在功課上！」P嘻嘻哈哈應付過去，私下卻跟我們說：「你們知道嗎？他的眼睛是怎麼弄壞的？是做地下工作時，在街角窺探動靜時，被敵人的子彈打到的！」我們像聽故事那樣聽，也沒人去驗證。我暗想，他演過話劇，這故事多半是捏造出來的！後來他果然考上北京電影學院導演系。至於班主任W老師，教的是政治課，他教的「矛盾論」、「實踐論」，其實我也不甚了然。只記得他慷慨激昂的模樣，後來我離開了，在文革初期，聽說六中出現「反黨小集團」，而W老師作為團總支書記，竟也牽涉在內，成為其中的骨幹份子。和他一起被打成小集團的，還有學校V書記等，那是一個精明強幹的女幹部，解放前就參加學生運動，當時是革命幹部，用現在的話來說，就是女強人。我跟W老師接觸不多，但有一年暑假我南下廈門找我四姐，回京後他曾問我鐵路沿線的情況。當時是困難時期，所以我認定他是關心國內情況。後來此案再也沒有聽到消息，那時兵荒馬亂，我也自顧不暇，無心打聽，也許最後不了了之了吧？但文革中期，我去過一趟六中，文革一開始，六中也是中學紅衛兵組織「聯合行動戰鬥隊」（簡稱「聯動」）鬧得最厲害的地方之一，聽說鬥老師鬥得很狠。我想看看重故地，那時已經基本上風平浪靜了，我一直走到最盡頭的廚房那一頭，但見牆上用血字塗著的「紅色恐怖萬歲！」依然歷歷在目，我們認識但並不熟的一個師傅，似乎姓徐，我們一直按北京叫法叫他「大爺」，竟然因為出身不好，活活地給紅衛兵打死了。我暗自慶幸早已離開，假如文革爆發時我還在中學，說不定難逃被揪出來的下場！想想還真有點後怕。

講起廚房，我想起剛來的時候，有一天早上，黑板上用粉筆寫著早餐的菜式，其中有一道是「雪裡紅」，我們一看，不禁很期待，以為是甚麼好菜，誰知道等到排到了，才知道那原來是蘿蔔，因為表皮紅而內裡白而得到此美名。

第三進是宿舍區，只記得有一回，有人在通道上丟下一塊饅頭，引起追查：目下是困難時期，大家都吃不飽，誰竟然如此浪費糧食？但結果也是不了了之。即使查出來了，恐怕也不會公諸於眾吧？宿舍監督是Z老師，一個五十多歲的老太太，她很和藹，一副慈母的模樣，也容易輕信；有一個星期天，W與他的天津女朋友在宿舍裡「談心」，命我們為他把風，恰好Z老師巡過，也是印尼歸僑的L，連哄帶騙把她引開，居然也躲過尷場面。我最後見到W的女朋友，是W即將離開北京南下香港的時候，她從天津趕來替他收拾東西，只是驚鴻一瞥，記得他把貴重物品都留給她了。

隔著一個長方型空地，那面是掏糞式廁所，當掏糞工人來掏糞時，特別是夏天，那簡直是臭氣熏天。那院落中間有一排水龍頭，供寄宿學生刷牙洗臉。因為露天，天冷時根本不能用，冬天連水管都封凍了，即使你不怕冷，那水管也早流不出一滴水了。

那排水龍頭旁邊有一株老槐樹，已有年頭了，大概見證過吳三桂時期吧，冬天偶然半夜醒來，急於上廁所，便披上棉衣橫過空地急急往前走，寒風吹來，呼呼作響，假如是下雪的晚上，就更加淒涼，好像背後有鬼追著，不敢回頭望。跑進那點著昏暗如豆燈火的廁所，那寒風還是從用來透氣的空格傳來，冷啊，匆匆地小跑著趕回去，一頭鑽進棉被裡，心猶在砰砰亂跳。後來聽一個同學神吹，說曾有不少丫鬟自殺，吊死在那樹下，我更加心驚，深夜穿過那院子時，只是一味低頭匆匆而過，不敢抬頭望那黑乎乎的樹影。

說起那廁所，由於是男校，沒有甚麼男女之大防。當時P和L都講粵語，我們聽了也不懂，可能因為同聲同氣的關係，他倆交情也特別好。記得那次開玩笑，我們竟一人一手，把正在蹲茅坑的

Ｌ拉了出來，他褲子已褪到一半，只好半蹲著踉蹌而行，並大叫：「放開我！放開我！」一陣笑聲在空中蕩漾，留下少時不羈的印記。

可是，當女一中的學生到訪，我們這些處在青春期的男生個個又顯得特別規矩，儘量顯示出「紳士風度」，不敢越雷池一步。我當時雖然沒有明確的心儀對象，但也還是特別聽話，唯恐出甚麼洋相，潛意識裡隱約有在異性面前儘量表現自我的慾望。

其實，正因為我們學校是「和尚中學」，朦朧中對異性充滿好奇，有一位Ｗ姓化學老師，上海人，即使在那藍白世界裡，長得高挑漂亮的她，沒有刻意打扮，也好像是萬綠叢中一點紅，讓人眼睛一亮，自然成為學生們或明或暗的傾慕對象。有時上課被她冷不防地提問，答不出，便面紅耳赤站在當地，狼狽不堪，直到有其他同學答到為止。香港來的Ｐ姓同學，每年寒暑假可以回香港，在我們眼中成為「特殊人物」。他喃喃地對我說，「我回去以後一定要帶些食品給她！」當時是困難時期，但聽有得吃，還沒見東西，我們已經飢腸響如鼓了。可見Ｗ老師在男學生心目中的份量。他知道我喜歡看我在印尼時是「長城」的影迷，他說，回香港返京，一定給我帶回幾本《長城畫報》看看。至於他最終有沒有帶東西給Ｗ老師，我也不清楚，但畫報是沒有了下文。那時，他和我們這些從境外歸來的學生，大概被視為「資產階級思想嚴重」份子，記得有一次開大會，Ｇ老師當眾點他的名，說他和像他一類人，在資本主義社會生活了那麼多年，當然沾染了許多不良習氣。好在當時他不在場，但當時我年少氣盛，那一番話卻令我不忿，很想去問問甚麼「不良習氣」？但和幾個歸僑學生研討結果，最終還是不了了之。我只記得，他已不太年輕，但總是一身藍色青年裝，胸前別著一枚共青團團徽，一派正氣凜然，還有說話慷慨激昂的模樣。

當時是困難時期，每個人的糧食供應都有定量，最初的時候我是三十六斤，後來動員大家減量，我也減至三十三斤。說實話，當時正是發育長身體時期，胃口特別好，油水又少，常常餓得有氣沒力。我們一個Z姓北京同學實在受不了，便偷偷地跑到附近的中山公園，偷摘榆樹葉煮來吃；結果被公園管理人員抓住了，給扭送回學校，落得個全校開批判大會，給批成「革命意志動搖」的下場。後來高考，他學習成績雖好，但他只給二類的北京商學院錄取。我私下懷疑他是為操行所累，但實際情況如何，不得而知；我想連他本人恐怕也未必知道。夏日的週末晚上便到旁邊的中山公園逛園遊會，看露天電影。那時經常碰到成群結隊的阿爾巴尼亞留學生，據說他們在公園「溝女」，常引發北京青年的不滿，而引發打群架事件。我只是風聞，但心裡卻頗為懷疑：不會吧？他們也是社會主義國家，怎會這樣不堪？可是事實勝於雄辯，那天中午，幾個歸僑學生忽然嘯聚，匆匆飛上各自的自行車，說：快！去教訓他們！原來傳說阿爾巴尼留學生欺負北京女學生。結果如何，好像沒有人告訴我，最後也就不了了之。日子像流水一樣靜靜東流去，無聲無息。那時被譽為「歐洲社會主義的一盞明燈」的阿爾巴尼亞如雷貫耳，除了一些該國電影之外，最熟悉的就是歌曲《含苞欲放的花》，那輕快優美動人的旋律，在我朦朧的歲月中留下印記，我還記得那歌詞：「……來吧，快來吧，我的玫瑰花，你快過來呀！」在朦朧混沌的歲月裡，給了我們依稀的希望。於今回頭想起，好像是做了一場夢；不管此後發生了多少風雲變幻，可是一旦那歌曲響起，我的心又會回到那個場景那個氛圍中去，不能自已。

學校體諒我們這些歸僑學生，宣佈晚上自習課可以隨意，在宿舍也無妨。但我們哪裡安靜得了？加上當時開放一些文化節目，外國電影（以蘇聯和東歐國家為主）到處可看，我也看過香港如《垃圾千金》等揭露社會黑暗面的電影，也看過美國《社會中堅》，內容不記得了，好像是反映工人運動的。當然也看過義大利的《偷自行車的人》（香港譯為《單車竊賊》），還有阿根廷的《大牆後面》、西班牙的《影子部隊》等，我記得那裡面一開場的畫外音臺詞：「男人是光輝燦爛的戰鬥部隊，女人嘛，女人是暗淡無光的影子部隊！」我們學校附近便有勞動人民文化宮電影院、首都電影院等。我記得我還在首都看過法國當時當紅的明星菲利蒲主演的黑白電影《紅與黑》，于連從此進入我的腦海，我還記得排隊遲了，只買到第二排最右邊的座位，加上是寬銀幕，偏得厲害，看得頭昏，可是一點也不影響心情。那是法國司湯達的小說改拍的，而那原著，要等到上大學時才有機會翻看。

漫長的暑假，北京同學都回家了，學校只剩下我們這些無家可歸的人，於是我們從學校借來一部古老的留聲機，放在那老槐樹下轉呀轉的，那唱針刮得黑膠唱片沙沙響，而音樂就如流水似的從那古典的大喇叭中幽幽傳出，在夏日的天空下，蟬兒在枝頭上「知了知了」地哼著，長長短短，有氣無力，我們在樹蔭下光著膀子乘涼，傾聽俄蘇的《三套車》、《紅莓花兒開》、《卡秋莎》、《莫斯科郊外的晚上》，義大利的《深深的海洋》、《重歸蘇蓮托》，古巴的《鴿子》，阿根廷的《多幸福和你在一起》，印尼的《寶貝》、《梭羅河》等，那曲調把我們帶回印尼的熱帶風情中，也讓我們展開想像的翅膀，飛越千山萬水，棲落在不曾去過的國度。

我還記得我生平所見的頭一次雪，便是在這裡遇到的。那是一九六〇年的十一月，天已經很冷了，那個傍晚，我們幾個歸僑學生正在集體宿舍百無聊賴，忽地在外頭的一個同學發一聲喊：「下雪了！下雪了！」我們一聽，全都闖了出去，只見陰霾的天空下起了一小片一小片鵝毛絨似的東西，飄舞著，旋轉著著飄然而下。我們那種興奮哪，就別提了。我自小生長在赤道，如今終於親眼見到之前只有在電影裡才看到的雪，只能用「心潮澎湃」來形容，那雪慢慢地在那地上越積越厚，我們躲在屋子裡，圍著火爐烤饅頭，那爐火吱吱響，香氣四溢，直到夜色降臨，轉頭一望，只見那片片雪花不斷從空中飄下，我們也有生以來頭一次在雪夜中微笑著入睡。次日早晨醒來，但見窗外大地一片白茫茫真乾淨。

到了寒假，天寒地凍，學校裡空蕩蕩的，更加沒有人氣。那年春節，班主任把我們請去他家裡包餃子過年，那時已是最隆重的節目了，那時糧食和副食品限量供應，我們事前還從伙房提出我們名下的限額，挪去班主任家。我們大家動手，一塊吃，熱氣騰騰，在京城吃得津津有味。他家住在一個由幾家人分住的四合院裡，院裡有好幾棵棗樹，飯前他還讓我們爬上去摘棗吃。春節期間逛廠甸，人擠人，賣風車的，寫揮春的，賣小吃的，非常熱鬧，充滿了節日氣氛。我應節買了冰糖葫蘆一長串，結了冰，一口咬下去，又甜又酸又凍又硬，扛在肩上，一路背回學校去，根本吃不下去，心裡疑惑：有甚麼好吃？大概只是過節的心情吧？我們興高采烈，早已忘卻思念海外親人之苦了。

但是，在漫長的假期中，寂寞和傷感時時襲來，那年寒假，一個C姓同學忽然接到電報，說他在雅加達的外婆去世，和他要好的L姓同學還跟他說笑，還朗誦語文課中契訶夫的小說，原文記不得了，大意是說：別里科夫靜靜地躺在那裡……他也不以為意，只是笑罵，媽的！可過兩天，他又接到第二封電報，他忽然嚎啕痛哭，原來是他母親也去世了！我才驚醒，世事無常，莫過於此。之前，我們這些人哪裡會想像得到！

C拿著電報向學校申請出國奔喪，由學校轉公安局辦理。那時出國是大事，輕易不會批准。但我們學校有過先例，羅烈先前便獲准出境，在香港居留。何況C的理由充份。終於拿到出國護照，他約我和L去王府井和平賓館吃飯餞別，那賓館在當年是高級賓館，我有點受寵若驚，也頭一次吃到那裡的炒麵，脆脆的十分好吃；於當時的北京市面而言，可說相當特別，令我難忘。L是我們學校十幾個歸僑學生的組長，在我們心目中他是大哥，有權威。他在席中勸說C，無論如何，辦完事還要回來。C答，回來也不一定再回北京，可能回福州，因為那裡是他祖家。L說，只要你回來就好，不管哪裡都好！我想那是真心話，在私下他沒有必要說假話。但C終於沒再回來，他轉去西德留學，聽說是他家裡堅持，同時他女朋友也在那裡學醫。我還看過他用印尼文從慕尼黑寫來的信，讓我徒生西德無限想像空間。

但就是L，在學校也犯過規條。有一次期末考試前，他晚間去自習，偶然不知在哪裡翻到遺下的試卷，他看到也還罷了，偏偏還把試題透露給我們，這也就算了，偏偏有個愛出風頭的Y，考試的時候，他不用半個小時便答完交卷，意氣風發地走人，震驚監考的老師。後來學校察覺我們幾個考得特別棒，與平時判若兩人，便起疑。於是追查，追到L的頭上，他承認偷看試題才了結。好在他平時表現良好，學校對他的印象不錯，才沒有追究下去，也沒有記過。在暑假時，他還曾把散落在全國各地歸僑學生中的好手邀到北京，組成一支籃球隊，在東長安街的露天籃球場，參加北京市籃球循環賽。那時我們學校作為據點，許多人出出入入，人流很雜，彼此又不瞭解。我有一個金戒子極有紀念意義，是回國時父母特意打給我的，又粗又大，我平時不戴，忽然有一天找不到了，我悄悄告訴過L，他還半信半疑。但到底是誰偷的？我又沒有任何憑據，唯有啞巴吃黃連，自認倒楣算了。他順利地考上內招的北京體育學院。他本來就是籃球打得好，在印尼時已是瑪琅市選手，回國後也不間斷在籃球方面修練，他在體育學院時，也入選過體院四隊，別看是「四隊」而已，其實當時體院實際上是國家隊，四隊的實力如何，可想而知。

L後來也在我之前來了香港，以籃球為一技之長在一家旅行社當經理，他們的球隊曾在香港的聯賽中奪冠，當時我作為《體育週報》的記者報導過。那時他住在尖沙咀，請過我到附近的韓國餐館吃韓國燒烤，也吃過上海菜。再後來常碰到他在當時的啟德機場為印尼遊客辦登機手續。聽說他發了，好久沒見他，忽然有人說他入獄，因為行賄貪污，再後來又聽說他出獄，他娶了四個太太，兩個在香港，一個在泗水，一個在上海。家也搬到淺水灣，住豪宅駕靚車，今時不同往日，他生活應該優遊自在。我後來在一個同是六中同學的喪禮中匆匆見到他，只講了幾句話，也沒來得及多說甚麼，又散失在人群中，只留下一點悵惘，一點欲說還休的無言。往事悠悠，斷斷續續地又從我的心河中爆豆似的跳出。

憶起在天安門旁邊的六中的日子，我好像又回到那夏日傍晚在金水橋畔溜達的時光。那正是青春勃發的日子，雖然仔細算來，我在那裡只生活了兩年多，卻好像已經呆了很久很久。

二〇〇九年二月十四日

（刊於《香港文學》二〇〇九年六月號）

在北京騎車

在北京，那時，中國號稱「自行車王國」，最自在的要算是騎自行車了。當時交通工具不太方便，計程車罕見，一般人也不用，車費昂貴之外，也生怕給別人批判為「好逸惡勞的資產階級思想」，記得有一回搭順風車，不免膽戰心驚，離學校還遠遠的，我就連忙請司機停車，免得被熟人瞥見，後果難測。憶起當時，再看現在，那變化恍如隔世。於今京城計程車滿城飛跑，到處可見，已不是甚麼新鮮玩意兒。想起八十年代中以前，十塊錢可以跑十公里遠的「麵的」（麵包車的士），既便宜又實惠，只是一顛一顛的，不太好坐，但它在的士大量問世前，確實為過渡的北京交通提供了一種不容忽視的選擇，其歷史功績功不可沒。

當時，除了公共汽車無軌電車外，似乎只有自行車最方便，穿街過胡同無所不及，愛到哪兒便哪兒，細細一想，幾乎人人都有一輛自行車，當然，絕大多數是國產的，如「飛鴿」牌、「永久」牌，也不知是誰的「發明」的，總之，有一個時期，人們把在當地紮根的人稱為永久牌，把隨時嫁到城市或外地的姑娘稱為飛鴿牌，倒也形象地烙上了時代的印記。

記得高考的時候，我們騎著自行車飛奔指定的考場，路過西城區一條胡同，一些小孩正席地坐在自家門口，一見到我們便大聲起哄：「考上嘉理敦大學啦！考上嘉理敦大學啦！」我納悶，有座嘉理敦大學嗎？怎麼沒聽說過？後來一問，才知道他們說的是「家裡蹲大學」，也就是諷刺我們考不上大學，在家裡蹲著。這對我們考生來說，當然很忌諱。那時是一連考幾天，為了避忌，後來幾天我們再也不抄小路走大路，以避開那些頑童。我有時會憶起這一幕，心想，當年的那些孩子，不知怎樣了呢？後來他們是否考上了大學呢？如果考上，是考上北京或是外地大學？當時，一般人以考上大學為人生目的，剛到第六中學時，我曾問過剛參加高考的師兄，考不上怎麼辦？他冷冷地說：到工廠，或下農村！我當堂嚇了一大跳，吶吶說不出話來。心想，當初滿腔熱情回國是為了讀書，如果讀不成，豈非傷了父母的心？

那時出門，偶然也搭公共汽車，五路就在校門口有一個站，倒也方便。但大多數還是靠自行車出入，因為它更方便。剛到六中時，過冬要準備棉被，當時歸僑身份有優待，可購買絲棉，Y姓同學自作聰明，說，要八斤！但那證明書卻白紙黑字明明寫著「准予購買絲棉六斤」，他說，不怕！拿出鋼筆，將墨水滴在證明信上，把「六斤」給塗污，改寫成「八斤」，自以為得計，豈知當我們騎著自行車氣喘吁吁趕到近郊區的右安門外，掏出證明給合作社的負責人過目時，他卻一眼看穿，冷笑著說，改過吧？我同學連聲否認，但也不獲通融，只好「六斤就六斤吧！」其實我也不知道兩斤之差，有甚麼要緊？我心裡尷尬，趕緊抱起絲棉就走，跨上自行車，一面埋怨，差點就給你累死！他大笑，振振有詞地說：「有甚麼關係？我們又沒有甚麼損失！他不給，也沒多要我們一分錢。只要試了就甘心，沒試過的話，怎麼知道不行？」

那時已是深秋，我們騎著自行車，風從四面吹來，涼涼地滲透，有點冷意，我們再也不說話，穿過東長安街，經天安門，到南長街右拐，便到校門口下車。老師問起，我們拍了拍綁在後座上的絲棉，連聲說：「辦好了辦好了！」心中有愧，混過去就算，不敢再多言。

還有一年秋天，正等待大學畢業分配的我們有些百無聊賴，便相約一起騎自行車去郊區的蘆溝橋郊遊，我們幾個人缺了一輛自行車，只好載著其中一個女同學走。當時北京自行車是不准載人的，到了蘆溝橋附近，有個青年農民出聲干涉，我們只得下車，慢慢推著走。過了一會，不見動靜，我們以為沒事了，便又讓那同學上車，不料那農民不知又從哪個角落裡鑽了出來，罵罵咧咧，丟下一句：「……樹要皮，人要臉嘛！」這句話觸動了我們的神經，便立刻抓住不放，大喝：「甚麼意思？」一下子反客為主，其實是趁機出心中一口惡氣，在文革中大辯論，人們獲得了訓練，個個伶牙俐齒，唯獨我不語，既沒有辯才，我也樂得只當個助威者的角色。後來也就各自撤兵，凡是這一類小吵鬧，十之八九也都這樣了結。

春天五月，騎自行車馳騁在長安街上，又是另一番光景。天氣微涼，漫天的柳絮飄飛，迎面便是一團團的，極為纏人。仔細一望，好像是飄雪，細細的，飄在臉上，掃不清理還亂，煩人，但不像雪花拿般冷。滿街的柳樹迎風，看起來春意蕩漾，但凡事必有代價，那柳絮便是代價。

在長安街上，夜晚騎車沒有亮燈，被民警喝住，我只好跳下來，推著走。走了一段，見無人注意，又跳上車去狂奔。那時也沒有罰款這一說，更不像少時在萬隆那樣，有一晚騎自行車沒亮燈，給警察當場抓住，二話不說，就把車輪的汽門拔掉再說，放了氣，看你還可不可以再騎車冒夜飛奔?!我此刻走走停停，無燈也終於安然到家。其實車燈是有的，但那時要靠輪胎摩擦發電，那發電機緊挨著車輪轉動，一來增加阻力，二來車輪容易損傷，所以我不大使用。

最難忘的是冬天，那天上午騎車出校，風和日麗，不料傍晚回去時風雲突變，天氣驟冷，而且是逆風，吹得我又冷又餓，又沒有戴口罩和手套護手護臉，手腳嘴巴都幾乎凍僵了。當北風正面勁吹，我幾次頂不住了，只好跳下來歇息，那時真有點叫天天不應，喊地地不靈的感覺。有一兩次剎那衝動，差一點就要把自行車丟在當地，隻身搭公共汽車回校算了。

即使在天氣宜人的秋天，也未必萬事大吉，那年我回北京，在朋友的慫恿鼓勵下，毅然從西城區的月壇北街騎車，穿過西長安街，從天安門馳過，經東城區的王府井，到東堂子胡同。歇了一會，吃了晚飯，又再騎車回在北太平莊的北師大賓館。路不可說不短，而且當時路燈暗淡，辨認有些吃力，加上秋風勁吹，當時孤身一人奮戰，好不容易到達，鬆了一口氣，也並不覺得怎麼樣；但一上床便覺得渾身乏力，雙腿酸軟，躺在棉被裡直冒汗，當晚便發燒，次日醒來才知道自己病倒了。已經多年不騎車了，一旦騎了，又竟是如此劇烈，難怪受到這樣的懲罰！

其實，我曾多次騎自行車在城裡穿行，雖然那已是歷史了。當時還在上大學，我們最喜歡去王府井的東風市場，那裡的二樓有家「湘蜀餐廳」，顧名思義就是吃湖南四川菜，我們在那裡吃上魚香肉絲、宮保雞丁，後來回北京，湘蜀餐廳已經不知何處去，只好改去西單絨線胡同的四川飯店，它依然立在那裡，可是已不復當年的規模，一半成了「中國會」。食客也不能和當年比，那時要排隊，如今卻登堂入室如入無人之境，一看左右，空蕩蕩的，客人不到一半。也難怪，如今京城到處都是飯館，價錢不一，選擇很多。不像當年，也就是那幾家那麼集中。但四川飯店的菜式雖然貴了一點，但炒得好吃，畢竟是北京的老牌子了！那年春夏之間，準備移居香港，我們在湘蜀餐廳飽餐之後，便騎車到天安門廣場，席地而坐，周圍空曠，紀念碑臺階上有幾個女中學生模樣的少女，坐在那裡用裙子給自己潑風乘涼。

我那從海外帶回的「鳳頭」牌自行車，當然是外國製造，後來文革中在學校自行車棚裡被人盜走，不知下落。後來報了案，但當時丟自行車的人太多了，誰也不會在意；我也只能死馬當著活馬醫。可是過了很久，公安局竟然通知我去失物處認領，一進那地方，嘩！竟是一大片，簡直是自行車的海洋！我終於找到我那一輛，卻已「壯烈犧牲」。一問，原來是用完之後，給人丟進頤和園的昆明湖裡，至於那故事到底如何演進，你問我，我又該問誰呢？只好全憑想像，天馬行空了！

二〇〇九年二月八日

（刊於《大公報・文學》，二〇〇九年四月五日）

京城閒逛公園

極力回想，才隱隱約約憶起，我在北京第一次逛公園，應該是到北海公園。那時剛到不久，堂哥帶我們去。那是春夏之間吧，遊人如鯽，我們在那分別寫著「堆雲」、「積翠」的牌樓下又到團城邊請人替我們照像，心想可以寄回家去，給父母弟妹看看，不無炫耀之心。

我們在永安石橋憑欄遠望，但很快給人流捲走，走到湖邊，看那湖水粼粼，船兒盪來盪去，年輕男女的笑聲盪漾湖面，我只有羨慕的份兒。走了一會，我們便到「仿膳」吃午飯，那時是困難時期，中午排隊吃飯的人很多，排了好一會，點菜還要交糧票交錢，我們草草吃下便走。只記得堂哥指著頭上的白塔說，那是北海的標誌。我知道，明信片便有啦！

但要幾年以後我才有機會登上那裡，沿著石級登高，兩邊是樹木草叢，從上面望去，西邊也有一座白塔，那是西四的白塔寺，兩塔遙遙相對。隔著大街，南面就是中南海了，那橋頭有皮套裝上手槍的衛兵巡邏，只能遠望不可接近。站在高處涼亭裡，四面來風，春風拂面，我打了個冷顫，有不勝寒之感。那時在中學寫作文，靈機一動，便借那湖水和李白的詩，居高臨下寫了一篇揮別的文章，居然獲得語文老師的好評，殊不知我是有點取巧，急中生智，寫成這一篇；但它的內容，我一點也記不得了。

剛到第六中學的時候，趁星期天，那裡的歸僑學生組織去北海遊園，也就是消磨而已，到了那邊，阿頭竟組織大家團團圍個圈，做遊戲。這本來也很平常，當時我們剛分到六中，跟老歸僑學生不熟，而他們剛參加高考，轉眼就要離開，如此活躍氣氛，聯絡感情，也沒甚麼不好。遊戲開始，一個會拉手風琴的人在圈外背著大家拉一首樂曲，大家繞圈傳手巾，音樂一停，手巾在誰手上，誰便被罰出節目。起初還好好的，大家笑得前仰後合，該罰一個老歸僑學生的時候，他奪路而逃，「要人扮狗叫，開甚麼玩笑！」他猶回過頭來恨恨地說。大家哄然大笑，音樂再起，這回停下，手巾恰好抓在我手裡，想要丟掉，所有人用右手手指一齊指向我，我當堂腳軟，欲逃不能，罷了罷了，只好扮狗叫了一聲，卻不像狗，「像貓！」他們齊聲笑道；我恨不得找個地洞鑽進去。這時才知道，隨人起哄很容易也很開心，輪到自己，又不善於表演，豈能不出醜？雖然是鬧著玩，無傷大雅，但自知不善於表演節目，從此不敢自以為是。

其實，北海也算去得多了，文革初期，北京頑童經常唱的歌謠便是：「一個老頭老太太，兩個摟著上北海，老頭揹著老太太，摔個跟頭起不來！」當然這只是兒童心態，沒人會相信老頭老太太會有這樣的心思，更不用說在破四舊風行的當時了！於今回想，當年的頑童恐怕也已中年以上了，他們會不會偶爾也想起這一幕，眼看自己也邁向老頭老太太的年紀，而心生愧意呢？剃人頭者，人亦剃其頭也，善哉此言！

文革中最後一次上北海，大約在一九七一年春天，那是和一群小圈子同學同去。湖畔楊柳拂面，我們分兩批登船，憑著紅袖章橫衝直撞也無事，偶爾與人相撞暫時擱淺，最多揚揚手致意便了事。多年以後的五月，我從香港回北京，又到過一次北海，坐在湖邊向湖的綠椅上，看著小船坐著雙雙對對情侶，嘔嘔細語，柔情蜜意滿湖漂盪，與我們那時的情景已經截然不同；而那船兒，都已變身成為腳踩的了，現在的人還真會享受！但是我還是喜換歡用雙手劃槳，是有點懷舊，但那感覺確實格外不同。

上大學的時後，春遊基本上都去頤和園，其實也並沒有甚麼特別，無非是爬爬萬壽山，在昆明湖划划船，當時也是雙手划槳，興致一來，我們便高歌：「讓我們盪起雙槳……」你唱他和，湖面充滿了年輕歡快的歌聲，渾然不覺太陽已然西斜。有一回，我們幾個相約步行前往，從北太平莊出發，經北京大學、北京農業大學，直達慈禧那當年的夏宮。那時常走路，半夜聽到緊急集合令，便拉隊前往天安門走一圈，所以徒步上頤和園，不算是一回事。一路打打鬧鬧，說說笑笑，不覺就在那有兩隻石獅子坐鎮的公園門口了。前幾年春天由X陪著又去過一次，發現萬壽山上的許多小石佛像已被損壞，不知是文革的痕跡，還是早前就被人破壞？而昆明湖上盪漾的小船，依然故我，只不過也是與時俱進，都改成腳踩的了。我們穿過十七孔橋，停在湖中閒話，春風徐來，遙望東邊，高聳的是玉泉山香積寺玉峰塔，據說明清時代，皇帝的食水就是每天清晨從山上打來，由運水車經西直門，運到皇宮去。我忽然想起《三國演義》，關雲長被殺之後，他的靈魂飄盪，大叫「還我頭來！」但那玉泉山是羅貫中筆下所寫，在湖北荊門州當陽縣，而我所說的，是北京的玉泉山。明知那是傳說故事，晚風下卻有股涼意襲上身來，眼看太陽慢慢落山了。

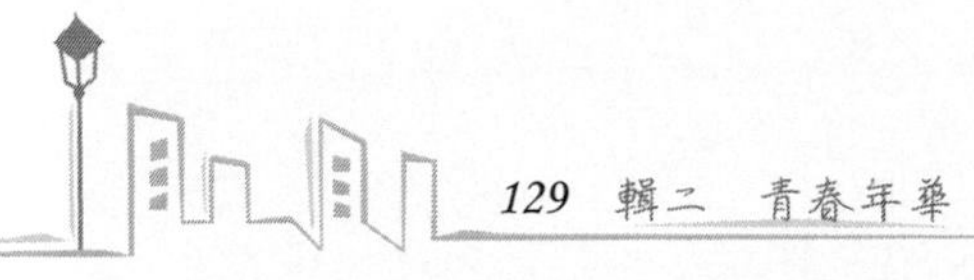

要俯瞰北京城，就要上景山公園，它位於北京城的中軸線，登上煤山上的涼亭，往南一望，只見故宮、午門、天安門、天安門廣場、箭樓成一條直線，京城便以此分為東城區和西城區。北京城的佈局，一覽無遺。

景山又稱煤山，當年崇禎皇帝因李自成攻破北京城而從皇宮逃亡至此，自縊於東邊山坡上的一棵老槐樹上。對於崇禎自縊處，也有不同說法，當時，我們經過的時候也曾和別人一起指指點點，但那老槐樹卻在文革中被當作「四舊」，遭到砍伐。零六年深秋再舊地重遊，又赫然看到一棵槐樹挺立那裡，但它已非原樹，而是後來種上去的，以替代那棵老槐樹；我們只能拍下「贗品」，權當就是歷史的真實。

但我知道，那時每逢「五一」、「十一」夜晚放燄火，都是由部隊從這裡發放；照向夜空的探照燈也從這裡來回探射。

中學時最常去的，恐怕是中山公園了，因為它就在我們學校左近，在南長街還有個門口。那時常藉著溫書的名譽出入，大概為求心安；其實是常常帶著一大堆書，坐在「水榭」的廊下，泡一杯茶，思想兀自開小差，或者打盹。哪裡是真的溫習了？

那時，夏季週末這裡經常舉辦園遊晚會，在社稷壇有舞會，我們僅是一幫中學生，自然不會跳，卻不妨礙去參觀；但即使當觀眾也不容易，舞池裡人山人海不必說，便是在社稷壇舞池外，佇足的人群也很多。擠得不行，天又熱，我們便索性去看露天電影，分幾處放映，都是不同的電影，由得大家自行選擇。

上大學時我曾在中山音樂堂看過配樂詩歌朗誦會，朗誦者包括孫道臨、于蘭等著名演員，激起我年輕的夢幻爭奇鬥豔。再到這裡，已是前幾年的春夜，欣賞韓國女小提琴手的演奏，她的表演讓人聽得如癡如醉；果然是國際級的演奏家。進場前，我在園內的松樹下乘涼，黑影幢幢，人影飄過來又飄過去，呢喃聲隱隱約約，好像很遠，又好像很近，有點朦朧，讓人墮入虛幻的意境當中，不能自拔。

從這裡往東走，越過天安門，便是勞動人民文化宮了。它原本是明清皇帝的家廟，是皇帝祭祖的地方，建國初期改成現名；但現在除了南面正門還掛著毛澤東題寫的「北京勞動人民文化宮」之外，其他門口都改回「太廟」了。北京五月的書市便在這裡舉行，前幾年我參觀過，人流擁擠，書價便宜，難怪吸引人。

我那時也常常到這裡看電影，電影院裡往往人不多。記得已經是七十年代初期了，我在這裡的電影院看過一部阿爾巴尼亞的影片；片名忘了，只記得有一句臺詞：「女人頭髮長見識短」，被許多人引為「金句」。當爭論時說不過女性，便適時拋出來為自己辯解或解嘲。散場後末班車已開走，無校可回，當晚就在靠近東長安街的正義路街心公園靠著長椅睡去，直到天明。他們說，算你走運！否則深夜被糾察隊查獲，有得麻煩呀你！

離開北京前，我請鄰居吃去大柵欄吃烤鴨餞別，吃畢穿過天安門廣場，來到這裡小坐。當時也沒有甚麼小吃，但畢竟曾是皇家園林，老樹參天，遮敝天空，我們就坐在森森的松樹蔭下瞎聊，講起甚麼長甚麼長，皮鞋敲在地面的「咯咯」聲不斷在面前響起，我脫口而出：「腳掌！」笑聲爆發，在空中盪漾。

當然也去過許多其他公園，如圓明園、紫竹院、天壇、地壇、龍潭湖……但不是所有公園都有故事，但記憶中的風景，卻格外動人，我又回到了青春時代，幾乎回不來了。

二〇〇九年三月十五日

（刊於《香港作家》雙月刊二〇一〇年第一期）

火車轟隆轟隆響

在萬隆生活的時候，其實很少外出，最遠便是隨母親去過雅加達，在那裡住幾天。那三個多小時的旅程，在當時的我眼裡，已經很遙遠了。當然也跟母親搭過飛機去過雅加達，中學時還和全班同學在班主任的帶領下去過「芝波達斯」（Jibodas）旅行，但搭的是旅遊巴士。後來初中畢業，本來有組織去峇里島旅行，但母親以我還小，不同意而作罷。「峇里夢」也一直拖到二〇〇二年六月，才在弟弟的陪同下達成，以後又在二〇〇四年十二月重去，但這兩次，母親早已不在了。

回到北京後，也不大出門，印象中第一次外出是在回國的第二年暑假，和幾個同學結伴去廈門集美，我去探望在集美華僑補習學校的四姐，她當時剛回國；而他們是去福建別的地方探親。那時北京沒有直通廈門的火車，在上海須轉車，到了江西鷹潭又要轉鷹廈鐵路，才能在集美下車。我們買了學生票，在硬座三人一排的座位上，擠了幾天幾夜。那時年輕，同伴又有女一中的歸僑學生，所以倒也不悶。白天無聊，便聊天或打牌消磨時間，晚上燈光轉暗，已是睡覺時分，便靠著椅背睡覺，那火車車輪磨擦鐵軌而發出的轟隆轟隆聲，單調而有節奏，神智漸漸模糊，睏得歪倒一旁，竟靠在旁邊的女同學肩頭上，忽然一驚，驚醒過來，尷尬一笑，忙正襟危坐，又難以抵擋睡神，慢慢又睡回去。如此往復，直到天明。

火車到南京，當時南京長江大還沒建立，我們下車，整列火車開進貨船開過去，到了對岸，我們坐回原位，火車又重開。

在上海轉車時，我們趁機住了幾天，因為那裡有熟人。我們住在控江中學，因為放假，學生們都不來學校了，我們便在教室裡用課桌搭成床，各自安睡。那時羨慕上海大名，頭一次來到，也覺得不過如是。當時是困難時期，雖說南京路大名鼎鼎，但終究物質也脫不了大環境的影響，乏善可陳。而且當時甚麼都要糧票副食品票布票，供應有限，只好自制。

印象最深的，是有一次上街，忽然下起漂泊大雨，鋪天蓋地，我們狼狽不堪。街道上積水淹腳，濕透了我穿著的黃色鱷魚皮鞋，後來就報銷了。走過南京路時，偶一抬頭，忽見電影院的海報，那畫面很眼熟，一瞧，畫面之外，大字寫著的片名，是《假少爺》。我們在海外都是傅奇的影迷，一看是他主演的電影，當然就立刻買票入場，渾忘渾身濕透，看完電影，外面的世界又是陽光燦爛，身上的衣服也乾了，我們又照樣去逛街。

火車到站，我們找了一家招待所，當時鷹潭只有一條大街，也冷冷清清的，我們在夕陽下徘徊了一會，沒地方可去。那時鷹潭是中轉之地，進入福建必經此處，屬交通要道，給我的印象很深，但其他的就一無所知了。老實說，如果不是非得在這裡轉車不可，我大概也不知道有這麼一個地方。回程時我也在這裡中轉上海，一打聽，有列車馬上就開，根本不必再住一晚，我立刻買票，寧可把原來的買好的車票作廢，因為根本不接受退票。

在集美僑校，我就在四姐集體宿舍外頭的走廊上，搭個行軍床借宿，反正是夏天，睡在哪裡都方便。那時僑校附近有許多不公開的小販，專賣印尼食品和糕點，當然比較貴，有時四姐便帶我去吃一點，以慰勞久已飢渴的腸胃。她還帶我搭渡輪去廈門玩，住在旅社，只記得很破舊，因為男女分住，我們住的是床位，同房的都是陌生人，而且有些空床還沒有人佔據，我沒經驗，出去找四姐時便用一條漂亮新手絹為記，放在床上，表示此床已有人，可是回頭卻不見了，又沒有任何證據，只好啞忍。

除了剛回國是從廣州搭火車上北京之外，我還是第一次出遊。但見鐵路沿線乾旱的乾旱，發大水的發大水，有時開到荒山野嶺，四顧無人，便會忽發奇想，要是有朝一日被分到這裡生活，如何是好？

這也不是無端空想，臨離開北京前，我忽然臨時決定去新疆，那需要四天三夜的漫漫長途火車車程，如果不是有特別重要的原因，是不會去得成的。多年以後回想，也好在當時當機立斷，才有了那次的西行。也是以學生身份，坐在硬座上，火車咣噹咣噹而行，沿途由一片綠而轉黃，到了蘭州之後，過河西走廊，漸漸進入戈壁，有時走了好久，才偶爾見到有一兩隻駱駝呆立在當地，並不動彈，當火車轟隆掠過，牠們只是偶爾抬了一下頭，又繼續兀立。心想，萬一我被分到這一帶，該如何生活？也不是杞人憂天，我四姐便剛從北京外專分配到哈密，而且不是在哈密市內，而是離哈密還有兩個小時卡車車程的三道嶺煤礦，那地方自成一國，除了自備的自行車，還有來往烏魯木齊每站必停的慢行火車之外，並沒有其他交通工具，甚至連郵差也是隔幾天才送一次信。如果一定要外出，那就必得搭煤礦的大卡車，集體出門，定時間集體回，司機的權威性可想而知。我在礦區呆著，每天早上，一抬頭便見到頭上頂著礦燈的煤礦工人，剛從礦井回到地面，滿臉的黑煤。我因為好奇，一度曾想要下煤層去看看，但終於被勸阻，沒去成。

長途旅程，很悶，坐在我旁邊的是北京的女中學生，十七八歲，她是去烏魯木齊看她姨母。我和她胡聊，也不記得說了些甚麼，長途解悶，也沒有甚麼一定的題旨，大概只是聊天吧，只記得在哈密臨下車前，她留下地址，叫我到了烏魯木齊後跟她聯絡，但我在哈密待了一個月左右，心想她也該回京了吧？也就算了。而且當時女朋友也在烏魯木齊，除了她，眼裡已沒有他人了。

在高考放榜前，我和幾個同學搭火車去青島，那是緊張的時刻，我們出去是為了鬆弛神經。晚上從北京站出發，火車也是在打撲克聲中開出，因為是在夜間行車，窗外漆黑一團，不見景色。一覺醒來，天已大亮，青島已在腳下。

在青島是「避難」，逃避面臨放榜前的精神困擾，我們也是借宿在中學，一個同學的教室裡。那是七月初，我們平時東遊西逛，去看看空蕩蕩的教堂，到海邊去觀看游泳的人潮，螞蟻似的在海上漂浮。傍晚就在棧橋席地而坐，吹吹涼風，一面聊天，一面傾聽海浪聲。我還抱著幻想，因為聽青島的僑生說，當大霧漫來時，很久以前德國人在海底埋下的機器「蝸牛」，就會發出「嗚——嗚」的示警聲，令我們的好奇心爆炸。

但終究沒有盡興，人在青島，心卻懸在北京那一紙錄取與否的通知書上，怎能安心去玩？離發榜日還有多天，我們又乘著火車，急匆匆地趕回學校，靜待結果，忐忑不安，像面臨宣判一樣。要等到二〇〇七年四月，我才有機會重遊，當然青島也已大不相同，我住在八大關的「紅日酒店」，正當春日，只見桃花紅櫻花白，在夕陽下開得嬌艷。那時從濟南到青島線的列車剛改為快速的動車，只須一個小時左右便到，癱在舒適的座位上，但見車外田野飛掠而過，偶而有一排麻雀棲息在電線杆上，火車聲驚醒它們的白日夢，一下子忽啦啦地成群高飛，瞬間便消失得無影無蹤。

當然還有就是一九六七年春夏之間，全國大串連，只要憑一張證明，車票飯錢都免了，在我之前，絕大部分人都聞風而動，一下子走得無影無蹤，學校裡一片沉寂。我是在北京中央財政金融學院一個中學舊同學的鼓動下，參加他組織的赤衛隊，因為文革初期血統論盛行，紅衛兵標準很嚴，不是「紅五類」子女休想混入，只好巧立名目，而當時社會上只看紅袖章便想當然是紅衛兵了，我們在武漢行走時，便有意將袖章戴歪了，不給外人看到「赤衛隊」三個字，兵荒馬亂，居然也過關。

我們從鬧哄哄的北京站出發，火車轟隆轟隆地南下，大概因為免費，人很擠，別說座位了，連座位下過道上行李架上都擠滿了青年男女，連要上廁所，都須跨過躺在地板上人群中的縫隙，小心翼翼地前進，唯恐一個不小心，踩到了人。那時人們的火氣又大，分分鐘都會演變成全武行。我躺在座位底下瑟縮，已經感到很幸福了，因為可以躺下睡覺，誰還會計較髒不髒這等小事？趕緊睡了過去，睜眼一看，第一站便是武漢，當時陳再道成了雙方角力的人物，我只記得紅旗到處飛揚，傳單隨地可見，標語不是「堅決打倒……」就是「堅決擁護……」一片混亂，市面蕭條。那時武漢長江大橋已通車，我們站在大橋邊拍照，一副青春勃發的模樣，其實我內心裡不知要走向何方？

到了泉州華僑大學，那裡絕大部份是華僑子女，我以為會比較寬容，豈料更糟，一到學校，登記時就被那值班的男女學生盤問出身，搞得狼狽不已，好在領頭的財經學院學生猛打圓場，反正他是沙勝越礦工家庭出身，說話底氣十足，終於平安過關，無需露宿街頭。那學校設施極好，一般大學七個人一個宿舍，這裡只有四個人，人少之外，還有獨立沖涼房，樓梯是旋轉式的梯級，一般高校哪能與之抗衡？

在內地最後一次乘火車，是從廣州往深圳，準備過羅湖海關，往香港定居。當時人心惶惶，謠言滿天飛，我四月已拿到出境通行證，卻一直呆在北京三廟街的宿舍樓，他們說：「香港就要關閉了，你還不走？」聽說週末香港海關比較鬆懈，傳說「他們都忙著參加舞會了，不會查得那麼嚴。」其實我也沒有甚麼東西好查，除了身上獲准兌換得來的八百元港幣之外。當時的八百元，尤其對於我來說，當然是大數目。在火車上，一個也是準備移居香港的歸僑學生，擺出一副富有經驗的樣子，說：「錢啊，不要放在當眼的地方，要藏起來！」我一想也是，萬一身上一點錢也沒有了，那該如何是好？於是挑了個空，便溜進廁所，把門關上，除下鞋子，將八百元塞進襪子裡再穿上，施施然走出去，和他們瞎聊。當火車進入香港境內，車外月臺上的少男少女，無不穿著喇叭褲迷你裙，胖子長歎一口氣，說：「嘩！真的長了見識了！」

那是一九七三年九月底的週末中午。

走出海關，當時還在尖沙咀的火車總站外，人山人海，擠滿了接車的人群。我懷著忐忑的心情，東張西望，忽聽得有人叫我，定睛一看，原來是先我來香港的姐姐和妹妹來接我。

一切都很陌生，一切都很新鮮，徒步不到十分鐘，便是尖沙咀碼頭，我們搭上渡輪前往港島，在海面突突滑過，這時，火車站鐘樓的鐘聲噹噹響起，我回頭一望，那時針正指向下午三點正，香港時間。

二〇〇九年二月二十八日

（刊於香港《大公報・文學》，二〇〇九年六月二十八日）

輯三　山上山下

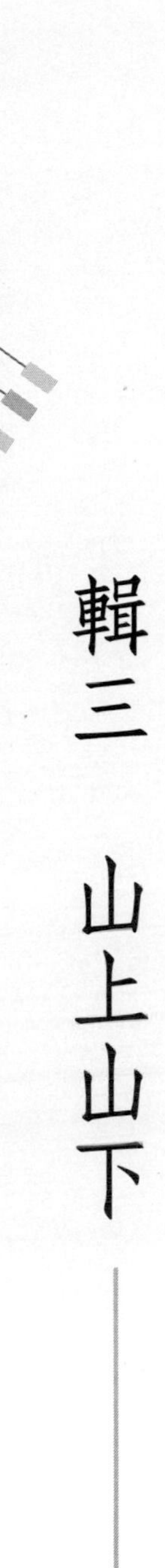

成吉思汗從這裡崛起

站在一望無際的呼倫貝爾草原，望著那一大片草地，我有點失落：這就是草原了麼？它跟我原先想像的完全不同，不說風吹草低見牛羊那麼詩意，起碼也有腳跟那麼高吧？而眼前看到的，卻只是一大片草地，對，就是一片草地，並不茂盛的草地。眼下是夏天，也許秋天會好些吧？我只好這樣自我安慰。

於是我們騎馬，巴爾虎蒙古部落有許多蒙古包，都是向正南面開，其中一個是據地，裡面擺一張桌子，一個身穿民族服裝的蒙古大漢在那裡開票收錢，一人一百元人民幣。天高地闊，路途並不遙遠，還有一位蒙古騎手騎在後面護駕，可以放心。天天如此勞作，那馬匹大概累了，一顛一顛的，有氣無力。我騎得不舒服，屁股左右兩邊給顛得發疼，後來才發現到兩片青紫，當時並不知道，只是身子不自覺往後仰，那蒙古騎手不耐煩地暴喝一聲：往前點！可能覺得吃力，他一面不知對誰罵罵咧咧地吐著粗話，一臉木然的酷哥樣。回程還剩一小段路，他忽然揚鞭催奔，馬兒猛然加速，嚇得我屁滾尿流；好在終點就在眼前，否則還真不知如何收場。

當航機在夜色中抵達，一出機場，身穿蒙族服裝的少女就紛紛給我們獻上白色的哈達，海拉爾的夏夜，二十二度氣溫，涼風陣陣，令我們這些剛從炎夏的香港飛過來的人，分外舒適。海拉爾是呼倫貝爾市政府的所在地，位於大興安嶺西麓的低矮丘陵與呼倫貝爾高平原東部邊緣的接合地帶。由於三山環抱、二水中流，形成北疆的獨特城市風格。它因城市北部的海拉爾河得名。海拉爾是蒙語「哈利亞爾」音轉而來，意為「野韭菜」，過去海拉爾河長滿野韭菜，故名。關於海拉爾的說法，人言言殊，有四種說法比較流行，第一種最流行的說法是「野韭菜」，第二種說法是「流下來的水」，第三種是「桃花水」，第四種是「黑色」。這四種說法都有一定的道理，但又都沒有點出其真正含義。還是姑且存疑好了，沒有定論，也就是懸念，那有時更可以挑動人們的好奇神經。

不但是哈達，其實後來我們到達巴爾虎蒙古部落時，也在村口受到民俗旅遊度假景區蒙族姑娘遞上的下馬酒。我即使不會喝白酒，但到了此時此刻，也要奮勇向前了。是的，入鄉隨俗，不喝是大不敬，勉強喝一杯吧。但到了進入可供七百人一起用餐的蒙古包大餐廳午飯，抓羊肉餐時，卻由不得自己了。牛肉羊肉為主，還有西紅柿涼拌白糖作配料，席間一位蒙族小夥子逐桌敬酒，唱祝酒歌，那歌喉渾厚圓潤，具草原粗獷特色，加上兩位蒙古姑娘在兩旁合唱勸酒，你再推託，簡直就不是人了！跟著以左手無名指沾酒水，點額頭，點天，點地，這才一飲而盡。

村子裡設有十五座蒙古包賓館，成半圓形散落在草原上。每間放置兩張床，窗明几淨，附有衛生間。據說一間收費七百元人民幣一晚。還有射擊場、篝火場、馴馬場、騎馬場、射箭區等娛樂設施。如果你喜歡，還可坐上用氈子搭成圓拱形車廂的勒勒車，那是用馬或牛拉的兩輪木架車。我們只是張望了一下，無人問津。但是敖包祭祀區卻不能錯過，大家手持小石塊，圍繞著由大石塊堆起的小丘，那上面插上樹枝、柳條，樹枝上掛滿五顏六色的布條和紙旗，四面燃燒柏香。我們順時針繞三圈，止步，心中祈願，用力將手中的石塊拋向小丘。據說，上世紀五十年代拍攝的電影《草原上的人們》便是在這裡取外景；主題曲《敖包相會》當時流行一時，並延綿唱到當下。敖包在蒙古語裡是「堆子、鼓包」的意思，最初是因為趕車人在茫茫草原上，用石塊堆起作為道路及界域的標誌，後來演變成祭祀山神、路神以及祈禱豐收和家人平安幸福的地方。牧民們經過敖包，都要在上面放幾塊石頭。這跟城市大異其趣，初到海拉爾，車子從機場進入市區，滿城燈火輝煌，好像是不夜城的架勢。沿街行道樹上裝飾著紅、綠、藍、金、白的燈火，把樹枝的形態閃閃發光地勾勒出來，夜色因而顯得分外多嬌。我也算是走過許多地方了，但如此景象還真讓我耳目一新。也並不是那晚有甚麼特別，而是海拉爾夜夜如此。當然不是每個角落都如此明亮，當拐到僻靜的胡同，燈火暗淡，我們登上「金水源飯館」的二樓，吃內蒙的涮羊肉，鮮美而不膻，以韭菜花、花生醬、腐乳汁為佐料，總算是領會了那特別的風味。

當我們從海拉爾開往黑龍江的漠河的時候，聽說要十五個小時的車程。漫漫長路，除了午餐和中途小息之外，何以釋放路途中的睏盹？司機不慌不忙，取出長篇電視連續劇《成吉思汗》，沿路播放。我們一面欣賞窗外的草原，一群群牛群，羊群低頭啃草，還有守衛牠們的牧羊犬，慢慢變成巖石、白樺樹林、木材場，還有盛開油菜花和麥穗已枯黃的小麥田。車過低窪的泥潭，為了減輕重量，除了司機，我們全都下車步行一段，卻赫然看到路旁有一處工地模樣，豎了個牌子，大字橫寫著：「內蒙古　大興安嶺——黑龍江　大興安嶺」。哦，原來此地是兩省交界地。腳跨兩地，留一張相，剎那有一種很神奇的感覺。回過頭來，電視片集上的一代天驕在馬背上廝殺吶喊，歷史風雲在眼前緩緩重播，但我們已經不清楚有多少是真實有多少是演義了，只道這片集煞是好看；但再好看眼球也會被美景搶去，晚上八時左右，左邊車窗外一片森林後，出現淡橙色的晚霞，而且色彩越來越鮮艷，越來越濃烈，光帶面積不斷擴張，把林帶映得一片酡紅，活像燃燒的森林。一個多小時後，殷紅轉淡，光圈縮小，最後變成淡黃色的一抹亮帶，溶入夜色中，消失了。那畫面消失了，耳畔又分明是戰馬在嘶鳴，蹄聲嘡嘡，抬眼但見金戈鐵馬，喊殺聲陣陣，《成吉思汗》正演到高潮。公元一二〇二年秋天，蒙古族英雄鐵木真打敗了塔塔爾人，佔領了海拉爾河流域，統一了呼倫貝爾草原，並以此為休養生息的據點。他僅用四年的時間，就完成了從東到西的統一蒙古大業，且被各部族擁戴為大汗，即大名鼎鼎的成吉思汗。他們南征北戰，征服了歐亞大陸，建立了四大汗國，隨後又統一了中國。直到現在，莫爾格勒河畔的金帳汗蒙古部落都是依照當年成吉思汗的行帳建成的，當我們行經此處，當年的呼嘯歲月又不期然地浮現在眼前。

號稱世界三大草原之一的呼倫貝爾草原，一九九九年以來，氣候異常，年降水量偏低，春季乾旱多風，夏天持續高溫，水份蒸發量增加，乾旱程度加重，超載過牧的現象依然存在，沙化土地得不到及時處理，使得草場的整體利用價值下降。在達賚湖飯店吃完「全魚餐」午飯後，我們徘徊在呼倫貝爾湖畔，感慨頗深。那湖水已經退得離岸邊很遠，我們在灘塗上漫步，腳下泥土鬆軟，滿佈小石子。隔了一片沼澤地，才見到寬闊的湖面。近處有一座沒有護欄的木製浮橋伸出，走到不遠的盡頭，每一腳踏下去，那橋身微微晃動；但見旁邊水草叢生，天高雲淡風兒勁吹，何處是前程？呼倫貝爾的名稱來自傳說：很久以前，草原上的蒙古部落裡，有一對情侶，女的叫呼倫，能歌善舞，才貌雙全；男的叫貝爾，力大無窮，能騎善射。他們為了拯救草原，追求愛情，與草原上的惡魔奮勇搏鬥，女的化作湖水淹死妖魔，男的為尋找女的投湖，於是，兩人化成世世代代滋潤草原和那裡的子民的呼倫、貝爾兩湖。當然，凡是這類傳說都不必認真，權當旅遊中增添情趣也很好。要是完全沒有故事，只有湖水無聲蕩漾，恐怕也太寂寞了吧？

難忘海拉爾的晚宴，蒙族姑娘跳起熱情奔放的蒙古舞，又用俄語唱出《莫斯科郊外的晚上》，賓主意猶未盡，再唱一曲《紅莓花兒開》，那懷舊歌曲聲聲，把人們的思潮帶回那個年代中去。蒙族詩人詩興大發，以蒙語吟詩唱歌，我們大多都不明其意，但他聲情並茂，光是臉部豐富的表情，就讓人沉醉。可是有一剎那間我思潮走岔道，竟想起俄羅斯民歌：「茫茫大草原，路途多遙遠，有個馬車夫，凍死在草原……」可是掌聲又讓我重回現實，這裡不是當年的俄國，也沒有馬車夫，只有歌舞昇平，我想起那天從海拉爾沿著三〇一國道飛馳，一路暢通無阻。忽然車子急停在高速公路旁，原來是旅遊巴士的電瓶燒壞了！我們只好下車等候支援。國道兩邊是草地，確是茫茫大草原，草很短，沒有風吹草低的景象，只有藍天白雲。並沒有東面忽然下起大雨、西邊的太陽沒褪去的畫面；草原上常見的「太陽雨」，並不在此時乍現，否則長天蒼蒼，地茫茫，無遮無擋，欲避無從，恐怕只得集體當一群落湯雞了！

二〇一〇年八月一日至三日，
草於內蒙古海拉爾，凱頓酒店、鄂溫克賓館；
八月二十五日修訂於香港。
（刊於香港《文匯報・采風》，二〇一〇年九月二十日）

小城四月

深夜計程車在寂靜的街道上奔馳，涼風呼呼地由車窗吹來，四月底的河南小城焦作，正從我視野中漸漸淡出。

那火車站也並不正規，幾排背靠背的木椅，不多的在候車的乘客，正百無聊賴地等候，有的正寢危坐，有的隨意走動，有的乾脆就橫臥在三人坐的椅子上，全然不理會中間凸起的扶手擱著腰間，在白晃晃的日光燈下，兀自假寐，偶有風吹草動，便立刻驚醒，茫然睜眼四望。是擔心誤了火車鐘點吧？

我在小賣部徘徊遊走，臨別向小城暗送秋波。不一會，開始檢票了，乘客也就十來個人，可以慢慢來，不必像大城市那樣，爭先恐後。站在月臺上，夜風陣陣，冷嗎？我縮了縮脖子，眼看著火車的車頭燈光由遠而近，越來越強，等候中的夜車呼赤呼赤喘著氣，慢慢進站了。

我找到位置，爬上上鋪安頓，一不小心，手機掉下，摔的粉身碎骨。我本也想要一張下鋪，但沒有。無奈，只得在轟隆轟隆中，聽那車輪摩擦鐵軌聲，遙遙入眠。

但並不安穩，窗外燈光掠過，忽明忽滅，我的心潮也跟著高高低低，夢迴煤城。

總是覺得遙遠，好像天邊的一顆星，不料天地時光流轉變幻，一眨眼之間，小城便活生生地展現在眼前。晚上，但見掛在兩旁人行道棵棵槐樹上的燈點點，發出綠色的光，街道上偶然有自行車和電動車流過來又流過去，路邊停著好些待租的車子。忽然一輛出租車馳過，揚起路面上的紙屑在夜空中飄揚，又頹然落地。這是站前路和塔南路交叉的十字路口，「迪奧」咖啡館就立在這裡。

臨行還在這裡吃晚飯，往昔的詩情狂傲已經全然褪色，但依然可以在那眉目間尋回點滴痕跡，那是怎麼樣的青春激情呀，叫老去的歲月慚愧。面對著他，我有一種莫名的難過，轉頭望向另一邊，鋼琴聲悠揚，滿室流盪，一位紅衣女郎正彈得興起，全然不覺有人在暗自神傷。

相比起來，市中心的「捷農」咖啡，就寥落許多了，晚上不到十點，這一帶除了超級市場還在營業之外，商店都歇息了。左右無事可做，還有一段空檔必須消磨，見那咖啡室可以避難，便沿著幽暗的燈光，我摸索著登上二樓，只見轉角處有空盪盪的一座白色鋼琴，沒有琴手。盆樹凋零，地板由紅綠交叉的透明方塊組成，在閃爍的地底燈一明一暗的照耀下生輝。偌大的門面，隱約只瞥見有兩三個座位有客。女侍者幽靈似的飄出，領我在空盪盪的大廳獨霸四人小廂座，我要了「炭燒咖啡」，二十五元人民幣一杯，入口很苦，絕非我心目中的那一杯。在掛在頭頂上紅的黃的罩燈下，我招手向侍者再多要一包糖，她淡淡地說，加一包多交一塊錢。這句話加上黑咕隆冬的環境，頓時讓我有誤入黑店的錯覺，或許是一處鄉村一處例，到了這種境地，莫說一元，便是十塊錢，也只好乖乖地交了。

這時，劉德華唱出的《忘情水》從喇叭幽幽傳出，聲聲擾我在異地為異客的心境。視線無意中遭遇一窗之隔的光管招牌，它與我齊頭，已然殘缺不齊，兀自在夜空發出冷冷而不完整的光。驀地，那綠字「刷」的一聲滅掉，原來十點半熄招牌時間已到，雖然營業繼續到凌晨兩點半。而那街對面的行道槐樹後面，有髮廊的轉燈在轉呀轉，不停地轉，不知它本來就無休，還是在保持既定的姿態？

轉呀轉呀，但此處靜靜，還遠不如那晚我們在露天大牌檔熱鬧，吃的也只是蒸槐花之類的地道當地特色小吃，我們已經很飽了，醉翁之意不在酒，宵夜只是為了小聚。那裡黑乎乎的，幾近伸手不見五指，我們摸黑吃吃喝喝，興高采烈，不覺些微涼意趁暗夜悄悄襲來。

那晚一群人晃晃悠悠走夜路，去走訪「名人舊居」，走著走著，忽然停下，黑夜中忽見一列火車橫躺在當中擋道，把行人攔在兩旁，等了許久也不見動靜，原來是拋錨。我們無力越過，四下閒逛，只見有的市民無所事事，有的在看人遛狗，有的乾脆在那裡聊天。焦作的夜色靜悄悄，路人不多，車更少。小城果然就是小城。有一晚去附近洗足浴，回來已夜深人靜，涼風彌漫，有點冷，偶然一輛無客可載的計程車，像無主孤魂似的在空蕩蕩的馬路上駛過，大街迅即又恢復安靜，只有我們的腳步聲迴蕩，依然如故。

其實在白天也總算看了市容，走馬看花，但體味了那顛簸的馬路。那回陪朋友去酒店附近的商場買襯衫，他從北邊來，竟沒帶夏衣，迫得到這裡要換裝。回程時三人擠在電動三輪車內，突突突地迎風在忽高忽低的路面一路奔波，雖不算驚險，卻也有一種新奇之感。

更遠的地方也去過，那天與會的人們大多已經鳥獸散，我們去「香格里拉野生園」午飯，天氣熱起來了，烈日當空照，雖然周圍林木蔥蔥，竹葉婆娑，滿眼綠意，但還是感覺到日頭穿過透明的天花板穿射而來的威力，只好要求換座。我們吃著豫菜，忽然瞥見主人在珠簾那一頭跟人笑語，不知啥事談得這麼投機。在遠離大學的地方乍見昨天告別晚宴上慷慨激昂的人，一時之間真有時空倒錯之感。回程時不見計程車，這飯店偏遠，只好胡亂走一段，碰碰運氣。要是沒有碰上，大概也就這樣走到天涯海角。

還是頭一晚有趣。晚飯後其實也吃不下甚麼東西了，只是想要欣賞夜間風情。信步來到左近的「歌德咖啡」，也只是閒著無聊。上樓，擠在卡座上吃吃喝喝，聽那音樂輕輕，坐在異地小城的咖啡座，那裝修入時，感覺竟協調得很小布爾喬亞。

此時火車咣噹咣噹地開著，我的魂又回來了。別了，焦作。還有甚麼遺憾？沒有吧。沒有？嗯，對了，退房時，櫃檯的小姐打了個內線電話查問，回頭說：枕頭套弄髒了，罰款五十元。我一愣，買一個也不用那麼貴吧？但想想大家都不容易，乖乖交錢算了。這才想起，這裡的硬體還行，但說到軟件，就不敢恭維了。服務員沒有笑容，記得那次在大堂問訊，她面容僵硬，很沒好氣，兩眼一翻，只回了一句：「不可以。」乾脆倒是乾脆了，但卻把我們晾在當地，作聲不得。可是她身後的招牌寫著：「萬方金莎酒店」，下面明明標著四顆星。

二〇〇七年四月二十日至二十五日，初稿於焦作萬方金莎酒店；
二〇〇八年四月十九日，三號風球下，雨中，定稿於香港。
（刊於《文綜》雙月刊二〇〇八年第三、四期合刊）

長春點滴

是不是應該上醫院去看看？猶豫著尋思，沒那麼嚴重吧？從南端乍然降落北方，腹瀉，大概只是一時水土不服而已；雖然我現在住在南方的香港，但我也曾經在北京生活過十多年，長春當然比北京更北，但我不相信我不能適應，只要挺它一兩天便沒事了。如此的自辯，潛意識可能有些自欺欺人的況味：要是真的病倒長春，那長白山也就別去了！可是又抵不過主人的全力勸說，那去就去吧，捨了具東北風情的「二人轉」不看，醫生給我打了一針，又說：還要打點滴。

內地好像很流行點滴醫病，來到點滴室，幾乎滿屋都是掛著吊瓶的病人，我似乎還嚴重一些：左腕扎針，要吊三瓶。雖然都是小瓶，一瓶一小時，也須三個鐘頭。陪伴的友人，空中的聲音，也都在紛紛安慰：沒事的沒事的，吊完就好。點點滴滴，何時才是盡頭？肚子不爭氣地大聲抗議，可是，我像一棵老樹被限定在原地動彈不得，望眼無奈；友人代勞，匆匆出去覓食，半晌方回，手提小米粥，且以透明膠袋盛著。可能我疑惑的眼睛打了個問號，回答是醫院食堂不提供膠碗，想要拿押金借一會兒瓷碗，用完再退回，也不獲通融。然而肚子餓了，不必再顧甚麼儀態，伸出右手便就著膠袋虎嚥。

吊到第二瓶時，又陸續來了幾位捨下節目不看來探望我的朋友和主人，心中不免有些過意不去；他們笑說「二人轉」電視上看得多了，不看也罷。是的是的，可是，後來這個那個在房間裡示範的土法二人轉，怎麼我越看越像電影《鐵達尼號》的船上扮飛？歐歐忽然沒頭沒腦吐出一句：乖孩子有飯吃！可是還沒等我吃飽，張口就吐，原本遊走悶氣的胸口，乍然得到渲洩，反而舒坦下來。護士說：這第二瓶藥水，是刺激胃的。哦，那就是正常反應，不用那麼緊張。後來才想起，從南方起飛的前一晚，曾在深圳街邊的維族大排檔消夜吃烤羊肉串；當時我也一陣遲疑，但在冰凍啤酒的催化下，很快就不當一回事了。莫非我上吐下瀉，不純粹是水土不服，更因為這個來歷不明的烤羊肉串？可是這時再追究也沒有甚麼意思了，還是面對更現實。

前來求醫的時候還是夕陽西斜的時分，打完點滴，車子沿著兩旁種滿行道樹的馬路，芳草長春，白楊在夏日的暗夜裡挺立，晚風颯颯送爽，東北的夏夜竟是如此涼爽。我又想起十二年前的夏天，我第一次來到長春，也是在這樣的夏夜裡，車子從當時的機場奔向市區，但覺這偏遠的城市有些寥落。印象最深的是一大早便被鑼鼓聲吵醒，從酒店房間的窗口望下去，但見廣場扭秧歌的老頭老太太，跳起了冉冉升起的朝陽；晚上室內的千人舞場，紅男綠女勁歌狂舞，呼嘯著好像要一直穿透黑夜直到黎明。但再來長春也已經換了新顏，劉ＯＫ作東，在「萊茵河」咖啡屋消夜，一室歡樂，雖然偶有噪音，卻不減熱烈，濃濃的友情，在燭光下搖盪；只是，意猶未盡，因為不夠完美。於是又有夜色中的卡拉ＯＫ，「在水一方」唱出的是《北國之春》的悠揚，是《聽！是誰在唱歌》

的恬淡，是《甜蜜蜜》的柔情，還是《卡秋莎》的輕快？北方的豪情融化在《草原之夜》，南方的夢境呈現在《小城故事》，現實與夢幻交替，今宵離別後，當你再來，還會不會有這樣的夜晚這樣的心境？

小米粥已然全數嘔了出來，肚子全給掏空了，夜已深沉，可長春好像沒甚麼夜市，難道就捱餓直到天明？袁大帥當機立斷，拉我們上車，把命運交給計程車司機，果然英明。一路奔馳，昏睡的粥粉麵馬馬虎虎，可是也不能要求太高了，可以充飢就行，在這樣的長春的午夜時分。

其實，只要不太晚，也並不是沒有美食。離開長春的前一晚，我們在重慶路徜徉，許多選擇，眼花繚亂；一頭撞進「竈王爺」，登上二樓的一角，讓人無端聯想起新派武俠小說某個刀光劍影一觸即發前的場景；女侍者端上菜式，又讓我們重歸現實，原本只是碰碰運氣，沒想到竈王爺果然名不虛傳，長春美味，那木瓜排骨湯尤其清淡可口，久久難忘。

難忘的當然還有長春街頭，在鬧市人民廣場附近的商業街信步走去，有一大堆人在那裡圍觀，我瞟了一眼，原來是兩個中年男人在吵得不亦樂乎。美髮屋懶洋洋，拿捏不住疲勞的神經。天熱，紅豆冰激凌能夠降溫麼？踱進百年老店，鴨腎牛肉粒是不是泡出了本地的特色風味？還是濃縮的行裝實用，從容行走天下。

淨月潭和電影城已是留在記憶迴廊的的舊日痕跡，偽滿皇宮重遊，印象猶在，只是此次人群洶湧，隔空傳話才覓得蹤跡，後花園假山流水，一幅平民氛圍，笑聲身影，留下的剎那，定影成為永恆。

還記得那年夏天的中午，蜻蜓在南湖畔成群結隊高高低低地飛翔，即使今年夏天蜻蜓還是依然，也肯定已經不是當年我所看到的那一群了。在最後的長春之夜，當計程車載著我們回南湖賓館，路經燈火點點的南湖時，我的思路撒野，楊柳依依，一股似水柔情，盡在南湖湖面盪開，點點滴滴在心頭。

二〇〇六年七月二十三日至三十日，長春，南湖賓館；
八月十一日，定稿於香港
（刊於《香港文學》二〇〇六年十月號）

山上山下

都說長白山上天氣陰晴捉摸不定，總是雲山霧罩；還在長春的時候，對去向便有些猶豫：長白山，還是哈爾濱？不少人都說：去長白山恐怕會白上一趟，何況一來一回就花兩天在途中，快點轉向吧！

可是心有不甘，已經在望了，不試試豈非不戰自敗？好在有呼應的聲音升起：那就同去吧！其實到哪裡玩倒也不大要緊，最關鍵是要有能夠玩在一起的同伴。

並沒有抱著太大期望，只因為一旦失望，打擊更大。甚至在大巴爬向海拔一千一百米的天池倒站口的路上，導遊也還在說：看不看得到天池，就看你們的運氣了！

從倒站口再向上爬，路開始變得又險又陡，必須改乘六座位的越野車。沿途上山和下山的越野車像螞蟻般川流不息地對流，左拐，右彎，有時甚至幾近九十度的大拐彎，驚呼聲中扶持著節節攀升，從海拔六百米至一千一百米的針闊葉混交林帶開始，上升到一千一百米至一千八百米的針葉林帶，再到一千八百米至兩千一百米的岳樺林帶，直至兩千一百米以上便是高山苔原帶，一路看盡「一山有四季，十里不同天」的林木生態。二十分鐘後，越野車停在天文峰停車場，放眼四野荒涼，腳下的長白林海一望無際；爬上約五十米長的斜坡，到達天文峰頂，眼前忽然一亮，湖光山色，那在陽光下清澈蔚藍的湖水，不就是天池麼！幾位同行的年輕韓國女學者一臉虔誠，說，在他們心目中，天池是聖湖。

海拔兩千七百四十九米的長白山，是一座古老的休眠火山，而天池水面的海拔雖然只有兩千一百八十九點一米，但不論海拔高度還是面積之大，都已經是中國火山口湖中的老大。本來我們憧憬著可以掬一把湖水，豈知我們所站的位置只能俯瞰湖水，哪得親近？何況導遊早就警告：不要試圖去舀湖水，萬一失足掉下去，恐怕會給凍死！當然也有水怪的傳說，可是我們看到的只是一汪湖水，不見有甚麼動靜。傳了那麼多年，傳言眾說紛紜，一直沒有一個定論；留下一個神秘的故事，教人疑惑到今天，卻增添了旅遊情趣。

是的，來過的人言之鑿鑿：長白山早晚的溫度在攝氏十度左右。或許是有了這樣的預告，加上山下酒店小賣部的老太太前一晚危言聳聽：山上冷啊！她極力推銷她出售的衣物，無可厚非；而那話語一經她誇張宣揚，人心脆弱，又或者是覺得有備無患，誰還能不就範？我也帶備毛衣上山，豈知陽光好得出奇，怕也有二十四五度吧，光穿一件長袖衫便綽綽有餘。在這樣的大晴天下拍照，人心燦爛，你我都笑得像那粼粼盪漾的湖水；看來天池也並非難得展顏。只是運氣了你們！棄長白山而直奔哈爾濱的那小隊人馬後來說。也是吧，但一旦碰上了，便勝卻人間無數。

相比起來，山下的晚上，要涼快一些。到達酒店那晚，說是有篝火晚會；晚飯後晃晃悠悠走到側面的廣場，果然見到一堆篝火熊熊燒得正旺，旁邊的露天大排檔，隔著一張長檯相對歪歪坐著兩排男人，喝酒喧嘩，細聽他們嘈雜的言語，我猜想是一群韓國遊客。篝火的斜側面，有一部電視機，畫面帶出音樂，有人在那裡搖頭晃腦地引吭高歌；原來是露天卡拉ＯＫ，只可惜欠缺雄渾的男聲，也沒有清脆的女高音，那歌聲幾乎都是荒腔走板，一出唇便迷失在茫茫夜色的曠野裡。

站在周邊看著夜色沉落，有些無奈，大地無邊，還是踏著月光追尋微微涼意和醉意吧。可是四處沒有人煙，只有蒙古包酒吧透出燈光，探進去一看，裡面只有簡陋的桌椅，也許我們來的不是時候，雖然標明通宵營業，卻沒有甚麼客人。一位中年女老闆慇懃招呼，我們訕訕全身而退。夜風輕輕吹，後面那一片白樺林已隱入夜幕，還在夕陽西下時分，我們曾在那裡散步，一棵棵聳天的白樺樹，讓我有濃濃的蘇俄感覺；那自然是從蘇聯電影蘇聯歌曲得出的印象。以白樺林作背景，拍下這長白山下的天空和人在旅途中的笑影，我們已經融入這片大地了麼？猶記得從長春前來長白山的中途，是在中午的敦化吧，趁大巴歇息留影，背後是一條蒼涼的公路，再後是默默的青山，我們微笑出此刻的心境了麼？我只覺得，多年後追憶，它必然會把我帶回到這令人難忘的旅程，連同那聲音那氣息那陽光那東北的氛圍，還有漢文和朝鮮文並列的招牌。

可是此刻再無去處，還是回到酒店小吃部坐下，也是沒甚麼人，我們吃著清脆的小食喝那礦泉水，獨自支撐門面的朝鮮族夥計操著有些生硬的普通話，說，到九月份，天冷了，遊客少了，這小吃部也就不開了，直至明夏才再度營業。再去已是最後一晚，有個穿制服的男人在吃麵，原來是保安人員。我們問起這裡是否有偷渡客，他抬起頭說：當然有啦！正在吃著閒聊，燈火忽滅，伸手不見五指，整座酒店陷入一片黑暗之中。我吃了一驚，電光石火念頭一閃：啊呀不好，莫非誤入黑店？此時假如跳進一個母夜叉扈三娘，我們豈非成了人肉叉燒包？剛尋思移形換步搶在前頭，燈光又再大亮，依然是悄悄的小吃部，夜色依然人依然。只是有些睏意朦朧襲來，不如歸去，沉入長白山下的夢境之中。

但次日長白山之夢，卻更加立體鮮活，下山之後，天池時時冷不防便從我的腦海中躍起，隨著那陽光下流動的聲音溫馨的笑臉，粼粼盪漾在我的心田。

二〇〇六年七月二十七至二十九日，
長白山下，二道白河鎮，白山大酒店；
八月十九日，定稿於香港
（刊於《香港文學》二〇〇六年十月號）

水鄉，不在夢中

沙家浜？那不是樣板戲《沙家浜》發生的場景麼？但我不知道它就在常熟，我們走了進去，並沒有多少遊人，寂寥的視覺，又變成空曠的舒適，但見一片蘆葦蕩在湖中輕擺，茫茫蕩向天際；中午的太陽在微風中散發出適度的溫暖，不冷也不熱的天氣，正是秋遊的好時候。

這時也正是陽澄湖大閘蟹上市的季節，可惜我們望到的只有浩渺湖水的一角，所有因秋風起而挑動起來的食慾，便被掩藏在水面下，不再澎湃。只有「春來茶館」招牌依然，但仔細打量，又有些疑惑：怎麼變成了兩層？而且沒有了阿慶嫂？他們指著遠處說，真正的春來茶館在那邊！原來還有另一家。都叫春來茶館，恐怕也都出於生意眼。不過，我們並非想要考證甚麼，只是到此一遊而已，也就不必那麼認真。何況，真真假假也已經說不清，旅遊無非為了增添一點情趣，開心就好。

在春來茶館不喝茶，來到望虞臺，再不喝便無端辜負這大好秋色。那茶座依著有「小西湖」之稱的尚湖，傳說姜太公當年便是在這裡釣魚，它叫人一陣迷惑：有甚麼痕跡在這裡留下麼？沒有。但見隔著粼粼湖水，聳起的便是虞山。在這樣一個倦怠的下午，四下無客，秋風從湖面不停吹來，無酒也無歌，一杯茶在手，散發幽幽清香；喧嘩驚走落單的鳥兒，青山隱隱，任我們傾聽湖水婉約敘述那種種有記載和沒記載的故事。天色慢慢暗淡，人聲漸漸沉寂，晚風加強攻勢，涼意陣陣，催人不如離去。

離去還是在水鄉轉，蘇州山塘街的露天咖啡座，在上午九點鐘的陽光下似乎還未醒來，依傍蘇州河的籐椅空空盪盪，不聞咖啡香氣，只有沒點火的燈籠一排高高掛著，營造的氣氛沒有用武之地，這一角塞納河的小小感覺兀地飛遁，用鏡頭回味從前，捕捉到的是甚麼樣的一種心情？

小橋流水，且借這典型的景色襯托江南天空，那構圖能不能舀起粼粼的波紋，還有姑蘇那兩千五百年的風塵？秋風翻飛，亂雲橫渡，時光的軌跡無從追蹤，記憶的迴廊卻湧現泛過河面的遊船，悠悠看盡兩岸春色；細細一想，那初臨蘇州的歲月何等青蔥，明明一臉的意氣風發，轉眼十六個春秋已經化為灰塵，消失得無影無蹤。這期間又再來過幾次蘇州，最記得大前年的十月秋雨綿綿，船孃立在船尾，一面搖櫓，一面唱起小調，沿河把我們搖到盤門。我們站在水陸城門上指點長短，任那毛毛雨輕輕飄灑，但覺歷史風雲就在腳下緩緩掠過。可是這個中秋已過的九月底依然炎熱，秋風捲不起絲毫涼意，秋雨更不知躲在何方不肯現身，叫人特別想念大前年的涼爽：我還記得那晚在十全街上閒逛，秋雨淅淅瀝瀝而下，我們躲進二樓的一家書店避雨，喝一杯綠蘋果汁消磨時光；直到書店打烊，我們撐著雨傘下樓，那嘩嘩的雨聲挾帶著涼意深深，好像就要淹沒整條寂靜無路人的夜街。直到後來，在夜深人靜時分，那涼意沁人的場景總會突如其來地在我腦海一閃。可是時光溜走再也抓不回來，那年秋天已遁入過去，任我如何回首也已經無力觸摸，連同那秋涼。

甚至連紹興也一樣，走在魯迅故里的小街上，遊客潮水似的湧過來又湧過去，有人用手上的扇

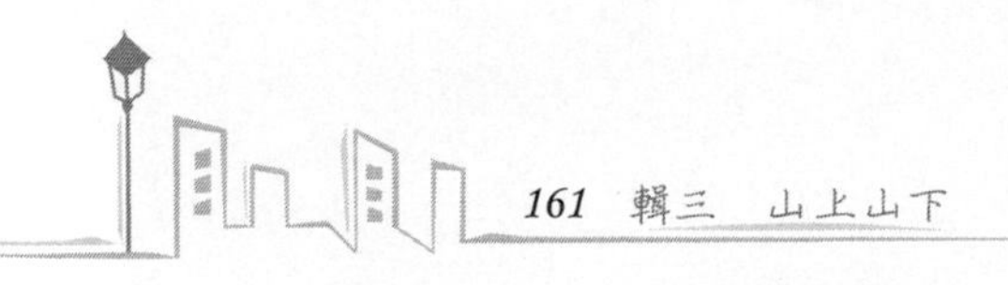

子搖呀搖的，力圖謀得一絲涼風；一進入「三味書屋」便有老房子的一股幽幽涼意，跨出去走到百草園，站到午後天空下，熱氣又漫了過來。還是躲進咸亨酒店吃吃茴香豆、嚐嚐紹興酒更加寫意；魯迅筆下的咸亨酒店自然已經和眼前的現實對不上號，但是即使孔乙己早已消遁，但那酒店的名氣已經爆響得不再需要任何廣告，來此一遊的遊客，恐怕個個都把它作為吃飯的首選，難怪門庭若市，這午飯時間沒有一個空位，只有年輕女服務員在來回奔忙。那端上來的紹興酒偏黑，近似「可口可樂」的顏色，有到過數次的酒客忽地大喝一聲，這是假的！嚇了我們一跳。服務員忙不迭解釋，是真的是真的！那酒客說，在咸亨酒店賣假酒就不行！服務員趕緊給他換上另一瓶，看那顏色偏黃，果然和我們喝的不同。但我們也不計較，酒大概也還不至於假，可能是次貨罷了！

喝紹興酒喝不出朦朧醉意，佇立在沈園陸遊、唐琬題詞的碑刻前，卻有盪氣迴腸的哀怨感覺。不論錯錯錯還是莫莫莫，逝者已矣，但那歡情遺恨，卻流傳千百年，甚至連今人讀了也難於自已。正待照相留念，同遊者卻不肯舉起相機，原來他說此處只宜空拍。言下之意便是如此淒慘分離的寫照，如何可以當背景！

還是周作人或者魯迅筆下的烏篷船自在，東湖大概也因它而成了旅遊熱點。

接近中午的太陽正曬，船夫腳踩槳、手把舵，那僅容得三名船客的小船便輕輕在湖面上滑行，石壁削立，湖水在岩洞中流淌，當烏篷船搖過，風穿越而來，灌一身舒適的涼意，有人喊了一聲，那嗡嗡的迴音便在洞中嫋嫋盪漾。這時真的有些微微的醉意了，可是很快又置身烈日下，原來烏篷船已橫過岩洞，又在湖面晃晃悠悠。

是滿目的湖水和河水，不在夢中，在眼前。於是，當我離開水鄉，夢中整個身心都沉浸在那汪汪水色裡，在虛幻和真實之間，粼粼水波漫來；江南夢，最憶是水色。

二〇〇五年九月二十二至二十六日，常熟——蘇州——紹興；

十一月十六日定稿，香港

（刊於《作家》月刊二〇〇五年十二月號）

最憶是江南

站在十全街人行道上喝酸奶，冰涼。夜色慢慢深沉，馬路上不時馳過汽車，但不至於塞車。我憶起一九八九年春天第一次到蘇州，就住在十全街的「蘇州飯店」，當時有名，而今安在哉？那個時候趁著午休時間溜出去，撐起雨傘，我冒著微微細雨，徒步走向另一頭的葑門外，尋找自大學畢業後失散的老友C。那時，十全街算是蘇州的鬧市，但夜晚偶見一兩家商鋪亮燈而已，寂寞天色，哪有眼下的喧嘩？如今，蘇州已經熱鬧許多，在「觀前街」飽嘗著名老字號蘇式菜館「松鶴樓」的名菜松鼠桂魚、響油鱔糊、蟹粉蹄筋、清溜蝦仁之後，還喝了太湖莼菜湯，下得樓來，街上人潮洶湧，一派熱鬧景象。那時的觀前街一帶，也是鬧市，但沒有現在這麼繁華，我記得那天中午歡送宴會後，我就在松鶴樓下C依依惜別。別了蘇州，一晃就二十幾年了，當中我們在各種文學會議上重逢，不在話下。

但蘇州今貌，與昨日相比，已大大變化了。路經「李公堤新商業區」，寧靜夜色中但見燈火點點，小轎車開過來又開過去，路邊停滿了車子；這裡是蘇州餐飲業的集中地。C遙指金碧輝煌的餐館說，要幾萬元一桌呀！我咋舌。我們走到湖畔，借著附近餐館的餘光，在暗影中望湖水粼粼翻波浪，夜風勁吹，已是春末夏初，我們仍感覺到深深涼意滲來。這湖面寬闊，湖邊蘆葦叢叢，迎風搖擺，卻原來它是一口人工湖，盈盈湖水給這周圍平添一份秀麗景色。假如沒有這口湖水，再怎麼熱鬧，總是會覺得缺乏生氣，就像美人不會眨眼一樣呆板。

當然，看夜色，最好還是到號稱「中華第一古街」的「山塘街」走走，蘇州「七里山塘」與南京「十里秦淮」齊名。跨上廊橋，我自然想起「廊橋遺夢」，但這裡卻是蘇州，不是美國。這廊橋之夜，行人來來往往不斷，不像電影中寂靜無人；想要借這夜色在廊橋留影也難。我們只好憑欄眺望河裡遊船，那點點燈籠晃過來又晃過去，幽靈似的移形換位。我們還是去逛夜市好了，在街邊小攤買上松子糖、棗泥麻餅、方糕、梅花糕等，捧在手裡邊走邊吃，我們抓住蘇州小吃的精髓了麼？走在那夜市小街，兩邊的商舖一間接一間，行人如鯽，嚶嚶嗡嗡的人聲喧嘩中，忽聽得汽笛聲，回頭一看，原來是一個老者騎著電瓶車，雙腳踩地面，控制車速，慢慢前進。咦！這裡不是步行街麼？怎麼又有人騎車？我摸不著頭腦，但那車子早已排眾而出，突圍絕塵而去了。

走到河畔，更有一對新人，在攝影師和他的助手的擺佈下，輕倚河邊石欄，以河水及遊船為背景，冒著冷風瑟縮拍婚照。那照明燈探亮了一方天地，新娘笑靨如花，新郎一臉得色。是模特兒還是真的結婚照？有人疑惑。可是你問我，我問誰呀？

記得十年前的盤門河道嗎？那年深秋船孃用竹竿撐開小舟，在河道裡悠悠滑行，她頭戴藍布白花點的頭巾，唱盡一月至十二月的花，小調唱完，小船也泊上了「水陸城門」，我們魚貫上岸，登上城樓，追尋兩千五百年的歷史風雲。

蘇州歷史悠久，公元五一四年，吳王夫差的父親闔閭命前來投奔的楚國大臣伍子胥建吳國都城闔閭大城，至今已有兩千五百多年歷史，許多有關西施、伍子胥等的古跡依然保留，城裡還有許多當年留下的地名。隋代開國皇帝九年（公元五八九年）始稱為蘇州，一直沿用至今。蘇州城建城早，規模大，基本上保持著古代「水陸並行、河街相鄰」的雙棋盤格局、「三縱三橫一環」的河道水系和「小橋流水、粉牆黛瓦、古跡名園」的獨特風貌。如今的城市還是座落在原址上，蘇州古城和蘇州園林為世界文化遺產和非物質文化遺產「雙遺產」集於一身。走在蘇州城內，但見河道縱橫，怪不得別名姑蘇之外，蘇州又稱為水都、水城、水鄉，早在十三世紀，《馬可波羅遊記》便將蘇州稱為「東方威尼斯」，而法國啟蒙思想家孟德斯鳩更把蘇州古城稱讚為「鬼斧神工」。

蘇州園林名聞天下，其歷史可以上溯到公元前六世紀春秋時代吳王的園囿。私家園林最早見於記載的是東晉（四世紀）顧辟疆所建的「辟疆園」。由於歷代造園興旺，名園日多，到了明清時期，蘇州成為中國最繁華的地區，私家園林遍佈古城內外；在十六至十八世紀，達到全盛時期，有兩百多處，至今保存尚好的也有十幾處；蘇州因此有「人間天堂」美譽。宋代詩人陸遊稱之為「蘇常（州）熟，天下足」，人們譽為「上有天堂，下有蘇杭」，而曹雪芹在《紅樓夢》中則說蘇州是「最是紅塵中一二等富貴風流之地」，眼下夜色中的閶門人來人往，一想起《紅樓夢》裡的林黛玉便出生在這裡，頓時便覺得古意盎然起來。縹縹渺渺我又回到那晚，夜遊嬌小的「網師園」，但見廂房處處點燈，評彈用吳儂軟語依依呀呀地哼唱，搖得人心浮動；更有一曲洞簫《春江花月夜》，隔著湖面登萍渡水傳來，勾人魂遊天外；而那牆角槐樹黑影憧憧，在夜風中於原地跳起左右搖擺的靈魂舞。已經多年了，蘇州的印象，一直久久盪漾在我腦海中，不肯沉靜下來。

盪漾，如在常熟水面面積達一千兩百畝的尚湖湖面上，快艇在船尾濺起長長的兩排白浪，偌大的水面，竟只有我們這一艘孤船，可以橫行無忌。我們飛馳著從那中間最大的橋洞穿過，拉開一段距離，讓船身打橫，熄掉馬達停下，在微波起伏中抓拍那以虞山為遠景的十七孔橋。它穿湖而過，長達一點五公里。長堤上花紅柳綠，宛如綠色的綵帶柔動嬉水，故得名「拂水橋」。明末清初間東南文宗錢謙益築「拂水山莊」於湖畔，在湖中築此長堤，他的愛妾、一代才女柳如是特繪《月堤煙柳圖》，傳為一時佳話。但當我們來到柳如是墓前時，卻發現他們為禮教所不容，兩人給分隔開來，死後也不能在一起。一代才子才女的結局，令人扼腕。相傳殷末姜尚（姜子牙）為避紂王暴政，曾隱居於此垂釣，後人取名「尚湖」，以資紀念。記憶還在學院湖畔徜徉，我們在茶室呆坐一會，走到碼頭邊看那遊艇靜靜泊岸的姿態，還沒到盛夏，蓮花池的蓮花並未開放，蓮葉在正午的陽光下慵懶。

還是「狀元坊」有趣，它藏在常熟古城區「翁家巷門」裡，是一所具典型江南風格的明、清官僚宅第。主廳「綵衣堂」，保存著江南地區最好的明代包袱錦彩畫，藝術價值極高，難怪成為全國重點文物保護單位。它是清咸豐六年（一八五六年）狀元、先後為兩代皇帝同治、光緒的老師翁同龢的故居，現辟為「翁同龢紀念館」。它始建於明代中晚期，本為大族桑氏所有，清道光江西學政翁心存購得，更為現名。其子翁同龢曾在這裡度過青少年時代。翁同龢歷任刑、工、戶部尚書、軍機大臣、協辦大學士等職，對中國近代史產生過深遠影響。紀念館門票每張人民幣二十元，我們正待進去，卻有人失聲驚叫，我以為發生甚麼大事，卻原來只是墨鏡落在車子裡，其實根本不會丟失。紀念館不大，很快就可以看完，走出來，路經小集市，樹蔭下的地攤上，小販在攏賣玉石、項鍊、手錶等物，儘管他們吆喝不斷，但還是觀看的人多，買的人少。即使許多人搶著做，但生意特別是小生意難做啊！

生意還是到沙家浜的茶館看看，它地處陽澄湖畔，「蘆花放，稻穀香，楊柳成行」，我們聞名想要看看這阿慶嫂壘起七星灶，銅壺煮三江，相逢開口笑，過後不思量，人一走，茶就涼的地方，那湖畔蘆葦叢生，菱荷相間，可惜沒有碰上菊黃蟹肥時節，唯有遙想那盛況而已。眼前只見古色古香的畫舫，載著遊客穿梭在蘆葦迷宮之中，另有一種風情。

還是在趙園（又叫「曾園」，因小說《孽海花》的作者曾樸曾在此地居住而得名）喝下午茶優遊自在得多。我們在廊下磕瓜子、吃糖剝花生、喝茶，春風徐來，J說起當年曾在這裡借居，那廂房旁邊花木叢叢，我只覺得柳浪聞鶯，春意實在很深了！

而此刻，明明就在蘇州，唐人張繼的「姑蘇城外寒山寺，夜半鐘聲到客船」，不知醉倒了多少代人。在寒山寺敲鐘，是一種驚喜的感覺，當那木槌撞擊鐘聲沉沉，一下，兩下，三下……它一聲聲，遙遙傳到了江邊的客船嗎？該是那種意境吧？難怪排隊輪候敲鐘的人龍不絕。

春風迷迷濛濛，拂在姑蘇大地上，抬望眼，滿眼的江南春色，真是一片柳如煙。

二〇一〇年四月三十日至五月一日，蘇州東吳飯店；
七月二十四日改定於香港

（刊於香港《文匯報·采風》二〇一〇年八月十八日）

西湖秋意淺淺

夜色中的西湖靜靜，我們在昏黃的燈色下，散兵遊勇般漫步林蔭小道；中秋已過，白天的人間天堂卻依然還是熱。暖化了，全球都暖化了！不知是誰在喃喃自語，還是自己在自言自語。晚間好些，涼風拂來，暑氣雖未盡解，卻也叫人為之一爽。

那家茶座已經烏燈黑火，只有露天座位在掩映的燈光下入定。無茶無咖啡更無堂倌，今夜我們且借這自然一角，看盡還不成氣候的秋色，慨慨胡扯人世滄桑話題，江湖路遠，月色更迷茫，苦笑聲中，茶館忽地亮起一盞燈，一小夥子從裡面推門而出，揚聲道：要茶嗎？原來有人打電話通知他，來了幾個不速之客。看看時間也晚了，喝茶的興致盡去，睡意隱隱，於是我們一哄而散，留下西湖的晚風、湖水和那草木的芬芳，似乎招搖著誘我們重歸。

晚飯後早早再去已是次晚，這才看清那門面寥落，客人不多，附近圍桌打牌的四個年輕男女看來是熟客，他們大聲喧嘩，也沒人理會。我們揚聲招手，好半天才見一小夥子匆匆奔來寫單，原來就只有他一人在打理。我權當他是昨晚那人，想起那麼晚還趕來做生意卻又做不成，有些歉然。他慇慇端茶倒水，便退到一旁，不見人影，任我們佔據一角，海闊天空，鳥飛魚躍。

但這是自由一夜，你說你的憂心，他在他的熱情王國徜徉，我彷彿竊聽到湖水呢喃，白天的喧囂沉落，夜色下改哼柔情小調。秋葉飄落，旋轉著，你是否聽得見那「噹」的一聲，輕叩大地的律動？

提起西湖，便有太多的故事湧上心頭。那晚閒步走到「平湖秋月」，在面對湖水的綠色長椅坐下，夜風已經帶著涼意，柳浪飄擺不定，不聞鶯聲也不見燕舞，湖面上不時滑過燈火燦爛的遊船，一直漂向遠方，不見蹤影；遠處屹立的雷峰塔亮起的燈色，又縹縹緲緲將白娘子的傳說重溫了一遍。起身再走，沿著白堤，來到斷橋，不見有雨，更沒有傘，眼波並無流轉，但看乘涼的人群來往不斷，將一個隱藏在歷史迴廊的傳奇故事狙擊得七零八落。許仙和白素貞的人蛇戀再淒美，也擋不住世俗生活的車輪，拖兒帶女的喧嘩或者是摟腰搭肩的私語，已經成為主流場域，讓我們感覺到些微被邊緣化的尷尬。只有明月清風無限，天堂人間，不知今夕何年。

而今日又明明是可以把捉的二〇〇五年秋天，湖畔蘇小小墓，埋葬的是真身還是附會，也已經不重要，臥聽湖水拍岸，也不是她一個人專利，多少名人多少長夢，點綴也神化了西子湖，叫人飄飄然恍惚就要乘風歸去。茫茫湖面清澈，朝陽下畫舫盪起的水紋，輕輕漾向無限，指點湖山談笑之間，掠過去的是無數赫赫有名的景點，只是我再也分不清水天一線間，哪處是虛，哪處是實了。

在湖畔的「樓外樓」晚飯，「山外青山樓外樓，西湖歌舞幾時休」這名句固然在腦海閃過，而餐桌上更不能缺少「龍井蝦仁」這道菜。身處西湖，總會想起龍井，想起那著名的龍井茶。沒想到竟有一天我也去了龍井，在出產龍井茶的農家喝道地的龍井茶、吃清淡的農家菜。我們登上四層樓的樓房，從陽臺遠眺，一層霧氣慢慢昇騰，西湖在夕陽下漸漸朦朧。領我去的老朋友說，這裡安靜，外地人不懂得來，不駕車也不能來。那麼，我們就這樣靜靜享受西湖秋日傍晚的時光吧，看農家炊煙嫋嫋昇起，懶洋洋的，塵世的煩惱盡去。

但我畢竟是俗人，自然也還是要回到世俗裡面去。湖畔南山路是酒吧街，臨別杭州那晚閒逛，一頭便撞進這裡，原意是隨便喝杯咖啡聊聊天歇歇腳，坐下才知道九點半開始有樂隊表演助興，樓上是爵士音樂，樓下是拉丁音樂，我們決定不動，靜靜享受拉丁之夜。新潮歌手輪番演唱，紅男綠女翩翩起舞，小週末的晚上煙霧騰騰，高朋滿座，這時才發現頗多西方遊客。據說藝術院校也在附近。再輕鬆歡樂也終須歸去，推門而出，晚風徐徐拂面，湧進來的又是一批人，西湖之夜好像剛剛開始。回頭一看，那酒吧名叫Day and Night，中文名取其音譯「德納」，顧名思義，難怪！

西湖依然靜靜，不言不語，好像進入夢鄉；那粼粼湖水，莫非就是它夢的漣漪？

二〇〇五年九月二十三日至二十七日，杭州西湖畔，金溪山莊；
十月二十三日，定稿於香港

飲食上海

本來那餐廳也是可以的了，不過結果還是轉移到梅園村，我知道這是老店，好幾年前到上海開會，主人設宴，招牌是一樣的，不過不在這裡，好像是總店，而這裡是分店。這時上海之夜剛剛開始張開她迷人的眼眸，將五彩繽紛的色調灑在黃浦江兩岸。

生日而在上海度過，多少有點巧合；已經有許多年沒有過生日了，於今人在旅途中，竟會有這樣的閒情這樣的心思，實際上卻是隨緣。即使滿桌的豐盛，但今夜只須讓啤酒澎湃地流瀉，乾一杯快樂誕辰，其實卻為時光飛逝暗暗心驚；記得去年今日我在孔府遊走，再看明代古城牆的開城儀式，一身古裝的士兵舞槍騎馬，一片盎然古意。但曲阜雖然名聲很大，但畢竟是小城，即使有很多歷史故事，但走在當下，只有一條大街，晚上和韓國教授、臺灣詩人閒逛，拐進小路，前方有家咖啡座，正好可以歇腳，走近一看，彩燈閃爍，裡面幽暗，好像沒甚麼人，叫我有黑店一類的聯想，不禁猶豫徘徊，從裡面走出一年輕姑娘招呼，我們卻不約而同拔腳就走，也不知是為了甚麼。但在上海好像便寬心得多，飯後走進樓上一家茶藝店，也是沒甚麼人，但坐進包廂，珠簾低垂，茶香陣陣，竟又是另一番溫馨天地。人聲喧語被隔絕在燈紅酒綠處，這上海夜的一角，就這樣靜悄悄地汩汩流動，有一聲，沒一聲。那麼，生日快樂吧，舉杯，沒有明月，昏黃的燈色，有如瞌睡的眼神。

從梅園村到杏花村，又是別一樣風情。外灘的中午車水馬龍，沒有牧童，這杏花村只是菜館，種不下杏花，自然也沒有大自然的悠然。吃甚麼已經不重要，飯局只不過是尋找一個說說話的地方，跑野馬的話題，濺起的是時光的浪花，還是歷史的迴音？威海的上島咖啡已經消遁在去秋金黃的落葉中，晚風吹起炊煙，鳥兒紛飛，尋找回巢的航線，街燈暗淡，一輛輛計程車都載客，叫我們擱淺在鬧市，幾乎找不到歸去的路。計程車怎麼老是這麼供不應求？大白天的外灘想要上車，談何容易？我耐心在路邊等待，不得要領，邊走邊轉移陣地，也還是只見載著乘客的計程車呼嘯而過，莫非命中注定無車可搭？路途那麼遙遠，豈是我用雙腳可以走到的地方？忽地靈機一動，酒店肯定有計程車站。剛跑到附近一家，跟在人龍後頭，一個酒店侍應生走了過來，客氣地問了一句：先生，您是住客嗎？我一愣，不是。他說，對不起，這是住客的隊，您請排另一隊。原來，計程車緊張，於是酒店也保護住客的權益，每三輛之後才給非住客一輛空車。但即使如此，也是有望，不像在馬路邊傻等不知是否要一直等到天明。

可能也是因為臨近國慶長假的關係，計程車總是緊張，那晚應邀趕著去「金錨」吃幫菜，誰知滿街計程車全都有客，枯候了大半個小時，好不容易等到一輛空車，跳上車一說，新華路！那司機竟答了一句，汽油不夠，您再找別一輛吧！嫌路程太近賺不到甚麼錢而拒載就聽說過，怎麼遠途也不想做生意？但人家不走，那也沒辦法，難道能夠像在香港那樣對那司機吼一聲，那就載我到差館去？罷罷罷，下車再等吧，想起主人會等得不耐煩，而我又無力插翅飛過去，不禁心焦，唯有打手機請罪，卻阻擋不住那時間無情疾走，讓我揹負大遲到的羞慚十字架。

當上海朋友問我，去沒去過「上海老站」的時候，我還以為說的是火車站呢。原來它是經營上海二十世紀二三十年代風味老本幫菜的菜館，這座典雅的白色歐式建築，原為法國人於一九二一年建成的修道院，它佇立在徐家匯天主教堂對面。推開那扇木門，穿過走廊的時候，望見幾個展櫃陳列的許多老上海的收藏品，無端叫我聯想起那個時代已經老去的故事。大堂佈置的老式留聲機、古舊電話機和早年的鐵製電風扇，充分顯示海派特色，讓人想起酒杯輕碰、呢喃細語、輕快的舞步，這不夜城的景象又在眼前迴盪，可是目下卻是中午，哪裡又是夜上海了？

雖然這裡的老站燻魚、蟹粉豆腐、紅燒野生回魚、清炒河蝦仁等等頗有特色，但更讓我陶醉的是，當撩開那白色窗簾，但見外面兩列車廂和火車頭圍出一塊綠地，鮮花盛放，鳥兒跳跳飛飛叫叫，都市的喧囂被隔絕在門外，我們置身一方安詳靜謐的樂土。那車廂也大有來頭，大廳右側那列名為97318公務車的車廂，一八九九年造於德國，曾作為慈禧太后的宮廷坐車；左側那列車廂名為97431特種車，一九一九年造於俄國，曾用作宋慶齡的外出用車。車廂內經過改裝後已重現當年高貴、精緻的特色，當然也可以在那裡進餐，只是收費更上一層樓。

只是再休閑再平和再寫意，也終須回到現代都市快節奏當中去，聞著九月底上海的桂花香味走出餐廳，市聲乍然轟鳴而來；那反差令人有些不習慣，不過這才是現實生活中的上海吧。記得那年秋天在衡山路的「星期五吧」喝下午茶，我們是僅有的客人，音樂輕輕在寂靜的酒吧跳著狐步舞，直到夕陽不可阻擋地墜落黃昏，即使街燈還沒亮起，法國梧桐在路邊瑟瑟輕抖，但城市熱氣騰騰的喧嘩水銀瀉地般從四處漫了過來，淹沒一切。就算是「新天地」，也是營造出來的一方天地，我記得第一次到那裡喝咖啡，是在大前年九月的一個下午，留下的彩照依然鮮活如昨，只是都說了些甚麼話遇到了甚麼情境，卻已經記不太分明了；欲待重拾，才痛感都市的步伐太匆匆，哪容得再一一清晰浮現！

二〇〇五年九月二十七日至十月一日，上海，卿雲樓；

十一月二十七日定稿於香港

（刊於《作家》月刊二〇〇六年二月號）

聚散如風

忽然便接到L的電話，說，在濟南當面商定的「女評委獎」該碰頭了。呀，這就一年半了？時光飛逝如斯，快得不敢想像。他一提，這才想起，前年四月，聽說我在濟南，他便飛過來與我會面，我們一拍即合，有了合作計劃。但之後長久沒有消息，我以為像許多美好的故事一樣，終於沒有下文。不料峰迴路轉，他原來打算邀我去武漢，然後集體去湖南鳳凰，但有人說九月初南方熱北方涼，建議改地方進行；對我來說，哪裡都無所謂，改成天津也好，我已經多年沒到那裡了。

天津不是必經之地，隨然它離北京很近，但即使到了北京，沒有要事，也不會特地拐到天津去。上世紀七十年代初，失意中的我，曾經匆匆去過一趟天津，住了一夜。那時「破四舊」盛行，著名的「狗不理」也改名為「天津包子店」，我們飢腸轆轆，春夜中在那暗淡燈光下排隊掛號，當時物質匱乏，總算輪到了，和別人擠在一張圓桌上，同檯吃包子，互不相干，各吃各的，狼吞虎嚥，居然還吃得津津有味。飯後到海河邊看那河水在夜色中泛波瀾，我們臨分配，因為前途未卜而心不在焉。再去已是十年前的事了，天津不再那麼寥落，我們在「登瀛樓」二樓吃晚飯，好像人也很擠，嗡嗡嗡的盡是人聲喧嘩。那已是不可抓回的歲月了，遙遠得成了個人歷史一頁，只能偶爾追憶，有點不堪回首的味道。這回再去，又是十年過去了，天津變化更大，「勸業場」一帶成了步行街，人流洶湧，很熱鬧的夜市，付錢搭機動車轉了一圈，停下拍一張相片留念吧，閃光燈把夜景拍下來了，連同那「天津勸業場」幾個豎寫的大字，但拍不下多年的變遷。那位朋友沒有出現，我也沒問，多年不聯絡，總是有各人的理由，何必去捅破那薄薄的一層面紗？所有的東西，好好壞壞也都留在心底好了。就像登瀛樓一樣，它到底如今還在嗎？要是在的話又變成怎麼樣了？我也不去打聽，它在，固然好，如果它不在了，那又何必一定要知道它的結局？就甚麼也不知道好了，當年的登瀛樓一直便在我心中永存，連同昔日的歡聲笑語，定格在當時當地，還有那人影，既朦朧卻又清晰，朦朧是因為時間遠去，記憶模糊，而清晰是由於那時那刻那人已經定影在那裡，再也不肯離去。

這一回在西青區的「狗不理」晚飯，如今的「狗不理」自然比那時豐富得多了，花樣繁多，但我還是不能忘記那一頓簡單的「狗不理」，特殊年代的一餐，不求豐盛，但求果腹，現在講起「狗不理」，孩子們嗤之以鼻，那算甚麼美食？也是，世上的事情，本來就是盛名之下，其實難副。但彼時彼地，有「狗不理」，還求甚麼？十八街麻花、耳朵眼炸糕、狗不理包子，名列天津特產三大品牌，斧頭也砍不掉，至於好不好吃，那是見仁見智，須讓人品味才能下定論。武漢來客自也要來親口嚐一嚐，好吃嗎？大家笑而不言，可能那意思是不過如此吧？但也可能是表示滿意。不管怎樣，吃過了就好，這「狗不理」，它是我當年的一個小小夢想。

夢想有時真會讓人著迷，特別是年輕時的夢想，因為它會叫人努力，C便是一個例子。當年在文革期間因出身不好，灰溜溜的，但他沒有消沉，寄情書法，當時大字報鋪天蓋地，教授靠邊站，連啟功也被責令抄寫紅衛兵的大字報。在夜深人靜的冬夜裡，他趁四周無人，悄悄地把啟功手抄的大字報撕下一角，揣進棉衣裡，捎回去偷偷地臨摹苦練。此事給啟功知道了，覺得太危險，要知道，那時如果被發現私自撕下大字報，後果不堪設想。啟功勸他還是晚上到他家去學書法比較穩妥。就這樣，他成了啟功的入室弟子。他本是北京人，後來他從河北山村調進離北京較近的天津，啟功也幫了大忙。而他也不負所望，在繼承啟功的書法上卓有成效，有一本曹惠民教授主編的《閱讀陶然》，書名便出自他手筆，許多人一看那字，便嘆道：是啟功題寫的吧？但他除了繼承之外，還有發展，並有論著。我們三人是大學同班同學，如今他已是天津的書法大家，走在「古文化街」，每隔幾步，總會有店鋪老闆跑出來寒暄，邀他進去喝一杯。原來這條街的好些招牌是他題寫的。他笑說，剛題寫了一首詩，潤筆費五千，也是寫字有價了。他豪氣地說，來天津，今天誰也別跟我爭了，我作東。

但「名流茶座」還是要看的。有多少年沒看相聲了？記得以前愛看侯寶林、馬季的相聲，對現在的年輕人來說，那已是咸豐年代的事情，不過在我們的腦海裡，卻記憶猶深。不知為甚麼，也許是先入為主吧，侯寶林馬季的相聲還是那樣引人，相比之下，眼前的表演只不過不外如是而已。但聽說許多北京人跑到天津來，卻是奔著茶座而來。如此看來，天津的相聲還是有其相當的吸引力的了。

我們在路邊互道珍重而別，人行道上的梧桐葉青青，街上車流不斷，天津的又一個傍晚悄悄流過去了。

二○○八年八月二十九日至九月一日，天津，津奧賓館；
十一月十一日修定於日本大阪
（刊於香港《城市文藝》二○○九年七月號）

下山看水去！

站在南橋上，望著滔滔江水東流去，那水勢浩大，呼嘯著懾人心弦，不禁想起李冰父子。是的，四川平原一代的老百姓，都不能忘記他們造福千秋萬代的恩典。

橋上有三三兩兩的遊人，還有幾個賣花姑娘在兜售鮮花，橋下水流湍急，據說夏天水更大更猛，曾有人一不小心掉下去，要在下游才撈上來，早就不省人事。但此刻卻歌舞昇平，下了南橋，便是小廣場，有些小販在擺賣竹板、玩具、燈籠，那燈籠在漸漸發暗的昏色中發光，成了一道風景，和它對面的李冰公園遙相呼應。

河畔有一列桌椅，靠河排成縱隊，每桌有玻璃燈罩護著的蠟燭，在風中不停地搖曳，有如跳著無定向的靈魂舞。河對面也是一排餐館，其中一間有人在引吭高歌，說不清是歌手獻唱還是食客在唱K。再看分明，河道每隔一段距離便有一盞鑲在河堤兩旁的燈，隱約映出河水奔騰的面貌，大約本來就是用來照明的吧？

白天又是另一副情景。正值清明放水節，祭祀、放水、鑼鼓喧天、鼓樂齊鳴，熱鬧非凡。我們來到「魚嘴」，合照一張相，來到「飛沙堰」，留下身影，來到「寶瓶口」，更不忘留念。走走停停，不覺來到安瀾橋，其意為「安渡波瀾」，民間稱它為夫妻橋，那是表示不忘何先德夫婦造橋之功。這是一道有歷史的索橋，也是到都江堰不可不看的一座橋。它初建年代已不可考，但至少在唐代已經存在。在歷史長河中，安瀾橋幾經變遷，經歷毀壞和重建；著名橋樑專家茅以升將它定為中國五大古橋之一。我們也效仿古人搖搖晃晃過橋去，本來橋身就已經搖擺不定的了，更有幾個調皮的小姑娘使勁兒晃動橋身，我慌忙抓住護欄，她們咯咯的笑聲盪漾在河面上空，以青春展示狂傲的年華，令我們愧煞。

住在靈岩山上的二王廟賓館，出入都有專車，並不大留意周圍環境，只記得那裡涼快。到達的那天傍晚，我們幾個站在院子裡聊天，天南海北，不覺涼意漸漸從腳底漫了上來。那天下午，在房間裡閒著無事，忽然有人敲門，我心中納悶，他們都上青城山去了，誰來找我？開門一看，原來是Z師傅。他說我們慢慢走過去吧，他們在郡守府等候呢。

客隨主便，於是他領路，沿著山路，一面往下走，一面漫無邊際地談天說地，他的成都話不太難懂，但也聽得吃力，只聽得他指著山路兩旁鬱鬱蔥蔥的林木說，楠木。哦，是做用來地板的吧？都江堰珍稀植物不少，除了國寶級的珙桐，植物「活化石」銀杏外，還有蓮香樹、水青樹等，我們一路走去，一面左望右看，一面呼吸新鮮空氣。一路上靜悄悄的，途人少見，偶然才有兩三個人站成一堆，原來那是巴士站，乘客靜靜地在那裡候車。記得來時，汽車把我們從成都雙流機場送到都江堰，沿途乍見一大片一大片的油菜花，金黃金黃的，那景色醉人；可惜這次走山路，反而沒有機緣再見。

黃昏的陽光西斜而來，暖洋洋地灑在我們身上，說話間已到市區，車子明顯多了起來，但這是相對而言，要是比起大城市，交通還算是暢順。我們穿街過巷，橫過一條大街時，Z師傅笑說，當年毛澤東來過這條街的飯館吃飯，所以改名「幸福路」，我忘了問他，這是不是都江堰最大的一條街？但問不問已經沒甚麼關係了，看那人流不斷，顯然就是都江堰的主幹道。

從這裡又橫穿一條街，它給中間給一條約兩三米寬的小河隔開，左側靠河一邊是一列露天飯館，幾張桌椅，幾個男女坐在那裡悠閒地喝著啤酒，一個大嬸手執掃帚在橫掃地下的垃圾。在飯館的另一邊是一列店舖，有茶館、賣衣服的，賣體育用品的、賣電訊用品的、賣玩具的，等等。我一看那街名，「楊柳河街」。原來這條河叫楊柳河，是都江堰渠系之一；街也因河而得名。

再走多幾步，便是郡守府了，臨江一帶有好些飯館，但都沒有它氣派。臨河的空地有好些舞劍練拳的人，有個穿著練功服的中年女士，在倒退著疾走，有個做母親的，我猜，她一面呼口令，一面教那七八歲的兒子招式。背景是兩株櫻花樹，正朝天怒放粉紅的花團。天色暗淡下去，人影逐漸朦朧，忽地「刷」的一聲，南橋的燈飾齊放光明，把橋體清脆玲瓏地凸現出來。

都江水滾滾流，我們望著它，默默不語，也許該說的話，已經說完了，也許一切盡在不言中。這都江堰，實在了得。

宴罷回程，走過那橋時，晚來江風，呼呼吹來；涼意實在很深了。

二〇〇八年四月三日至六日，都江堰，二王廟賓館，初稿；
五月十日定稿於香港

補記：

寫完都江堰，還沒回過神來，忽報汶川大地震，舉國悲痛。打遍成都和都江堰的新老朋友，除了三個人終於打通之外，其他都佔線；卻也得到訊息，認識的人都無恙。但天地這般不仁，一個多月前我們還在那裡參加筆會，轉眼之間都江堰竟成了災區。除了默默祝福之外，不想再給他們添亂。願汶川大地震的所有生者重新投入生活，祝福所有的好人一生平安。

二〇〇八年五月二十一日

（刊於《香港文學》二〇〇八年七月號）

又見成都

在成都，不免到「杜甫草堂」，儘管不久前去過，但忍不住再去，可是並非去參觀，該看的也看過了，我便靜靜地在茶室坐著，甚麼也不想，甚麼也不做，光是一個人坐著，喝烏龍茶。茶室剛開門，露天庭院內無人，空盪盪的，好不悠閒，悠閒得竟有點矯情的感覺。拿出一本書來，看看成都，腳邊立著一壺熱水瓶，可以隨時自斟自酌。慢慢的，茶客多了，氣氛熱鬧起來，頭音拉得長長的成都話滿耳皆是，大都是上了年紀的人，在這裡敘舊。有一圍人，大概許久沒見了，一來，整桌男女都身相迎，歡叫著用成都話說：好久不見了，都有七八年了吧？於是泡茶、嗑瓜子、寒暄，笑聲震天，人生何處不相逢，相逢有如在夢中，久久相聚，更是人生一樂也。

我還是回到我的書本，剛看幾行，頭上輕飄飄地落下一片枯葉，原來是桂花樹逢上秋風，不一會，我腳畔便聚滿了黃葉，清潔大嬸用竹條掃帚掃水泥地板的聲音，沙沙沙的，單調而極有節奏，像催眠曲似的，漸漸叫我眼皮沉重，睏意襲來，我做起白日夢，夢見杜甫在寫〈茅屋為秋風所破歌〉，風在呼嘯，驀地一驚，睜眼醒來，卻望見茶杯裡已有幾片落葉，在茶香中飄浮。

也曾在成都歷史文化保護區寬窄巷子徘徊，那是毛毛雨時下時停的中午，我們在古老大宅前留影，但那翻新的房屋留得住歷史的風塵麼？只有那叫賣不斷的小販嗓音聲聲傳來，小吃誘人，還有掏耳朵的男人，當街坐在那裡，瞇著雙眼，歪著頭，在享受被掏的癢癢的痛快。不知是否因為正好碰到星期日，窄巷子和寬巷子人來人往，人擠人，在叫賣聲中，年輕男女嘴上嚼著零食，穿梭其間，一派逛市集的歡樂氛圍。逛著逛著，不覺餓了，我們鑽進一家小吃店，吃水餃和麵食，堂倌肩上披著一塊白毛巾，用成都話吆喝著：「麵——來了！水——餃來了！」木樓梯通往樓上，踏上去一步一響，嘎吱嘎吱的，樓上似乎並沒開放，黑乎乎一片，讓人聯想大戰一觸即發，大俠就在那裡等候決戰。

最驚奇的還是參觀金沙，那是前年才出土的博物館，給中國留下了一個驚奇，給世界留下了一個驚奇。那女講解員聲情並茂地引領我們參觀，但我們不能搬走搬走古董，所幸臨走每人獲發禮物，一座太陽鳥的金屬雕像能帶我們回到遠古去嗎？但金沙遺址還有早前出土的漢陽三星堆考古發現證實，早在四、五千年前，成都就是古代蜀人聚居的重要都邑，三千多年前她已成為商周時期的蜀文化中心。兩千三百多年前，古蜀王在成都平原腹地建都時，便取「一年成聚，二年成邑，三年成都」之意，定名「成都」。此後六次成為封建割據時代王朝的首都。兩千多年來，城址未遷，城名未改，在中國城市中，僅此一例。

還是頭一天剛到的晚上。他們說為我接風，地點就選在杜甫草堂附近的「欽善哉」，抬頭一看，招牌不正是乾隆皇的御筆麼？上得二樓，拐到一處僻靜角落坐下，倚著欄桿，正可下望一口湖，假山噴出的水噴到湖面上，形成一團團漣漪。一看這餐廳的架勢，莫非是舊時哪位大官大財主的宅第改建成的？非也，這一帶原來是一片農田，八十年代才開發成商業區。那藥膳用各種不同的中藥加上烏雞等熬成，室內頓時瀰漫著一股香香的藥味，讓人精神為之一振。

當然也吃過火鍋，在臨別的那晚，就在香港也很熟悉的「譚魚頭」，臨別匆匆，大家圍在長方形桌子，火鍋滾燙，話短情長，今夕說聲再見容易，各散西東之後，重逢卻不知在何時。有人說起了當年在新疆的故事，平添輕鬆的笑料。

那天參觀三聖花鄉難忘，那地方很大，不像我們像中的農村。我們必須坐上電瓶車才算能夠走馬看花把它看個大概。那是城鄉一體化的農村現代化的試點，種瓜果，辦旅行社，增加收入，舒適安逸，是成都人的夢想家園。但是出發的時候，天還熱，我留了個心眼，帶了一件外套防身，不料天氣愈來愈涼，坐在電瓶車上，四面涼風勁吹，呼呼直灌而來，無法抵擋。連當地人也悴不及防，把風衣帽子蓋在頭上，瑟縮著，更何況我們這些不摸深淺的外地來客？

成都雖好，終究非久留之地。到了機場，時間還早，不如去喝一杯咖啡吧，女服務員送了上來，但沒有牛奶，問她要，她笑嘻嘻的，一會端上一大杯，我們說，只是要伴咖啡的一小杯牛奶而已，但她似乎沒聽懂，一味站在那裡，連說對不起。我們只好罷了。結賬的時候，牛奶另計。再說恐怕也是一聲對不起了，也不要太為難人了，她也是打人家的工，何必呢？或許是一處鄉村一處例，也不能說她不對。

這時，廣播響起，登機最後召集聲破空傳來，我們魚貫入閘，成都再見。

二〇〇八年十月十一日至十三日，成都，錦江賓館，初稿；

十一月六日，改定於大阪

（刊於《香港文學》二〇〇八年二月號）

黃鶴不知何處去

又到武漢，不禁有些感慨。上次在長江畔徜徉，已是上世紀六十年代中的事情，那時兵荒馬亂，到處是紅底白字的大標語，從大樓上垂掛而下，滿目不是「打倒陳再道！」就是「撼山易，撼百萬雄師難！」各色傳單從空中飄揚著散落，市面寥落，只有穿著黃軍裝戴著黃軍帽、左臂纏上紅衛兵袖章的大中學生，趾高氣昂地列隊操步前進，球鞋嘩嘩地敲響整個大街小巷。那是一個特殊的年代。這次重去，觀感已大為不同，城市面貌大變，只是在興建地鐵，到處堵車，讓人心焦。也許這是發展中的陣痛，但願恢復正常後，一切都暢快起來。

車過長江大橋，的士司機不無驕傲地說，第一座長江大橋，蘇聯援建的！我知道。一九五五年九月二十五日，武漢長江大橋全面施工，一九五七年十月十五日，長江大橋通車，從此京漢鐵路與粵漢鐵路相連，天塹變通途，京廣線就此貫通。我望著滾滾長江水東流去，心竟有些恍惚。一九六〇年四月，我回國，從廣州分配到北京，就乘著三天兩夜車程的京廣線，轟隆轟隆北上，經長江時是夜間，只聽得他們說，過江了。但周圍黑乎乎的，我甚麼也沒看見，只感覺到似乎有水聲在下方滔滔而去。一九六六年夏天再去，抽空在長江大橋畔留影，那黑白照片留下正茂風華，如今已經變得發黃，那不再回頭的大學生涯！

那晚夜遊長江和漢水交匯處，站在甲板上，寒風勁吹，我們冷得縮著脖子，望著江水在岸邊燈火的隱約映照下粼粼閃光，彷彿在傳遞秘密的訊號。即使天冷，人們還是不甘寂寞，沒有空桌椅了，就站在那裡引吭高歌，有的即使吼到荒腔走板，五音不全，也還是緊抓麥克風不放，唯恐一鬆手就頓失卡拉ＯＫ話語權。歌唱，莫非能夠增添不少體內熱量？而江水就日夜靜靜流淌，將華中最大都市和中心城市武漢，一分為三，形成武昌、漢口、漢陽三鎮鼎立的格局，唐代詩人李白便在此寫下「黃鶴樓中吹玉笛，江城五月落梅花」詩句，因此武漢自古又稱為「江城」。

但那時連「江南三大名樓」之一的黃鶴樓也無暇去，好在這回可以還願。登上「天下第一樓」，迎面便見到第一層大廳正面牆壁上，有一幅以「白雲黃鶴」為主題的巨大陶瓷壁畫，兩旁懸掛著長七米的楹聯：「爽氣西來，雲霧掃開天地撼；大江東去，波濤洗淨古今愁。」拾級步步而上，從五樓俯瞰長江，天風浩盪，李白的詩句猛然閃了出來：「故人西辭黃鶴樓，煙花三月下揚州；孤帆遠影碧空盡，唯見長江天際流。」其實，黃鶴樓是因崔顥的〈黃鶴樓〉詩而揚名。黃鶴樓原址在武昌蛇山黃鶴磯頭，始建於三國時代東吳黃武二年（公元二二三年）；據《元和郡縣圖誌》記載：孫權始築夏口故城，「城西臨大江，江南角因磯為樓，名為黃鶴樓。」當時是為了軍事目的而建。到唐代永泰年（公元七六五年），黃鶴樓已具規模，然而兵火不斷，黃鶴樓屢建屢廢，僅在明清兩代，就被毀七次，重建和維修了十次。最後一座建於清同治七年（公元一八六八年），毀於光緒十年（公元一八八四年）；一九五七年興建長江大橋武昌引橋時，佔用了黃鶴樓舊址，一九八一年十月決定根據歷史資料重建黃鶴樓，專家決定在距舊址約一千米左右的蛇山峰嶺上重建

重建的黃鶴樓

新的黃鶴樓。一九八五年六月落成五層的新樓，此刻，我們站在這已成為武漢標誌性建築頂樓，極目楚天舒，不能自已。二〇〇三年二月，黃鶴樓開始重建以來首次大規模整修，主要是維修樓頂四塊牌匾，在保持字跡不變的情況下，重新複製。

關於黃鶴樓的傳說很多，其中，根據《齊諧誌》記載，仙人王子安乘黃鶴經過這裡的一座山，因此山名取為「黃鶴」。後來有人在山上建了一座樓，取名「黃鶴樓」。當然還有其他種種傳說，是耶非也，全看你的判斷了！我只記得搭公共汽車去黃鶴樓的時候，車廂很鬆，有個中年乘客好心起身讓座，他往外走，我往裡擠，擦肩之際我身穿的外套拉鍊竟勾住他的上衣，他頭也不回地嚷嚷，別拉我呀！引得旁邊的人哄堂大笑，好在只是個小誤會；如果對方是女性，或許會大叫非禮也說不定，那時真是跳到長江也洗不清了！

話說在「世紀中天」酒店住下，近處只有「光谷」可逛；「中國光谷」是武漢東湖新技術開發區，位於三山六湖之間；而「世界城•光谷步行街」就在光谷腹地「魯巷廣場」，沿舊關山路一直延伸到關山一路，總佔地四十一點七九萬平方米，總建面積約一百五十萬平方米，是由一條目前世界上最長的一千三百五十米純商業步行街串起，集購物消費、餐飲娛樂、旅遊觀光、休閒健身、商務辦公、酒店居住於一體的、多功能、全業態、複合型超級商業步行街區。「世界城」將街區分為主街、次街和內街三個級別，達到曲折有致，移步易景的效果。我們在燈色中轉來轉去，跑上跑下，但聽得狂野的音樂轟響，大概適合年輕人的劇烈節奏，我們逃到樓上，找到一家餐廳避靜，這裡冷氣開放，燈光柔暗，抒情音樂輕輕，癱在沙發椅上窮聊，喝一杯冰凍果汁，真不知人間何世！

但說到步行街，還是位於漢口中心地帶的「江漢路步行街」最熱鬧。江漢路南起沿江大道，貫通中山大道、京漢大道，北至解放大道，全長一千六百米，是武漢著名的百年商業老街。歷史上，江漢路實際上是華人與洋人的分界線，江漢路西面的花樓街、黃陂街以及鄰近的大興路一帶，實際上是民族工商業者開設的店舖、作坊、前店後廠型食品店；而臨街基本上是列強和官僚、民族資本家開設的銀行、公司和商店。這時，車經江漢關渡輪碼頭，遙想當年，渡輪碼頭上迎來送往，人頭湧湧的盛況，再看眼下街面人潮洶湧，今昔的商業狀態，可以想像得出來。

在江漢路一路走去，是一字排開的各種建築：歐陸風格、羅馬風格、拜占庭風格、文藝復興式、古典主義、現代派……難怪人們說，江漢路是武漢二十世紀建築的博物館。這些建築固然引人，但更加世俗更加貼近普通人生活的，還是「步行街」。沿路東張西望，商舖一家連著一家，我發現除了金融業、金銀珠寶業之外，其他商家都拆除捲閘門窗，安裝通透落地式玻璃門，營業場所都重新裝修過，店堂佈局合理化，燈光強化，店名招牌裝飾起來，使得街景與兩邊店舖落地櫥窗連成一體。我們一面行走一面觀景一面購物，好像走進一家「巨型露天商場」。沿途廣場、綠地、園林小品、休閒坐櫈、背景音樂等等，應有盡有，走累了，可以坐下稍息；也有許多人因為趕時間，乘上隨叫隨停的小巧電動汽車代步。

武漢人都說：「過早戶部巷，宵夜吉慶街」，那天早上，我們去「過早」（吃早餐），走出酒店，逛到附近的吉慶街，看到這鼎鼎大名的夜市大牌檔，寬不過幾十米，路面凹凸不平，行人淒清，不免失望。我們轉了一圈，見到一些售賣飲食品的小舖已在營業，炸油條的，煎餅的，煮水餃的，更有賣豆漿的，滾粥的……只是食客不多。我們揀了一家靠在便利店左近的露天舖位坐下，只因為看上去比較乾淨；吃了一碗著名的早餐「熱乾麵」，大概因為不習慣，覺得不過如是，沒吃完就起身離去，暗想，聞名不如見面，吉慶街也是徒有其名而已！但且住，一到晚上，它竟然搖身一變，變成千嬌百媚，魅力非凡，一家緊接一家的攤位，在各家的照明燈下，步行街給男女老少行人，擠得水洩不痛，我們穿行其間，賣花的、賣水果的、賣鞋的、賣玩具的、賣鐘錶的、賣唱的、拉琴的、賣影碟唱碟的，當然少不了食檔，鴨脖子、蝦球、毛豆、乾燒鯰魚、糊湯粉、麻球、白芝麻、生煎包、燒烤乾子、豆皮炒臘肉、煎蒸武昌魚、臭桂魚、千張肉絲……吃的穿的用的，任憑選擇。我們在一處影碟檔前佇足，手提錄音機播出張學友的歌聲，《我等到花兒也謝了》在夜空中嫋嫋，有幾分迷離幾分愁悵，忽然省起身在武漢，我彷彿聽見長江水滾滾東流，一去不回頭。

二〇一〇年十月十七日至十八日，武漢中天世紀酒店；
十月二十二日至二十四日，武漢麗悅酒店，草成；
十二月十日定稿於香港
（刊於香港《文匯報・采風》，二〇一〇年十二月二十四日）

野人？還是美人？

還在宜昌的時候，由於我對三國故事很感興趣，諸如長阪坡百萬曹軍中救阿斗之類的故事，曾經陪伴我的少年時代；一旦來到這裡，怎能不浮想聯翩呢！但趙子龍已神化成《三國演義》中的人物，如今離我太遠了，只剩實實在在的神農架，向我招手。他們都說，宜昌人引以為自豪的，是兩壩：葛洲壩、三峽大壩；還有三人：猿人（長陽）、詩人（屈原）、美人（王昭君）。

從宜昌出發，山路漫漫，長途崎嶇不平，開入山中，十月天雖有陽光照耀，但氣候明顯轉涼。最記得是那晚回興山縣，天色蔚藍，窗外不斷掠過樹影憧憧，十四的月亮明晃晃地高掛夜空中，幾乎滿月，大而亮，只有一顆孤星陪伴。山風疾勁，全車的人默默無聲，我不知道其他人如何，我是給震住了，這樣的山路！這樣的秋夜！這樣的孤寂！

在神農架爬山的時候，其實樂趣不大。本來就低溫了，加上風大，一陣陣颳過來，更冷了。那山不好走，所幸隨處可見蒼勁挺拔的冷衫、古樸香鬱的岩柏、雍容華貴的梭羅、風度翩翩的珙桐、獨佔一方的鐵堅衫，繁枝茂葉，鬱鬱蔥蔥。聽說還有金絲猴、白熊、蘇門羚、大鯢、白鸛、白鶴、金雕等飛禽走獸出入，但我無緣見到，只在休息亭附近的小動物園看到關在籠子裡的幾隻金絲猴，寂寞地跳來躍去，有人拿出食物餵牠們，牠們還耍手擰頭，挑揀得很呢！怪不得是「國寶」哩。這時天色已經發黑，想要拍下來，猴影早已化入夜色中，朦朧不可見。

位於湖北西北邊陲的神農架，是中國內陸保存唯一完好的一片綠洲，和世界上緯度地區唯一一塊綠色寶地，擁有當今世界裡緯度地區唯一保持完好的亞熱帶森林生態系統。「山腳盛夏山頂春，山麓艷秋山頂冰，赤橙黃綠看不夠，春夏秋冬最難分」，是神農架氣候的真實寫照。全區大小山峰一百八十七座，多在海拔一千五百米以上，其中海拔兩千五百米以上的山峰有三十二座，最高峰神農頂，海拔三千一百零五點四米，是華中地區最高點，故稱為「華中第一峰」。由於它處於三省交界，又處於巴楚文化的沉積帶上，巴、楚、秦、中原文化在此發生了奇妙的碰撞與糅合，形成了神農架獨有的、帶有森林氣息的文化現象。華麗飄逸、靈動飛揚、神奇浪漫，都具有楚文化的強烈特徵。神農架的民間傳說中，篤信人一天有兩個時辰是牲口，這樣人獸相融、人獸混雜、人獸一體的生命觀，極具震撼性。在這裡流傳的野人的傳說，便是介乎於人、鬼之間的東西，它叫山鬼、山精、山混子等等。神農架因野人而倍加神秘起來，我們邊走邊仔細觀察，來到樹林茂密處，在一塊刻著「野人出沒處」的石塊前，徘徊不已。果真？還是為了招徠遊客？不清楚。同行的人催道，快走！給女野人抓去，就只好當「押寨山大王」了！

雖然說笑而已，但在如此環境下，冷風陣陣，四周淒清，不覺涼意自後背頓生。神農架的野人之謎，是當今世界上未被破解的四大謎團之一。在當下，許多國家和地區都曾發現「野人」的蹤跡。神農架是發現次數最多、目擊者人數最頻繁的地方之一。據不完全統計，自上世紀初以來，這裡已有近四百多人在不同的地方、不同程度地看到近一百多個「野人」活體。神農架有野人，有四方面的依據：一是史書記載，《山海經・海內南經》、屈原《山鬼》、明代《本草綱目》、清代神農架周邊的房縣、興山等縣縣誌，都有關於「野人」的記載；二是民間關於野人的傳說，從秦始皇修萬里長城，逃跑的民工躲入深山老林，變成「野人」之說，到今天神農架周邊地區流傳的，進深山雙臂要套竹筒防「野人」的傳聞，有許多版本；三是科學考察的發現中國野考協會幾次組隊到神農架進行科學考察，發現大量「野人」的腳印、毛髮與糞便，鑒定結果表明，神農架確實存在一種介於猿和人之間的靈長類動物；四是有大量人證物證，神農架及其周邊地區有許多人在不同時間、不同地點看到過「野人」；他們的描述基本相似：身材高大魁梧，面目似人又似猴，全身棕紅或灰色毛髮，習慣兩條腿走路，動作敏捷，行為機警，有的還會發出各種叫聲。這些和史書記載及世界其他許多地方對「野人」的描述有驚人的相似之處。但是，儘管如此，三十年來還是始終沒有人正面接觸過「野人」。我們離開神農架，「野人」依然像霧又像花，在腦海留連不已。難怪有公司出重金懸賞：拍到「野人」相若干，抓到「野人」更加翻若干倍。我有點懷疑那是旅遊公司的高招，其目的無非是把神農架炒的更紅火而已！

既然「野人」遍尋不獲，獎金自是「凍過水」了！還是收拾心情，去興山縣看「昭君故里」吧！從野人到美人，這落差不可說不大，但心情卻一樣雀躍。車子開到山腳，還有一大段山路，必須用腳力自己爬上去。幸好不是畢直的斜坡，而是逐漸上去。走到故里前院，面前生生一座漢白玉女子全身像，三米多高，亭亭玉立，不用問就是王昭君了！「昭君故里」原本在宜昌興山縣寶坪村，面臨香溪水，背靠紗帽山，山明水秀。後因三峽水庫蓄水，故里沉沒水下，「昭君故里」紀念館遷至香溪河上游的新縣城古夫鎮復建。我們所看到的，便是新址。大概許多古建築都是如此這般滄海桑田，比方黃鶴樓，也早從長江邊退卻，不再是原汁原貌了。但這又何妨？社會總要向前走的，環境也會因人而改變。

王昭君名王嬙，是中國古代四大美女之一。她是被歷代詩人、畫家、作曲家著墨最多的一位古代女性。傳說皇帝選美，宮女爭寵，紛紛賄賂畫師，王昭君不願行賄，被宮廷畫師毛延壽醜化，不能得寵。漢元帝元年（公元前三十三年），北方匈奴呼韓邪單于請求和親，王昭君自請「求行」，出宮前，皇帝才發現她，驚為天人，但成令已出，為結束戰爭，決定許嫁。兩年後呼韓邪單於去世，昭君依匈奴風俗改嫁新單于、呼韓邪與前妃之長子復株累。我又想起香溪源了，那天上午，我們在那裡留連，它發源於神農架內，水質純淨，兩旁古木參天，涼風陣陣掠過。我們沿溪畔山徑上上下下，在一座涼亭歇息神聊，山林青蔥，水流嘩嘩，多美好的景致，我簡直不想動彈了。每年三月，當香溪河畔桃花盛開時，可以在溪水中看到一種紅色的魚，魚身分四瓣，形似桃花，故叫桃花魚。可惜這時是十月底，我無緣見到那盛景。傳說王昭君出塞和親前，曾回鄉省親，臨別依依，她站在船頭，揮手向親友告別，悠揚婉轉的琴聲中，兩岸桃花紛紛飄落水中，化成桃花魚，圍著船兒，一直護送昭君遠去。當然，傳說究竟是傳說，未必真有其事，但淒美感還是有的。

香溪源是香溪河的發源地，相傳是炎帝神農氏當年採藥時的洗藥池，藥水盡得百草之精華，所以飲香溪水不僅能使人貌美如昭君，還能使人崇高如屈原。美麗的傳說，人們未必盡信，但確實增加旅遊中的樂趣，讓我們沐浴在秋風中，興致盎然。

二〇一〇年十月二十一日，
宜昌，興山縣，木魚鎮，花園大酒店，初稿；
二〇一一年一月十四日定稿於香港
（刊於香港《文匯報・采風》，二〇一一年一月三十一日）

戀戀廬山

那晚飯後散步，不覺便來到一家電影院，抬頭一看，夜色中赫然亮閃閃地立著「廬山電影院」幾個大字。再一看，旁邊的大海報就是張瑜郭凱明擁吻的鏡頭。原來自從《廬山戀》一九八〇年七月十二日在全國首映之後，三十年來，就從未從這電影院換下，成為這家電影院的品牌，甚至連影院名字也改成現名。出於好奇，當然也有憶舊的味道，我們便買票入場，反正這部電影是巡迴放映，隨時可以入場也隨時可以走人。在暗影中摸上座位，環顧人頭，影影綽綽約有二十多人，上座率不高，但如以其上映年份來看，觀眾已經是不得了了。那片子自然陳舊了，畫面有時不免花了，情節老土，唸白聽起來也令人渾身不自在，但它卻是內地電影衝破禁忌，出現男女「第一吻」鏡頭，其影響自然不在話下。有人說，看了電影，才知道情到濃時，男女是以親吻示愛的。還有人戲言，當時看它幾遍，純粹是為了看那當時在內地還很新奇的服裝。

當然還有廬山的奇妙景色，怪不得成天整車下來的遊客熙熙攘攘，指指點點，熱鬧非常了。他們指點的，恐怕也是廬山風雲。「美廬」當年是蔣介石的夏都官邸、主席行轅。當初，英國人在廬山脂紅路十二號、十三號地皮建造別墅，稱為「脂紅路十二號別墅」。一九〇三年，英國基督教「美以美會」傳教士兼醫生霍爾德・吉・巴利和他太太、女傳教士溫妮佛麗德・吉・巴莉購下

這幢別墅。巴莉是宋美齡的好朋友，一九三三年便把它轉賣給宋美齡。同年的八月八日，蔣介石和宋美齡搬進這座別墅。到底是因為「美麗」還是因為「美齡」，誰也不清楚，在一九四八年八月，蔣介石就在院內的一塊巨石上題刻了「美廬」兩個大字。此後人們就稱它為「美廬」。但見出出進進的遊人，不論男女老少，都紛紛站著或倚著石頭上的大字拍照留影。我們當然也不能免俗，就在那幢英國券廊式別墅前拍照，但捕捉到的，也只是那標誌而已，不是已經隨風而逝的歷史。

這座建築面積近一千平方公尺的「美廬」，背倚大月山麓，面臨長沖河水，佔地近五千平方尺的庭院，滿佈花木，金錢松、玉蘭、懸鈴木等高大喬木濃蔭遮天，地上的玉簪等植物處處，灰褐色的牆面也爬滿了美國凌霄。我們進入這兩層別墅，一樓原為當時「第一夫人」宋美齡的臥室；二樓原為蔣介石的辦公室、會客廳、臥室，其斜對面，有一間辦公室與臥室，原來為蔣介石侍從室主任陳佈雷所屬。當年，蔣介石就在這幢別墅內，

常年循環播放《廬山戀》的廬山電影院

接受外國使節遞交國書，制定圍剿工農紅軍計劃，進行第二次國共合作的談判，蘊釀了對日抗戰宣言，也與八上廬山調解國共衝突的美國總統特使馬歇爾進行過會談。但就在蔣介石題刻「美廬」十多天之後，政治形勢急轉直下，蔣介石和宋美齡離開了「美廬」，永遠不再回來了。而我們也就在他們留下過足迹的地方徘徊，有人去樓空的感覺。

進入「美廬」前，在售票處對面有個「美廬超市」，門面不大，出售廬山特產食品；上得廬山，怎能入寶山而空手歸？出得來，在門口當眼處，擺著書攤，引人注目的儘是國共兩黨名人的軼史。旁邊一個遊客撿起一本看看，笑說了一句，這都是有年紀的人看的！那年輕人就不看了？那也不盡然，一個年輕小姐就說，我就最喜歡歷史了！我想她所指的是包括現當代歷史。實際上，來到廬山，哪裡能夠迴避一切？稍一不小心，那歷史風雲便會重現，翻滾而來。

我們徘徊在「廬山人民劇院」前，望著那上面紅底金字寫上「中國共產黨中央委員會廬山會議舊址」橫幅，回想剛才在二樓大廳巡迴放映的中共中央一九五九年、一九六一年和一九七〇年三次廬山會議的紀錄片《廬山風雲》，不覺感慨萬千。這上下兩層的建築物，於一九三七年為受訓人員而建，稱為「大禮堂」，成為蔣介石及國民政府暑期重要的活動場所。一九三七年的「廬山談話會」的許多活動，多在這裡舉行；蔣介石也在這裡多次向受訓的軍官訓話。解放後，「大禮堂」成為廬山群眾聚會場所，成為看戲看電影的地方，並更為現名。隨著中共中央三次在這裡舉行會議，這裡也不再演戲放映電影了，人們乾脆把它稱為「廬山會議舊址」了！

廬山上當年的「談判台」舊址

那天午飯後，我一個人隨意溜達，蹓到飯廳左近的草坪，四周寂靜無人，大太陽傘下，有四張靠背椅圍著一張圓桌，我坐下歇息。忽然傳來一陣喧嘩聲，原來是一輛旅遊車開到。我們所住的「別墅村賓館」就在「美廬」隔壁，我可以聽到導遊用手提擴音器講解的女聲。驀然想起那天遊「花徑」公園，那裡和唐代詩人白居易有關，它原名「白司馬花徑」。白居易曾官至左拾遺高位，因直言進諫，元和十年（公元八一五年）被貶為江州（今九江）的司馬，此乃閒官，他鬱鬱不得志，有空便遊歷。他在遊廬山時寫下詩句：「人間四月芳菲盡，山寺桃花始盛開。長恨春歸無覓處，不知轉入此中來。」此後，此處便被稱為「白司馬花徑」。那裡有一座晉代古寺，因寺在雜植花木的大林峰下，又因峰北原有中、下大林二寺，所以此寺以「上大林寺」命名。到了唐代，就稱為「大林寺」。但時光流轉，至近代已沒甚麼人知道「白司馬花徑」了，直到民國十九年（公元一九三〇年）才被發現。白居易遭遇如此，不禁令人歎息，想起「江州司馬青衫濕」之詩句，卻是又是另一番滋味了！

廬山高出平地一千多米，氣候多變，晝夜溫差大。那天早上出發時除了衛生衣之外，外加一件外套。開始爬錦繡谷的時候，也不覺得熱，但見谷中處處是豐富花木，瑞香、結香、山桂花、金縷梅、雲錦杜鵑、映山紅、紅果樹、軟條七薔薇、美麗胡枝子、扶芳藤、斑葉蘭、蝦脊蘭等，沿著山徑走去，空氣清新。來到「天橋」，但見千餘丈斷層高崖的壘石，相距一二十米對峙在深澗之上，下面沒有依憑之處，我們站在高崖之顛，風聲呼呼，水聲嘩嘩，端的心驚膽顫。這天橋其實並不是橋，它稱為「橋」，出自這樣的傳說：元末朱元璋與陳友諒打過兩次大仗，其中一次是在廬山山麓鄱陽湖進行的，據說那是中國歷史上少有的一次水戰。朱元璋兵敗率軍退上廬山，逃到天橋，前無去路，後有追兵，在千鈞一髮之際，天上忽然出現一條金龍，如橋橫臥深澗之上，朱元璋兵馬從龍背上退走，待陳友諒追兵殺到，早已龍飛橋斷，無力越過天塹。這或許有意喻朱元璋是真龍天子的意思吧？但無論如何，這個故事無疑也增添了旅遊中的樂趣。

「仙人洞」名氣很大，但身歷其境，聞名不如見面。供奉道教祖師老子的「老君殿」並不驚人，洞頂「黑質而白紋」的岩石縫隙浮空一滴一滴地下滴泉乳，滴在我們頭上，涼意森森，終年不歇。故名為「一滴泉」。過了老君殿，有一個洞豁然中開，這便是「仙人洞」了，古稱「佛手邑」。今日的仙人洞，是仙人洞道院所在，傳說唐末呂洞賓在廬山遇火龍真人傳授道術，得道成仙而去。但傳說終歸是傳說，信不信由你。

走到平臺停車場，X見我汗流滿面狼狽非常，說，你換上T恤吧！到小賣部轉了一下，卻沮喪地歎道，沒有T恤賣！真不會做生意！是的，如果有印上「廬山」字樣的T恤賣，在廬山還愁沒有生意做？

下山那天下午，車過「廬山電影院」，我又瞥見張瑜郭凱明擁吻的海報，一閃就過去了。日間不見有人，那電影只是晚間放映。車子在彎彎曲曲的山徑上急馳，兩旁茂密林木急速倒退，涼快的廬山，漸漸遠去了。

二〇一〇年六月十五日至二十五日，
於「二零一零年中國廬山國際作家寫作營」；
六月二十七日定稿於香港

（刊於香港《文匯報・采風》，二〇一〇年七月六日）

亞熱帶風情畫

其實記不清到過多少次福州了，印象最深的，是上世紀九十年代初，與一群台灣作家相聚。但細節也記不清了，只記得L領我上鼓山轉了一圈，我們在榕樹下聊天。福州簡稱「榕」，市內遍植榕樹，古時已成風。特別是北宋時期，太守張伯玉倡導「遍戶植榕」，「滿城綠蔭，暑不張蓋」，因而得名。福州城區現有古榕樹千株，榕樹不奇怪，但在國家森林公園的千年古榕，卻被譽為福州第一大榕，它樹高二十米，樹冠地面投影達一千三百三十多平方米，我們坐在樹蔭下，涼風習習。相傳，北宋冶平年間，三位武官在這裡練武時植下這棵榕樹。每年大地回春之際，古榕約有一半樹冠首先萌芽，等到老葉子逐漸掉光，另一半樹冠則新葉初萌，大樹形成層次分明、色彩不一的景象，特別讓人心曠神怡。

這情景似曾相識在「閩江公園」，來到園內，一股亞熱帶風情撲面而來，那些張開如傘的榕樹濃蔭自不必說了，處處都見南洋衫、假檳榔、相思樹、桂花等，它們使得這公園的亞熱帶地區公園特色更為明顯，具有獨特的閩江流域文化特色和榕城風情，集親水性、生態性、藝術性為一體，他們說，每年，福州都會在這裏舉辦元宵藝術燈會。可以想像彩燈處處人若潮湧的情景，而眼下是白天，離元宵也還早，我們在閩江畔的公園小路上留影，拍下的樣子，是不是可以亂南洋風情的真？

只聽得風兒在輕輕吹，有青春的笑聲灑在彎彎小徑。

「閩江公園」被譽為福州的「外灘」，它位於北港兩岸，全長十二公里，總面積零點八平方公里，這建於一九八五年的福州城區最大開放式公園，位於江濱大道，本來稱為「江濱公園」確實名副其實，但後來考慮到所有在江濱的公園都可以稱為江濱公園，為了突出本身特色，所以改稱為「閩江公園」，有了它的唯一性。但講到福州的「名片」，不能不提「三坊七巷」。它就在福州市中心城區鼓樓區，我們借宿的酒店就在附近，慢慢散步過去就是。這是至今還保存相當一部份自唐宋以來形成的街巷，成為福州是歷史名城的重要標誌之一。「三坊」即「衣錦坊」、

福州「三坊七巷」（管寧・攝）

「文儒坊」、「光祿坊」，「七巷」即「楊橋巷」、「郎官巷」、「塔巷」、「黃巷」、「安民巷」、「宮巷」、「吉庇巷」。我們穿行在街巷間，週末人潮洶湧，擠擠碰碰，只見那些民宅沿襲唐末分段築牆傳統，都有高、厚磚或土築的圍牆。牆體隨著木屋架的起伏做流線伸出宅外，形狀就像馬鞍，俗稱「馬頭牆」。牆只做周邊，承重作用全靠柱子。江南建築中，絕大多數成九十度角直線構成的階梯形山牆，福州僅個別建築如此，而三坊七巷民居的馬鞍牆是曲線形的馬鞍牆，一般是兩側對稱，牆頭和翹角都是泥塑彩繪，形成福州古代民居獨特的牆頭風貌。這氛圍，給人的感覺是一腳跨回古時，只是來來往往的盡是當代人，不由得又把我拖回當下，摩登福州。其實楊橋巷早在我置身此處前便已十分熟悉，那時福州只是一個遙遠的地理名稱，我從北京南望，隔山隔水，只是當時與知其大名卻尚未曾謀面的師長通訊，才把那地址牢牢記住。這次終於來到楊橋巷，可是楊橋巷已經不是當年風貌，連人也早已如黃鶴去，無影無蹤。

三坊七巷的民居大多不加修飾，簡潔樸實，但門扇雕飾卻煞費苦心。仔細一看，其窗櫺製作之精細，雕鑲木雕之華美，是其他地方居民所難企及的。窗飾類形豐富，有卡榫式圖案漏花，有純木雕式窗扇，也有兩者使用。我們走進文儒坊一家明代古宅，看到二進廂房的門窗隔扇上，透雕了較複雜的圖案，那花瓶寓意住居平安；而滌環板上的淺浮雕象徵花開富貴。我在那裡徘徊不去，是否也沾染了一點富貴氣了呢？

但我們也並不奢望，兜兜轉轉，已是中午時分，跨入一家台灣菜館，登上二樓包廂，又是另外一種風情，古意遠去，閩腔普通話盈耳，撲面盡是福州風情。沒想到晚飯也擠在這裡，G那沙啞而動情的歌聲猶在耳畔，他唱出了臺灣情調妹妹妳大膽往前走了麼？歌聲迴蕩，那是詩歌配樂朗誦晚會，曲終人散，我們踏著月色回家，走出三坊七巷，夜街霓虹光管招牌閃爍，燈火燦爛，人流不斷。可是回到酒店，竟又呼朋喝友，再去宵夜，但福州夜市有限，只有澳門街可去。但沒想到「聚春園」位於鬧市中心，的士卻出奇地難搭，不是沒有，而是全都客滿；請飯店服務員代勞，以為他們有辦法，不料竟也和我們一樣束手無策，只得徒呼奈何。而飢腸卻已開始明顯抗議，我們在冷風中縮著脖子耐心候車，好不容易搭上車子，已經是一個鐘頭之後的事情了！

宵夜只不過是充飢，也是聊天，對食物本就沒有厚望。加上夜已闌，月上中天，不免有些睏意，在半睡半醒之間我的思緒又縹縹緲緲地回到從前，是八年前吧，他們陪我去吃福建名菜「佛跳牆」。閩菜歷史悠久，是中國八大菜系之一，「佛跳牆」為閩菜之首，原料珍貴，製作講究，湯濃，味道厚重。傳說連佛聞到那香味，也禁不住跳牆而來。P說，這菜是熬了一夜才端出來的，也就是吃佛跳牆，非預訂不行。可惜我不是食家，事隔多年，早已忘記到底是甚麼滋味了！

但壽山石是記得的，我手上就有好幾方福建朋友送的印刻，其中有一個還是名家雕的，曾在《書譜》上刊出。這也是我與福建早年淵源之一吧？其實淵源不少，好多人甚至以為我是福建人呢！那大概是來自印象吧，而印象這東西，有時候就是如此沒來由，道不清也說不明。

我站在高樓上，俯瞰閩江靜靜流淌，忽然想起少年時代在異國他鄉看過一部黑白電影，就叫《閩江橘子紅》，情節自然全忘光了，只記得有許多橘子，當然還有片名。就像人生一樣，那麼多姿多彩的細節，你能夠牢牢記住的，到底有多少？照相照相！忽聽得Ｙ一聲喊，竟生生把我的遊魂喚回他的院長辦公室，我們就在那鑲上鏡框的毛筆字下，展開笑臉，合影。回頭一望，只見那上面明明書寫著林則徐的名句：「海納百川有容乃大；壁立千仞無欲則剛。」

二〇一〇年十月二十九日至十一月一日，福州，聚春園酒店，初稿；
二〇一一年三月十四日定稿於香港
（刊於香港《文匯報・采風》，二〇一一年四月十三日）

白天鵝棲落沙面

又住「白天鵝」。

到廣州，酒店選擇很多，但還是偏愛「白天鵝」，不僅是因為它老而彌堅，更因為它的軟件，服務態度良好。

白天鵝是內地第一家對公眾開放的五星級酒店，落成於一九八三年二月六日。在此之前，內地酒店是閉門營業的，不是住客不准入內，更遑論進咖啡廳去喝一杯了！應該說，當時的「白天鵝」公開對公眾開放，是領內地酒店風氣之先。

我就是在「白天鵝」開張不久，於一九八四年二月，隨香港作家團赴穗，參加「第一屆省港澳作家春節聯歡」，第一次入住這裡。只不過一晃眼的工夫，驚回首，那已經是二十多年前的事情。那時一起去的朋友大多星散，不知去向，但那個寒天卻熱情流瀉的聚會，連同咖啡座邊的假山石、小橋和淙淙飛瀑，常在腦海裡閃現。

再住久違了的「白天鵝」，依然如沐春風。櫃面接待小姐客氣地道歉，沒有無煙層的房間了，雖然是我們的錯，錯在預訂時沒有提出要求；但她還是盡力協助解決，待客態度令人好感。

這讓我聯想起廣州，聯想起我和這座城市的結緣。當年我是熱血青年，滿懷熱情從千島之國橫渡太平洋，投奔祖國。當萬噸巨輪緩緩停靠在廣州黃埔港碼頭，當時正值印尼排華，迎接的人群如潮，敲鑼打鼓舉標語，最矚目的是「海外孤兒有娘！」、「強大的祖國是海外華僑有力的靠山！」從沒見過這樣的陣勢，不免感動。但感動是一時的，車子開入市內，只見不太高的樓房，灰灰黑黑，到處從窗口伸出竹杆，那上面飄飄地晾著剛洗好的衣褲，我們戲稱為「萬國旗」，覺得實在有礙觀瞻，心也涼了半截。但有許多新奇的事物，車到中山路，乍見十字路口赫然有女警站在路中心的高臺上，手持指揮棒指揮來往車輛，讓我驚奇不已，覺得她們英姿颯爽。在海外，我還真從未見過交通警察還有女性！

當時是一九六〇年四月，內地三年困難時期的頭一年。我們在大街小巷兜兜轉轉，尋找中國銀行，當時印尼不准直接匯款到中國，父母只能靠水客搭線，但找了大半天也找不到，不會粵語，用普通話問路，幾個途人不是說：「唔知！」就是指往相反的方向，讓我們南轅北轍，越走越遠，令人氣餒。團團轉，我一路尋思，若是找不到，身上只有有限的零錢，以後的生活該如何是好？

再到廣州，已是一九六六年夏天的「大串聯」時。那時一切都亂了套，我跟一群北京同學搭火車南下，免費吃住行，車箱裡擠滿了人，過道、座位底下都躺滿了極度睏倦的男女「革命小將」，想上洗手間，我們也得踮著腳尖，從人群的縫隙間，小心翼翼地穿插過去。到了廣州，住在暨南大學教室裡，睡在由課桌臨時搭起的「床」上，他們寫大字報，我照著刻臘板印刷，後去的同學偶然看到了，便在大字報區留字尋人，可是擦肩而過，我已經搭長途汽車開往湛江去了！再回來時，轉搭內河輪船。那血紅日出一點點冒出江面，終於一躍，那壯麗的景象，永遠留在我的腦海中。當時，我們一群大學生，男男女女，不分性別，一人一個床位，像沙丁魚似的，並排躺在客艙裡，只聽得身子下面的河水嘩嘩地滑過，火輪穿過黑夜，抵達當時赫赫有名的「愛群大廈」附近的珠江碼頭，正是黎明時分，廣州的夏天才濛濛亮。

時光從不停留，那珠江水依然那樣地流淌，羊城也已經大變。住在珠江岔口白鵝潭畔的沙面，這佔地三百三十畝的地方，頗具歷史意義。第二次鴉片戰爭爆發後，咸豐九年（公元一八五九年），英、法憑著簽訂的不平等條約，以「恢復商館洋行」為藉口，按一畝地一千五百錢的租界費，強迫兩廣總督租借沙面。英法當局挖了一條河涌，寬九十英尺，把沙面和沙基分開，僱工修護河堤，填土築基，形成沙面島。沙面東面五分之一是法租界，約六十六畝；以西的五分之四是英租界，約兩百六十四畝。中國船隻不准停泊。至十九世紀末，沙面已成為一個擁有各種公共設施的獨立於廣州城的城區。租界內的各種權力也都由英、法駐廣州領事直接控制。

如今傍晚漫步在沙面的路上，那感覺好像就彷彿進入異國他鄉。近百年歷史的西洋建築固然引人矚目，每一個文物保護的牌子也很陳舊。沙面大街的建築，大多是兩三層高的樓房，小巧精緻，別具特色。高三層的紅磚樓房，俗稱「紅樓」，原來是海關俱樂部，它南面和北面的尖頂閣樓，是仿十九世紀英國浪漫主義建築風格。而建於一八八九年露德天主教聖母教堂，規模不大，結構簡單，卻是典型的法國哥特式建築，做工十分精細。四十八號的三層樓房，是最具代表性的劵廊式建築，鋼筋混凝土結構，四周走廊均為劵拱形，外牆刷水洗石米。而五十四號仿西方古典復興建築風格的大廈，高四層，二層的外牆砌有通柱到三層頂；它以前本來是滙豐銀行大廈。

在沙面，各式餐館很多，泰國菜是其中一個選擇。那晚我們隨便亂逛，忽然便見到「勝利賓館」。咦！那不是當年去過的地方麼？記得那年二月寒天，我們在勝利賓館的門廊下聊天，南下的中國詩人代表團的成員一個個意氣風發，而他們而今安在哉？我極力回想，卻無法追回一絲具體記憶，暮色蒼茫中忽然一處大堂燈火通明，明明標著「勝利賓館」四個大字，一問，這也是勝利賓館，但卻是新起的，原來的勝利賓館還在，只是不在這裡，而在左近。我們左拐，進入「泰珍牛橋」吃泰國餐。掛著的泰王像、穿泰式服裝的男女侍者、幾句歡迎的泰語，和低眉合十鞠躬的姿態，一派泰國風情；明明身在沙面，卻把我們朦朦朧朧地帶到夕陽下，風起微翻金色漣漪的湄南河畔。

回到珠江畔，在春風沉醉的晚上，對面的三岔路口，拐角處俏生生地立著「半月灣」，是一家日本式餐廳呢。日式煎餃、煎魚、青瓜壽司、蘋果汁，最後的果盤姍姍來遲……轉頭只見窗外黃色車頭燈在暗夜中流過來又流過去，車水馬龍，空空的計程車車頂亮著黃燈，一輛，兩輛，三輛……就隔著玻璃窗和人行道，在街上急拐彎，消失在彎角霓虹燈廣告閃爍的那頭。

江畔的人行道上，燈光下有許多擺地攤的小販，他們每隔三五步蹲在那裡，途人偶爾停下腳步，男小販女小販便爭相舉起樣品，搶著鼓動如簧之舌叫賣。仔細一看，手鍊、玉手鐲、小首飾，甚至撲克牌，樣樣都有。還有好些相命先生，幾個少女坐在那裡，眉頭緊皺，不知是卜前程還是問婚姻？更有許多夜行者，大概晚飯後出來活動筋骨。冷不防便看見一個中年男人，一身短打，貼著河沿的護欄外圍踮著腳走，難道是在釣魚？魚並未見釣到，看他像走鋼繩的險況，我們不禁為他的高難度動作捏一把汗。走著走著，迎面便遭遇一個高舉牌子的男人，昂首闊步地走，我一看，原來是招工的「人手流動廣告」。

臨別前那晚，偶然才發現「沙面玫瑰園」竟就在「白天鵝」樓下不遠處。走進露天的餐廳，供應的是東南亞菜式。珠江邊頭頂榕樹蔭如蓋，樹木間橫掛著一排排吊著的各色彩燈，江風習習吹來，喇叭傳來雲妮・豪斯頓的歌聲。驀地，鐳射從兩岸大廈射出，探照成一片繚亂，此情此景，雖然比不上容里之夜，但也足於讓人留連忘返了！我猛然朦朧想起，就在那個下午，有一張輪椅緩緩推出，到了晚上，白天鵝從天邊棲落人間……可是迷糊中乍醒，風在繼續吹在身上，涼意襲人，原來我竟在江畔打了個盹，電光石火間做了一場斷斷續續的夢！

二〇一〇年三月三日至十二日，草於廣州「白天鵝」；
五月二十三日定稿於香港

（刊於香港《百家》雙月刊第九期，二〇一〇年八月）

登門，人已去

八月十二日是離開北京南歸的日子，一大早，雨就下個不停。在所住的京師大廈餐廳吃過自助早餐，張仁強及其夫人樹西，還有我，便撐開從酒店借來的雨傘，走向北京師範大學主樓西側的那棵雪松，在雨中留影。

並不是拍風景，而是拍那雨中雪松。因為，七年半之前，錢瑗不幸謝世，其部分骨灰便由她生前的同事和學生，圍著這棵雪松灑了一圈。

許多人都不知道這件事情，這也難怪，學校那麼大，人那麼多，校內的事情，未必大家都清楚。還是頭一天上午去探望楊絳時，我們才從她口中得知。

九十四歲的楊絳，一般閉門不見客了。她願意見我們，可說是破例。

計程車載我們前往。門口有軍人站崗。這地址，我並不陌生；那時，我和錢瑗通信，投的便是這個地址，直到她沒有回信。後來才聽說她不幸去世。其實我應該有預感，我和她通信多年，雖不密，但月中總有一封。久久無信，當時只以為她忙，也不便叨擾。哪裡曉得她已經入院，寫字也難。

進了大門，我們沿著林蔭道前行，終於找到那棟樓。沒有電梯。好在是二樓，爬上去，也不太費勁。據保母說，楊絳有時也會下去走走。

保母開門。她引我們在客廳的沙發坐下，我看見面前的玻璃茶几上，擺著一本七月號《香港文學》，忽然便有一種奇特的親切感覺。楊絳從臥室出來，和我們一一握手，對我說：「一直收到《香港文學》，還沒機會謝謝呢。」

禮數周到。講話時，楊絳的思路非常清晰，且十分冷靜。只是說到錢瑗去世時，她無聲地流淚了。我們也止不住淚水。但楊絳很快就平復心情，說：「錢瑗走了，我的路也走完了。」

我的心一陣抽搐。視線落在櫃子上鑲在鏡框裡的黑白相片，那是錢鍾書、楊絳和錢瑗於一九四六年在上海的留影。看三人那端坐的樣子，是在照相館拍的吧。楊絳的《我們仨》，頭一張相片，用的正是這一張。那時的錢瑗，大概十歲左右，一臉稚氣，當然和後來我所認識的文靜優雅的錢瑗老師不大相同。一九九〇年的那個晚上，她站在香港中文大學賓館前揮手目送仁強和我所乘坐的車子離去的姿態，便一直定影在我的記憶屏幕中，永不退潮。那也是我見她的最後一面了。

於今我坐在這裡，以前抽象的地址，便落實成為具象。錢瑗曾經生活在這裡，我以前便知道，只是那卻是想像中的環境；如今腳踏實地，她卻已經走了。

六十年代末期在北京上大學時，正值「文革」；那時他們還住在東城的老家，有一晚，我和仁強上王府井東風市場二樓的「湘蜀餐廳」吃魚香肉絲，飯後騎自行車瞎逛，鑽進一條胡同，他說：錢鍾書家就在這附近。要不要去看看錢瑗？

當然也只是說說而已。那時北京一般人家哪有電話？只靠街道的公用電話傳呼。雖然那時在北京，相互串門很普遍，但冒昧登門做不速之客，特別是串大學者錢鍾書的家，始終不妥。也許是因為這種考慮，也許是別的原因，總之並沒有去成。現在回想起來，倒真有點可惜。

如今環顧「我們仨」一起生活過的家，只有楊絳仍在。在這個具體的環境裡，我只能憑空想像，當年錢瑗是怎樣在這裡出入的了。

本來不敢太過叨擾，只打算坐十五分鐘，哪裡想到楊絳健談，一直到保母提醒午飯時間已到，才驚覺坐了一個半小時。

告辭時，楊絳拿出兩本限量發行的精裝珍藏本《我們仨》，請保母在扉頁「我們仨」合照下面，從左至右蓋上楊絳、錢瑗、錢鍾書的圖章，送給我和仁強。她說：「送這本書，我不簽名，只蓋我們三人的圖章。」

究竟是「我們仨」呀！

二〇〇四年八月十一日，北師大，京師大廈；
八月三十日，整理於香港

（刊於《香港文學》二〇〇四年十月號）

誰非過客？

臺北那一角的餐館，打烊的時間相當早；那晚從花蓮搭火車回來，出站才九點半吧，走在大街上，所經的每一家都關門了。幸好轉角處有一間通宵營業的小店亮著誘人的燈火，暖烘烘地擠滿了食客。它的門面一般，不知道是因為餓了，還是菜色真的做得不錯，感覺很好。可是一轉身走開，卻忘記它叫甚麼名字了。在旅途中常常都是這樣，吃飽便不再記憶曾經充飢的地方；想來也是，就像人生旅途中的每一個小站一樣，我們怎能一一數得清楚？

記起來了，臺北是有個叫「芝蔴站」的法國餐廳，那年夏天一個炎熱的中午，Z帶我午餐，推開叮噹作響的木門，一狗一貓伺機衝了出去，在小街上瘋跑，女店東追出去吆喝了一陣，那狗與貓才垂頭喪氣地回來，懶洋洋地橫身擋著門躺下，百般不願意似地眼睛一閉，可那耳朵聳著，好像隨時都要借機再度小逃亡。也許，牠們在這室內給圈得太久了，總希望跑到天空下呼吸大自然的氣息。靜悄悄的小店，在音樂輕輕催眠下，好像也在打盹；主人頭疼沒有胃口，只喝飲料，我獨自用餐，暗自慚愧；現在回想，已經不記得是甚麼滋味，我甚至懷疑當時也是食而不知其味，只有打著陽傘走在烈日下的意象，還有餐廳的環境，不時在我記憶之網迴旋，說是吃環境，也還真有點那個味道。

其實，臺北許多餐廳的環境也還真是優雅得醉人，坐在臺師大附近那家叫「紙火鍋」的餐廳，那日本製造的耐高溫紙做成的鍋，任火舌亂竄，卻穩穩地燃燒不起來，但見鍋內湯水翻滾，肉味菜香四溢，淡黃的燈光下話舊，不知不覺便已酒足飯飽，唯有夏蟲唧唧的聲音，輕輕重重地在窗外流瀉。相比起來，「魚窩」就新潮得多，沿著石階登上去，一級便是一管海藍色的燈光隱約照明，朦朦朧朧把人送到樓上，鞦韆式的座椅搖呀搖的，搖出那一廂的對對青春情侶，也搖出我們這一邊的牛肉麵，還有冷飲「初戀情人」。午夜時分的西門町依然熱鬧，潮流青少年來來往往，中年老闆娘說，有時警察會上來查身份證，笑問我們有沒有隨身攜帶？

離開臺北的那天上午，闖進一家名叫「集客」的餐廳，想要用早餐，笑臉迎人的女侍者卻軟軟地說：「很抱歉，沒有早餐，只有冷熱飲料。」但那氛圍很好，坐在卡座上，便不想起來。全餐廳只有我和臺北朋友兩個客人，她們兀自忙著，也不理會我們；我有點不好意思，朋友卻笑道，不要緊，他們的正餐還沒開始，我們就坐一會，借一點這裡的冷氣也好，他們不會介意。果然是一派「集客」的氣派！我右手邊是一道玻璃窗，隔著餐廳的前院，小水池有水流不斷湧出，蓮葉田田，有三朵紅蓮盛放。我差一點就以為誤入大富人家的小院而不是身在鬧市的餐廳了！

類似這樣的感覺，也曾在花蓮享受過。是午飯時間，當地朋友駕車，左拐右彎，忽地駛進一條巷子，它並不起眼，一下車才發現這裡聚集了許多平房菜館。我們走向其中一家，大門兩側豎寫著書法字，右邊是「誰非過客」，左邊是「花是主人」；兩旁種滿了花花草草。進到裡面，我們在長方形黃色宮燈下，就坐籐椅，環顧周圍，書架上擺著各種書籍，其中文學書以花蓮出身的作家如楊牧、陳義芝等人的作品為主；還有擺賣工藝品的櫃子。再看正面的牆上，高高掛著的是毛筆字大寫的店名：「忍想起」。而在窗邊，一叢芭蕉葉正作勢要破窗而來。

當然也還有另類的感覺，繽紛旅程。花蓮東海岸的水漣，是原住民阿美族聚居的地方之一；我們的車子離開大路，拐向彎彎曲曲小徑，兩旁是密密山林，車子對開都有困難，每到拐彎處，角落便有一面觀照兩面的交通鏡豎立，以保安全。車子下滑到盡處，有崗哨負責收門票，原來這裡是私家地方，叫「牛山」。下了車，便是海畔；如果只是海灘，恐怕也吸引不了那麼多人前來，這裡的阿美族主人，開了一家「呼庭」，憑門票便可以在這開放冷氣的餐廳免費喝一杯具風情的果汁。廳內迴盪著阿美族音樂，椅子還有桌子都是男主人用原木雕成的，所以形狀沒有一件相同。女主人在櫃面收賬，兒子充當堂倌，算是家庭生意。餐廳之外，還有五間原始味道的各自獨立的房子出租，如果想在海邊露營也可以，每人收兩百元臺幣一晚。我喝著冷飲，窗外是一塊斜坡草地，綠油油地在中午的陽光下發亮；有十來個青春少女在那裡一個搭著一個的肩膀，排成一條龍照相；快門一按，她們便全都嘻嘻哈哈翻滾著滑下坡底去了。

大熱天下坐在這裡納涼真好，可是我們終究不能久留。是的，誰非過客？只有這裡的花花草草是主人。吃完這一餐或者喝完這一杯，也該是動身離去的時候了。以後還有沒有再來的緣分，有誰能夠知道？

二○○六年五月二十三日至二十七日，臺北——花蓮——臺北；
六月十二日，定稿於香港
（刊於香港《作家》二○○六年七月號）

山月時光

大山裡面靜靜坐落一座座木屋酒店，拉開左右推動的防蚊綠紗窗，那一片青草地便呈現在眼前。周圍一片靜悄悄，沒有甚麼聲響，只有一隻雌狗伸著長長的舌頭，趴在近中午的太陽下喘氣，另一隻是雄狗，好像有無窮的精力，一圈一圈地繞著那片青草地瘋跑。那天上午，要去山腰遊走，那雄狗一見我們上車，便一個箭步躍上司機位旁邊，擺出我也要去的姿態；看來牠給圈在這安靜的地方太久，又還未能忘卻外面的花花世界。沿著那只能兩人擦身而過的長長步道，左手邊是夾在兩山之間的山谷形成的砂卡礑溪流，溪水清澈，一路轟鳴如雷。山上泉水穿透頭上的山岩，走到某些地段，頭上滴水成小雨，有些狼狽。步道彎彎曲曲，到了稍微寬闊處，便有窄窄的草地，夾著幾株不知名的花，黃的黑的花的蝴蝶繞飛；而那雄狗起初還乖乖地跟前跟後，但可能嫌我們走得慢，不久就拋下我們，像一支箭一般竄走，轉眼便在拐彎處不見蹤影。一路追尋，我們在岔路上失去方向感，正自遲疑，忽聽有狗叫聲，尋聲趕去，但見一個老太太正用一把雨傘驅趕那狗，原來牠見到一隻不知是誰家的母雞，竟撲上前去一口咬住不放。待狗主上前，牠才鬆口把那母雞放下，不知是受了驚嚇還是受了傷，被吐出的母雞一個站立不穩，歪倒在地，好在過一會便起來，搧著翅膀連跑帶跳一頭竄入樹叢裡去了。那老太太笑笑，說：狗究竟是狗，還是要看著點兒。說得我們都有點訕訕的。

曾經在馬來西亞的度假小島浮羅交怡住過海畔的木屋酒店，白天看那高高的椰子樹在風中輕輕搖擺，夜晚的房間裡，頭頂的大吊扇轉呀轉的，有冷氣在，它的裝飾功能大大多於實際效用；海潮隱隱，一波一波地傳來，讓人的心神恍惚。那年秋天借宿無錫太湖邊的月亮灣高腳木屋酒店，也是獨立格局，散落在樹林之中；清早推門走到陽臺上，望見太湖水在陽光下粼粼閃光，點綴著一艘艘揚帆而去的漁船。那都是水的印象。這山月村雖也有小溪，但卻是山的感覺。水是流動的，而那山是沉默的，沉默是金。都說仁山智水，但我是俗人，分辨不出其中的深奧道理，只知道山中歲月寧靜，每天呼吸的是大地的精華，塵世的喧嘩遠去了，心境平和。

上午時分，我坐在房間外過道簷廊下的單人小沙發上，面對著一脈青山，四圍無人，只見霧氣一陣陣，從山腳下騰騰升起，慢慢掩住了山腰，一直到山頂，這時我眼前只有白霧，不見青山，過了一會，霧散盡，山重現，可是另一波白霧又從山腳冉冉升起，周而復始；冷不防望過去，還真以為是大火燒山的煙霧呢。那夜飯後無事，我又獨坐這裡，四周寂靜，黑暗一片，原來為了消除光害，這裡的路燈昏暗，且那燈位高度限在成人膝蓋以下；也因為如此，夜空中的星星和月亮便出奇地明亮。為了提供安靜的環境，這裡也不設卡拉ＯＫ或者夜總會等喧囂的娛樂場所；山野不知名昆蟲的鳴聲此起彼伏，組成小小的交響樂章。房間裡的電視機之外，唯一的娛樂，是每逢週末晚上，酒店員工在大堂給住客表演太魯閣族的歌舞節目。值得一提的是，除了老闆等幾個少數人之外，酒店的男女員工都是太魯閣族人；原來，山月村位於「太魯閣國家公園」內，在建成公園之前，這一帶是原住民太魯閣族的聚居地，「太魯閣」（Truku）語意為「山腰的平臺」、「可居住之地」、為防敵人偷襲的「瞭望臺之地」。老闆請人，定下非太魯閣族不行的原則，是照顧也好，是特色也好，也都讓山月村有自己的風格。

為了建立公園，上世紀七十年代，原來住在山上的太魯閣族被遷移到山下的秀林鄉去了，那天我們去探訪為酒店提供木雕藝術品擺賣的太魯閣族藝術家，他那平房的家旁邊，有一塊只有上蓋的敞開的工場，這裡那裡擺滿了成品或半成品的木雕。時近中午，敲了一會門，才見一位老太太出迎，原來是他的母親。他還在睡覺呢！過了一會，他才惺忪著雙眼，打著呵欠走出來，我定睛一看，他長髮披肩，從額頭到腦後環了一圈紅帶，果然是一幅藝術家模樣。聽Z老闆說，他藝術天分很高，可惜不懂得自理生活，曾經糊里糊塗地被關進監牢，卻是代人受過，屬無妄之災；但他好像甚麼也不計較，出來後也不申訴。有一回臺北有個木雕大賽，幾個朋友愛才，湊資讓他參加，但到臺北後和其他參賽的人不合群，吃火鍋時一言不合，他竟揚長而去，直回花蓮。他有三個女兒，都在讀小學，但他常常不讓她們上學，大抵覺得女孩不用讀那麼多書吧？這三個聰明可愛的女孩，周末晚上人多時，會在酒店客串歌舞，Z老闆對她們又愛又憐，便與藝術家約定，她們不上學就不能來表演拿外快，迫使他送她們上課去。

太魯閣族也不是頭一次給遷出山上，一九一四年，日軍發動二十世紀臺灣島上規模最大的「太魯隔閣族與日本的戰爭」，也就是日本所謂的「太魯閣討伐之戰」，日軍動用兩萬兩千七百四十九人的兵力及先進武器，分別從南投和花蓮東西夾攻，對付只有兩千五百人的太魯閣族，在山區與河邊遇到頑強抵抗，慘烈的戰爭幾達三個月之久，才打敗死傷慘重的太魯閣族；可見太魯閣族之強悍。或許日軍擔心聚集山上的太魯閣族遲早還會聚眾反抗，於是便強迫他們遷到山下去。以在山裡狩獵為生的太魯閣族，原本就是獵頭族，男性婚姻的首要條件，是獵取過敵人的人頭和擁有高超的狩獵技巧，只有這樣才有資格紋面，代表勇敢；而女性的首要婚姻條件是織布，會織布才可以紋面，代表美麗。當然，獵頭已是很久以前的事情了，紋過面的太魯閣族，至今還在世的，也只剩幾個而已，我們怎麼會有緣見到？至於狩獵，隨著搬出山林，現在的年輕太魯閣族也已經嫌它太過辛苦，聽說打獵時必須準備好些乾糧和食水，一去深山，便是幾天，走走睡睡，少一點體力和毅力都不行；現代化生活的侵入，叫年輕人如何能夠抗拒？

但山上的生活自有山上生活的情趣，那個下午信步走到「下臺地」，坐在寂靜無人的涼亭，「溪籟」的山泉水轟鳴，如瀑布聲，周圍的樹林蜘蛛結網，蜥蜴奔逃，昆蟲唧唧亂哼之間，忽地有如蟬鳴的音調長長拉起，一聲聲，竟有喧賓奪主的味道，驚得那原本棲息的小鳥離開枝頭低飛。大雨過後的山上，出現兩條高瀑，輕緩的山嵐和彩色的雲霞交織，大冠鷲在山谷上空呼嘯盤旋，猴群跳躍嬉戲在樹林中。有人提醒：在竹林步道散步，小心迎面竄來小山豬！可是我們不知是幸運還是無緣，終究也並沒有遭遇驚嚇場面。夜間生態，又是另一種景象。從酒店大堂開始，向著後園走去，在手電筒的光柱下，只見飛鼠吊在樹上一動不動，眼睛發亮，不知道是不是給嚇呆了？青蛙在草叢裡亂跳，紡織娘吱吱高歌，日本樹蛙趴在小水池的石頭上賣力鳴唱；再仔細一聽，貓頭鷹忽遠忽近的叫聲從黝黑的密林中傳來，卻不見其蹤影，讓人有些微寒意在心頭生起，好在人多，倒也壯膽不少。

來到花蓮，來到山裡的山月村靜養，那天午後，我坐在客房外的遊廊，看細雨飄飛，嘀嘀噠噠的雨聲鬆鬆散散，分明是那山中歲月的從容腳步。

二〇〇六年五月二十四日至二十六日，臺灣，花蓮，山月村；
八月二十日定稿於香港
（刊於濟南《齊魯晚報・青未了》，二〇〇六年九月二十日）

閒逛在六月

老是想看看「一〇一」，臺北的地標。兩年前來臺灣，臺北只是路過，目的地是花蓮，這回真是頭一次與它遭遇，也並不是刻意，只是有一天中午，正在臺北講學的內地學者C和臺北畫家L邀約，在「一〇一」見，於是我們便趕去會合。

計程車在樓下停住，必須仰望才能望盡其頂，望久了便覺一陣暈眩。「一〇一」為全球首創多節式多功能摩天大樓，從第二十七層至第九十層共六十四層中，每八層為一節，共八節，每層外牆均外斜七度，加上傳統風格裝飾物處處可見，有節節升高、花開富貴的意象。「一〇一」畢竟是世界最高摩天大樓，給人的感覺自是奇特。到這裡的目的，主要是奔著小吃，臺灣小吃出名，這裡的「美食天堂」便有許多攤位，可盡情挑選。當然，任何東西都是相對而言，這個第一也是暫時的，隨時等待著被別人超越，即使如此，它至少也曾經佔據著「第一」的美稱。

吃完再上去，在四樓遭遇Amadeus奧地利咖啡，我們坐在那四圍開放的地方喝一杯，但見旁邊的環形通道男男女女來來往往，我的思潮又飄飄然飛越關山，離開香港機場時，我們準備吃點東西，不料點了，菜卻遲遲不來，也難怪，這個時候生意最好，眼看來不及了，便果斷決定結賬，那些侍者愕然目送我們離去，雖然蒙受金錢損失，但不至於趕不上班機，到底還是英明。

當晚主人在「朝天鍋」接風，滿座的詩人名字如雷貫耳，那房間設在地庫，我們還得步下一層階梯。吃的是江浙菜，聽說那是一家有名的老飯店。有時吃飯只是為了吃氛圍，倒不在乎菜本身，說實在話，那晚究竟吃了些甚麼，已不太記得了，只留下那歡聲笑語在腦海中迴盪。走出飯店，晚風吹來，我們站在路邊話別，但見臺北的夜色漸漸深了。有人提議，去逛士林夜市吧！可能都吃飽了，要回飯店休息了，呼應者寥寥，結果不了了之。

有印象的是那天中午，詩人F請我們去「風」餐廳午飯，也許我們來得早，也許本來客人就不多，空蕩蕩的只有我們八個人佔據一張長方形檯子，分坐兩邊就餐。餐館格局不大，卻擁有高挑的室內空間設計，以柔和燈光加上鮮花點綴，給人浪漫沉穩的氣息，它取材中國家常菜，乾扁四季豆、橙汁排骨、風之牛，都讓人回味。飯後甜品，我跟著要了一杯咖啡泡芒果雪糕，那是主人的建議，我覺得新鮮，也好吃。只是當天下午坐在的「聚詩軒」，便覺得有點不妥。那詩畫屋靜靜，一百平方米左右的室內佈置得十分雅致，掛滿了詩畫，也有許多詩人的簽名，還有著作和文學雜誌，當然很優雅，我們奉命一一留字，但見一個個發光的名字包括和我們一起來的G早已先後留在那裡了，我們只能附驥尾。它位於敦化南路鬧市，價錢不低，F說是偶然買下的，當時亞洲金融風暴，樓價低迷，他看了心中一動，決心為臺灣的詩人們找個聚會的地方。它平時空置，無論何時，詩人們想要聚首喝酒聊天，或三三兩兩，或一群群，隨時都行。我們感嘆著，在香港，絕對沒有傻佬傻婆做此等傻事，有房子還不租出去賺錢？F只是憨厚地笑著說，人各有志。

我覺得胸口作悶，匆匆到故宮那頭去看李錫奇等人的畫展，轉了一圈，實在熬不住了，只好退場。回到酒店，越發不舒服，他們堅持要送我去醫院看病，醫生斷言是腸胃炎，驗血驗尿吊鹽水，發下話來，如果不行，明天你就留在臺灣住院，別回香港了！到了這步田地，還有甚麼話好說？只好聽天由命了！我想起兩年前由深圳飛長春，臨行前一晚，朋友好心帶我去吃路邊的維族烤羊肉串，不料到長春的次日也是又吐又拉，要跑到醫院打針吊鹽水才算止住，代價是犧牲了看正宗「二人轉」的機會。這回莫非是重蹈覆轍？

但次日好轉，我照樣去赴L夫婦為送別我們而設的臺菜宴。福華飯店的菜式雖然豐富，但我食而不知其味，只揀青菜瘦肉果腹。

不能忘記那晚從高雄回臺北，義芝已在「亞都麗緻」酒店的「天香樓」等候，中途堵車，計程車走走停停，我們心急火燎，好不容易到達，義芝已等得著急，兀自站在路邊張望。我們吃著西湖醋魚、東坡肉、龍井蝦仁等名菜，那一圍杭州菜由老闆娘出面作陪，當然是義芝的面子。老闆娘也是詩人，她由頭坐到底，靜靜地微笑著，直到我們大家合影，送我們出門口。我又記起數年前到臺北，他在臺師大附近請晚飯，那飯店是他弟弟開的，叫「紙火鍋」，頭頂罩燈輕輕灑下，用日本的耐高溫紙做的火鍋裡熱湯翻滾，看著又是另一番情景。

在高雄，出了捷運站，在當地朋友的引領下，我們先搭環城小巴，以二十分鐘的時間領略都市風貌，那城市頗具閩南風情，馬路上行人少，汽車也不多，一路上暢通無阻，沒有堵車。許多舖頭樓上住人，便利店如「7-11」，那橙綠紅中間以細白線分隔的間條標誌醒目，一個大大的橙色

「7」字，遠遠一望便一目瞭然，與香港不同，它門外廊道上擺著幾張檯櫈，一些人坐在那裡悠然吃東西。在香港，寸金尺土，哪有甚麼空間給你那麼奢侈？有地方還不如多擺幾張檯做生意更實際！

環城又回到起點站，我們就近逛久聞大名的「愛河」，陽光正當頭，曬得有點頭昏腦脹，匆匆看了靜靜的愛河一眼，或說：晚上漂亮多了！怎麼漂亮，我只能依靠想像，有那花樹叢生的環境和湧動的噴泉在眼前，我可以讓那畫圖頓時生動起來。抬頭一看，猛見一塊巨大的橫幅標語豎在左前方：「換老婆不如換地方！」啊？定睛一看，原來是地產廣告。我們忍俊不禁，紛紛起哄，哪！不如在這裡買樓啦哪！

還是要吃飯，當地朋友帶我們左拐右彎，來到橫街的「深海釣客」，一進門便看到冰櫃上陳列著各式新鮮魚貨，我們品嚐著壽司、煎魚、炒飯等等，印象深刻的是深海魚片火鍋，它精選來自水深三百米以下的深海魚，還有冰凍的柑橘水，趁這苦夏，入口冷冷、酸酸、甜甜，味道好極了。店面不大，食客也不多，靜悄悄的，但感覺很好。也只有識途老馬才能如此駕輕就熟地領航。

當然不能忘記在參加「古月新書發佈會」之後，在川菜館「變臉」的那頓晚飯，看那人頭湧動，只怕有十幾桌吧！席間有人助興，管管一曲「妹妹你大膽往前走」，那略顯變調沙啞而滄桑的歌喉贏得了一片掌聲和笑聲。

天天在酒店吃一樣的自助早餐，有些膩了，那天特地搭計程車去找「永和豆漿」，吃油條、饅頭和豆漿，我們圍坐在路邊通道的桌子，享用地道的中式早餐，馬路上汽車不時鳴笛而過，家鄉的味道撲面而來。

那天晚上，飯後無事，驅車直奔西門町，多年前到臺北，我便住在這裡的「東龍大飯店」，五年後重來，尋尋覓覓，我已經找不到它了，不知道是迷失了方向，還是它已不存在了？再去看「魚窩」，我那回上那二樓喝過冷飲，我們坐在鞦韆座椅上搖搖晃晃，好像孩子一樣開心。忽然一陣騷動，原來是警察查身份證，看有沒有未成年者混入？一切記憶猶新，可是那明明一級一級鑲著藍色光管的階梯不見了，它換了招牌，做別的生意去了。滄海桑田，我呆呆地站在那裡，西門町人流依然熱烈翻滾，許多豎著紙牌硬銷該店產品的少男少女站在十字路口，招徠顧客；仔細一看，上面寫著「輸血站」，推銷的是原汁榨西瓜，同樣是賣西瓜汁，有的乾脆寫上「加油站，700CC二十元」（當然是臺幣啦！）；還有「牛排一百六十吃到飽」等等。它們呈現的是一片商機，但具體到每一家，卻是命運各不同，就像每個人的際遇天差地別一樣。

還是去喝一杯吧。離開中心，來到偏遠，那裡的飲食店處處。我們挑了有露天彩色太陽傘遮頂的一家坐下，此刻當然沒有烈日當空，那一切便成了點綴風景的裝飾。你從蘇州來，我從香港來，相聚在臺北；我們喝著芒果冰砂，晚風徐徐拂來，話題像脫韁野馬，不知夜之既深。妙齡女侍者輕輕地走過來，微笑著，吐一聲，慢慢坐。我們也知趣，起身結賬，四周靜靜，都打烊了。

二〇〇八年六月四日至八日，臺北，福容大飯店；
二〇〇八年八月二十三日定稿於香港，九號風球「鸚鵡」襲港
（刊於《香港文學》二〇〇八年十月號）

輯四　悠長記憶

咖啡巴黎飄香

車子在夜巴黎的高速公路疾馳，一路暢順，但駛近戴高樂機場的範圍，便開始堵車，去路走走停停，對面往回走的路途卻暢通無阻。不禁暗自慶幸，虧得出門早，不然只好乾著急。那也是拜罷工所賜，早就聽說因為即將頒佈推遲退休年齡法令，法國工會預定在次日發動全國大罷工，我剛好在前一天離開，罷工前夕，還是提早為妙。都說我有遠見，其實只是巧合而已。巧合實在很難解釋，無巧不成書嘛！就

拿破崙時代建的巴黎馬特蘭教堂

像我們浪遊巴黎，剛離開艾菲爾鐵塔，下午便傳來有炸彈的消息；要搭一號線地鐵，車未到，又傳來車廂內有炸彈的傳聞，人人都不上車，我也只好改乘七號線繞道而走。後來證實都是虛報，但當今恐佈份子當道，出門在外，我等小民只好小心從事。

抵達巴黎的時候，也是深夜時分，大約是最後的幾趟班機了，海關只剩兩個入境處的人員查證蓋章，人龍排得長長，但工作人員依然慢條斯理，目無表情。據說法國人罷工是家常便飯，果然！

法國首都巴黎，是歐洲大陸最大的城市，也是全球最繁華的都市之一。她地處法國北部，塞納河西岸，距河口（英吉利海峽）三百七十五公里。塞納河蜿蜒穿過城市，形成西堤島和聖路易島。一般遊客可能沒有留意那兩座島嶼，因為島與兩岸之間有十二座橋連接，來來往往非常方便。著名的巴黎聖母院就建在西堤（Cité，即「城」之意）島上。西堤島在巴黎的市中心，原是塞納河的沙洲，也是巴黎最早有人聚居的地方。公元前一世紀時，羅馬軍隊為防禦來自萊茵河地方的敵人，就在塞納河的沙洲建築要塞，成為巴黎的起源。當我們乘上觀光船，從艾菲爾鐵塔碼頭出發，沿著塞納河環繞兩島一周，秋風微拂，十四度的氣溫，特別涼爽。踞於巴黎盆地中央的城市，屬溫和的海洋性氣候；一月平均氣溫三度，七月平均氣溫十八度，年平均溫度十度。兩岸美景不斷掠過：羅浮宮、奧塞美術館、巴黎聖母院、最高法院……當然還有未必掠過的巴黎歌劇院、凱旋門、愛麗舍宮、凡爾賽宮、協和廣場、喬治•蓬皮杜全國文化中心等著名建築。乘客全部湧向上層甲板，以便把周圍景色納入鏡頭，我因為幾次遊過，不願湊熱鬧，便獨處下層一隅，聽那法、英、中的錄音廣播迴響，介紹各處景點，如雲，如霧。直到下船後，才有人悄悄告訴我，剛才有人虛報船上有炸彈！我驚問怎麼不早說？她詭秘一笑，你們難得來一次，何必掃興！我這才追憶起，確實有好幾條大漢一直在船艙徘徊，應該是便衣在戒備吧？

當然在巴黎，泡咖啡館最寫意了。甚麼是巴黎最迷人的東西？巴黎香水？ＬＶ手袋？艾菲爾鐵塔？巴黎聖母院？凱旋門？不錯，這些都很出名，但最迷人的不是它們，法國曾對一百六十位美國遊客做過一次調查，答案竟是：巴黎咖啡館。的確，如果少了咖啡館，巴黎恐怕會變得不那麼可愛了。二十世紀初葉，法國因國內外沒有重大用兵情事，社會一片祥和之氣，文風興起，藝家崢嶸，閒來無事，大家結伴到咖啡館，喝杯咖啡聊聊天，蔚成風氣。後來人們稱之為「咖啡文化時代」。在咖啡文化中，以巴黎拉丁區最為藝文人士所鍾愛；因為拉丁區原本就是文化區，咖啡館林立，為公為私，藝文界人士難免來此喝上一杯，留下不少佳話，到現在還不時為人傳誦。這些咖啡館，大多集中於一處，其中以Dome、Select、Rotonde、La Coupole（圓頂）四家為藝文界人士最熱愛；而這四家有恰成鼎足位置，因此他們稱之為「文化的金三角」。特別是聖・日爾曼大道上的「圓頂」，海明威、喬哀思、沙特、西蒙・波娃等大名鼎鼎的大作家都曾留連於此，那年四月我也和幾個朋友在這裡喝下午茶，果然客似雲來，侍者穿梭來往不斷，我們許久都找不到空位。這裡的糕點精美小杯純咖啡好味道，在人群中坐下，不免東張西望，只見全部天花板、板壁、桌椅，都是用淡黃的檸檬木精製而成。它不只是咖啡館，還可以因應需要，利用隔屏改成酒館或舞廳，圓頂裝潢，清麗而不華，一進門就給人親切感，倘若不是人聲不斷，甚至可能誤以為它是畫廊。它四面牆壁上，掛滿巨大的油畫；據說這些畫並不是一個人的作品專用，而是輪換，其中包括夏卡爾

（Chagal）和布朗庫西（Brancuci）的作品。吧臺後邊有一幅比真人還大的裸女圖，與在中央旋轉的人體球形雕塑，據說是象徵世界一直前進。咖啡店裡二十四根牆柱，本來是妨礙視線，礙眼得很，但它已經都漆成淺藍色，上端繪上圖畫，訴說巴黎一九二〇年代的風情；這些柱子與這些畫，都已列為法國文化財產，受到國家保護。

當然巴黎的咖啡座到處皆是，幾乎無處不在。那個傍晚我坐在街角露天咖啡座獨飲，周圍都是休閒的法國人，男女老少，旁邊一對情侶用我聽不懂的法語嘔嘔細語，情到濃時，禁不住做接吻魚。一群鴿子在我腳下滿地走動，到處啄食，根本不怕人。一揮手，它們也振翅高飛，但不遠颺，只飛到頭上的燈柱，停在球形燈上顧盼自豪；一會，待周圍安靜下來，便又再飛下來，依舊滿地啄食。這時，夕陽正慢

巴黎咖啡座餐牌

慢西下，晚霞染黃了天邊，晚風吹了過來，已是秋涼時分。

在咖啡座喝咖啡，分室外、室內、站在吧臺邊或坐在座位上幾種，價錢各不相同。記得那天下午，春天的寒風勁吹，我們躲入艾菲爾鐵塔附近的一家街角咖啡館，看玻璃窗外的紙板招牌都給吹倒了，路邊法國梧桐樹葉嘩啦啦地互相拍打著響動。這跟這回在蒙馬特山聖心教堂下的法國餐館大異其趣，已經是接近三點了，人流稀少，連我們，只有兩桌。我們靠窗坐下，一室寂靜，太陽斜射而下，暖洋洋地照在身上。窗外是小院子，種著紅的黃的白的紫的小花，法國人愛花，許多人家前院後院都種上各種花卉，豔豔地讓人眼睛發亮。甚至在路邊大廈的靠街窗臺上，也種上花卉。吃完法國餐，我們懶洋洋地啜著法式純咖啡，但見一個法國小夥子把帳單用托盤遞上。那時分，

巴黎蒙馬特山下的街道

是該午間休息了。那回偶然闖入咖啡館，是逛花街走累了，倒也不是特意尋找，只是路過，原來好萊塢拍《花街神女》的地方，就在那小街。也許天還不夠黑，光天化日下，街上寂寞得很，偶而才見到一兩個「企街」模樣似的女郎，年紀都不小了，還穿著性感短裙擠眉弄眼，讓人感到難受，只好匆匆而過。想不到片名和現實竟也真的不謀而合。我們躲進咖啡館取暖，擴音器正好播出的《卡門》，於是我們就心潮澎湃，在巴黎重溫比才的音樂了！

那天去巴比松看畫家村，小街靜靜，人極少，偶然看到有三四個老年男女，在街邊張著七彩大太陽傘的露天咖啡館早餐。小路由小石磚組成，那是古時為了跑馬方便，街燈是中世紀的古燈，可以幻想暗夜裡昏黃燈光透出的景象。有人在街邊畫畫，畫廊到處都是，畫家可以把畫放在那裡擺賣，賣出當然要給畫廊佣金。走到盡頭，是一處林子，那是十八、九世紀法國畫家聚集之地，L說，畫家都窮，沒錢泡咖啡館，只好提一壺茶或一瓶酒，來這裡喝一杯了。當然如今我只能憑想像，猜他們如何嘯聚林間了！再去楓丹白露，一路上路邊盡是紫、黃、白的無名小花，以「藍色噴泉」為名的小城，卻不見真的有藍色的噴泉，讓我疑惑是噴泉褪色，還是全靠詩意的想像？拿破崙演講的皇宮巍然依在，臺階上是否還留下他的足迹？只有萬古一直就那樣吹過的風曉得。拿破崙已經遠去，我們還是去午餐吧，旁邊是兩女一男亞洲人，我本以為是中國人，但聽他們說話尾音長長，才知道是韓國人，他們很安靜，吃完走過對面，那背影慢慢遠去了。我們喝著純咖啡，馬路上偶然馳過一輛汽車，揚起一陣風，飄起紙屑飛舞，街面很沉靜，只有咖啡飄香，嫋嫋不絕。

巴黎市內的建築物都有規範，不得超過七層，也就是不可超過巴黎聖母院的高度；而且古老外牆可以粉刷，外觀必須保留，內部裝修任意。因此不論你遠離巴黎多久，總可以憑著記憶找回故地。不像一些其他城市，舊貌換新顏得認不出原來的面目，重來，完全失去回憶，只得做個瞎摸的陌生人。那個四月的晚上，春寒料峭，我們跑到巴黎聖母院附近的咖啡座，頭頂裝著暖爐，熱氣烘烘，我們喝著咖啡聊天，這時，那著名的鐘聲沉沉響起，一時之間竟讓我想起雨果筆下的「鐘樓駝俠」來了！

巴黎浪遊再好，也是歸期有日。深夜的戴高樂機場，不知是否因為罷工前夕，許多都店鋪都關上大門，顯得格外冷清。想要再喝一杯巴黎純咖啡，只好到唯一一家照常營業的自助速食店。歎完咖啡，也到了上機的時間。飛機啟動，加速，飛向東半球，我下望，但見機翼下的夜巴黎，已是萬家燈火輝煌。

二〇一〇年九月十二日至二十四日，巴黎；
十月十七日定稿於香港

（刊於香港《文匯報・采風》，二〇一〇年十一月十八日）

浪漫花都

秋日的早上，坐在這三層洋房後花園的白色靠背椅上，陽光懶洋洋地灑滿草地，花兒嬌艷，天氣清涼，小院子為齊胸的綠樹方形圍住，那作為籬笆的矮樹各有一米厚度吧，變成分隔鄰居的分界線。抬頭一望，有三道白煙在藍天中劃開，聽不見聲音，哦，是飛機呢。我記起那天晚上到達，也是類似的飛機，航行十三個小時，從東方把我送來巴黎的嗎？

花叢讓我悠悠想起蒙馬特山下那個小餐館了，那天在那裡午飯，已過了人潮洶湧時分，連吃著紅酒牛肉的我們在內，只有兩小桌人遙遙相對。一室的靜謐，太陽透過窗子斜射而來，暖洋洋地灑來。窗外是天井，一片花地，盛開各色各樣的花卉。巴黎人愛花，巴黎是真正的鮮花之都。無論是餐桌邊、陽臺上、院落中，還是櫥窗前、街道旁、人們的懷裡，一看過去，滿眼儘是盛開的鮮花，空氣中彌漫著醉人的芳香。確切地來說，這「花」並不僅是鮮花的意思，更指「浪漫之都」。它暗含了這座城市的多樣性。

倘徉蒙馬特山（Montmartre），「聖心堂」（Basilique du Scare-Coeur）不能不去。在踏上幾十級臺階之前，高高站在兩旁的綠色人忽然緩緩地咧嘴一笑，四肢跟著動了起來，嚇了我一跳。仔細一看，原來是街頭藝術家扮的。他們一動不動的時候，大家都以為是塑像呢。他們腳下放著托盤，有的人彎腰「噹」一聲把錢丟進去，有的人目不斜視直走而過，他們照樣表演，一副很投入的專業表現。臺階上隨處有人坐著稍息，有的乾脆取出帶來的麵包礦泉水吃喝。這聖心堂又稱「白教堂」，整座都由特殊的白色石材所建，是巴黎獨一無二的羅馬拜占庭式風格的教堂。它並非由某主教倡議所建，而是一八七〇年普法戰爭時，巴黎被圍困達四個月之久，虔誠的天主教商人們發出心願，如果法國能夠從普軍中脫困的話，他們將蓋一座空前絕後的神聖教堂，獻給耶穌基督之心，也就是「聖心」。後來巴黎終於光復，一八七六年全法國捐款，並根據建築師阿巴狄（Paul Abadie）一八七五年的設計方案興建，建築物靈感來自盃西格斯（Peri Gueux）地區羅馬拜占庭之「聖飛鳳」（St. Front）教堂，經歷多年，一直到一九一四年才正式竣工，並因為德軍入侵，延至第一次世界大戰結束後（一九一九年）才獻禮開堂。抬頭細望，只見整座建築物以中間的羅馬大圓頂為核心，左右各有一小圓頂對稱，後面有一座高達八十四米的方形鐘樓，裡面一座重達十八點五公噸的鐘，是世界最沉的鐘之一，光是鐘錘就有八百五十公斤。進入教堂，在昏黃燈光下，點點燭火閃爍，驀然，管風琴悠悠奏起，唱詩班的回音有如天籟從天而降，世界一片安詳寧靜陰涼，我魂飛天外，不知身在何處。跨出堂外，陽光當空照，一百三十米高的蒙馬特，是巴黎地勢最高的山丘，只見巴黎就在眼皮底下緩緩展開。

聖心堂旁側是畫家村，即「小丘廣場」，聚滿了肖像畫家為遊客畫人像，或出售巴黎旅遊紀念圖畫攤檔。人來人往，許多未成名的年輕畫家在這裡寫生。我們穿行在那畫家攤檔前，正顧著照相，抬頭乍然遇見一個相識但並不熟的檔主，啊，久違了！他原來也是香港人，後來移居巴黎，以畫為生。那是怎樣的一個移民故事？我卻已無緣聽他細說從頭了！一陣怪風猛然颳起，吹倒豎著的畫面，他忙把它扶正，我緊了緊圍在脖子的頸巾，看他忙碌，連忙握手道別。「小巷道」（Rue Lepic）裡都是觀光紀念商品店，我仔細一看，出售的是巴黎十九世紀的複製畫片、卡片和海報等等等，這些東西都成為蒙馬特別致的特產，買完後，我們才心滿意足地沿著小巷道下山，沿路有許多咖啡館，年輕男女雙雙對對坐在露天七彩大太陽傘下，悠然曬太陽。巴黎人似乎很喜歡這樣無所事事地聊天，消磨一個下午茶時光。

說不盡道不完的巴黎，幾乎所有人都有他們以幻想建造的巴黎，也許是巴爾扎克《人間喜劇》的末世浮華，也許是雨果《巴黎聖母院》的非典型浪漫，人言言殊，有人說它冷漠，巴黎人給人的印象就是高傲；有人說它昂貴，巴黎的衣食住行並不便宜；有人說它混亂，罷工和滿街都

巴黎咖啡館

見狗屎。但不管怎樣，有一樣卻是公認的：「時尚」。那天下午搭地鐵去拉丁區，半途上來一對青年男女，男的拉手風琴，女的搖手鈴伴奏，看樣子好像是東歐人。一曲既終，女的拿著帽子向旁邊的乘客討賞，給不給都隨意。在巴黎地鐵站的巷道裡，我們常碰到有人在吹拉彈唱，路人看來已司空見慣，有的丟下零錢，有的逕直走去；他們也兀自自我表演不止。

走在聖·日爾曼大街上，到處可見咖啡座、鮮花店和香水店。「麥當勞」對面路邊人行道上，一個中年法國人，衣衫整齊，頭上頂著如蓋的樹蔭，在風中枯坐綠色長椅上，不言不語，面前擺著一個大的塑膠杯子。是用來裝錢的吧？但我們的目標是香水專門店，每當人們說起巴黎，就會想起香水。巴黎是盛產香水的城市，栽種的花卉特別多，大多數香水都有花的氣味；所以法國又被稱為「香水國」。早上，當我們置身擠滿上班人群的地鐵站，就算跟人擦肩而過，都可以聞到各種不同的香水味道。所謂「巴黎味」，就是各種香水味遭遇、混合與分離的味道。對巴黎人而言，男女老少都有專屬自己的味道，香水就好像是個人的身份證，緊緊跟隨一生。於他們而言，香水不是用來塗的，而是用來穿的，變成身體肌膚的一部份。在法國人的習俗裡，嬰兒一出世，親友們除了送漂亮的布娃娃和連身兔裝外，還會針對嬰兒的個性或長相，送一瓶適合他們的香水。他（她）們從一出世，到長大了，懂得挑選合乎自己的香水，每個成長時期或心路歷程，都有專屬的香水陪伴。法國人對香水的渴求，就像德斯汀荷夫曼主演的電影《香水》裡所描述的那樣癡情狂熱。我只是慕名而來，對香水缺乏常識，眼看琳瑯滿目的Anna Sui、Boss、Bvlgari、Burberry、Chloé、Ferrarl、Gucci、Lacoste、Monblanc、Prada等，應有盡有，花香四溢，陶醉在香氣中，我有點無所適從了。

最後還是跑到「老佛爺」（Galéries Lafayette的音譯），這巴黎著名的三大百貨公司之一的香水專櫃去看看，終於買了一瓶Yves rocher，作為巴黎秋天的美好記憶。但那裡大排長龍的，不是香水專櫃，而是樓下的「LV專門店」，門口有人把守，每次只放五人，走完五個才再放五個。在裡面的顧客，每人憑護照限買兩個，離境前可獲退稅。徘徊店裡的時候，舉目都是華人，而且絕大多數操普通話，南腔北調。

跨出「老佛爺」直走，不遠便是奧斯曼大街兩層高的「巴黎歌劇院」（Opéra de Paris），其外形有如巨大的結婚蛋糕。它建造於一八六二年至一八七五年，是全世界最大的表演正劇的劇院，面積近一萬一千平方米，可容納兩千多名觀眾，每年都會上演許多經典名劇；門票七歐羅，可惜幾次到巴黎都無緣進去觀賞，倒是在里昂看過一次歌劇演出。我在它對面端詳這座由加尼埃設計，幾乎集合了拿破崙三世之前所有的建築式樣的劇院，外面佈滿大量裝飾物，都是典型的拿破崙三世時期的作品。歌劇院還包括芭蕾舞學校和一座圖書館，現在成為國家舞蹈表演的場地及音樂學院。

那天去逛位於巴黎市中心、塞納河畔的盧浮宮（Musée du Louvre），它包括雕塑、繪畫、美術工藝、古代東方、古代埃及和古希臘羅馬等七個部份。他們說，要好好看的話，起碼也要三天到一個星期。盧浮宮是世界三大博物館之一，其藝術藏品種類之豐富、藝術價值之高，令人咋舌。時間既然有限，我直奔德農館（Denon）二樓，目標就是達・芬奇的名畫《蒙娜・麗莎》，神秘的蒙娜・麗莎前，擠滿了慕名而來的人群，畫像給圍欄圍住，人們只能保持距離圍觀拍照，更不可能觸摸了。這座舉世聞名的藝術宮殿，始建於十二世紀末，由法國國王腓力二世（即奧古斯都）下令修建，最初是用做防禦的城堡，邊長約九十米，四周有城壕，其面積大致相當於今盧浮宮最東院落的四分之一。當時它並不是法國國王的居所，而是用來存放王室財寶和武器之處；後來才成為王宮。到拿破崙三世時期，修建了黎塞留庭院和德農庭院，才完成了盧浮宮建築群。第三共和時期拆除杜伊勒里宮的廢墟，形成今天盧浮宮的格局。一九八一年，法國政府決定把盧浮宮建築群的全部建築劃撥博物館，並對盧浮宮實施大規模修整，一九八九年重新開放。走出博物館外，但見在盧浮宮中央廣場「拿破崙庭院」豎立一座透明金字塔形建築，奇妙地與盧浮宮建築群相呼應。那就是修整時由著名美籍華人設計師貝聿銘設計的「窗口」。盧浮宮對面，還有一座小凱旋門，即「卡魯塞爾凱旋門」，那是為慶祝拿破崙．波拿巴一八〇五年的一系列戰爭勝利而建。我仔細端詳，紅、白大理石圓柱之間，是三個圓拱門，上方佈滿了紀念拿破崙皇帝戰績的淡浮雕。門的頂端放了四匹從義大利聖馬可教堂搬回的鍍金奔馬，原物於一八一五年歸還義大利，我所見到的是複製品，還添加了一輛馬車與和平女神像。

而眾所周知的「愛德華凱旋門」在「戴高樂廣場」中央，高達五十米，是巴黎的象徵之一。它是為紀念法國軍隊的光榮和勝利，建於一八三六年；其規模超過了羅馬的「君士坦丁凱旋門」。拱門的每一面上都有一幅巨幅浮雕，內容取自一七九二年至一八一五年的法國戰爭史。其中面向香榭麗舍大道一面右下側的《馬賽曲》浮雕，是最著名的一幅，它描繪一七九二年義勇軍出征的情景。拱門上方四壁的浮雕，是慶祝拿破崙凱旋歸來的盛況。在頂端的盾形飾物上，刻有每場戰役的名稱。單一的色調和精美的雕塑給我於莊嚴、樸素的感覺。我往四周一望，以凱旋門為中心，向外幅射出巴黎十二條主要大街；站到香榭麗舍大道中間的「安全島」上，以凱旋門為背景拍照，兩邊車水馬龍，汽車、摩托車不斷，還有行人橫過馬路，人車爭道，熱鬧壯觀。

我又想起，那天傍晚，坐在這條大街「麥當勞」的露天茶座，頭上頂著如蓋的法國梧桐樹蔭，吃漢堡包、炸薯條，喝可樂，人行道上行人如潮，來去匆匆，旁邊桌子空下來，本來在地上啄食的五六隻鴿子飛上來，圍著吃剩的薯條爭食，最兇惡的那隻不時分身去啄同類，搞得牠們節節抗退，給擠到邊緣，充份體現弱肉強食的世界。牠是餓了吧？飢不擇食可以理解，但竟至於同類內訌，不免讓人疑惑。一個年輕侍者走過來收拾殘局，他一揮手，就把鴿子趕得高飛遠颺，無影無蹤。巴黎的夜色，漸漸傾斜了。這時，近處飄來《卡門》的歌聲，似近還遠。

二〇一〇年九月二十一日，巴黎，香榭麗舍大道，「麥當勞」，初稿；

二〇一一年一月七日定稿，於香港

（刊於《香港作家》雙月刊二〇一一年第二期）

拿破崙遭遇滑鐵盧的國度

法國北部綠色田野連綿從窗外掠過，車子在高速公路上行進，並不稍停；有人提醒，注意旁邊的標誌，馬上就要進入比利時了！有邊界但沒有邊防海關，這就是進出歐盟成員國的待遇。那麼就可以隨便進出國境了？在歐盟範圍內，理論上是，但你可不能不帶護照，因為各國執法人員有權力隨時查看證件。你拿不出來，那你就違法，等待鐵窗侍候吧！

比利時令人感興趣的，是滑鐵盧古戰場。對拿破崙，我很好奇。還在法國的時候，曾經在楓丹白露參觀他當年演說的臺階，在巴黎，也曾見識他建在艾菲爾鐵塔後面的法蘭西軍事學院，但對他還是一知半解，只知道好像一般法國人視他為偶像。是英雄？是梟雄？無論如何，他確是一個舉世知名的人物。忽然便來到國人口中常提的「失敗」的同義詞「滑鐵盧」，豈能無動於衷？

我望著柳樹林前停車場拿破崙的銅質雕像，全身黝黑而矮小，充分體現成王敗寇的精髓，但那顧盼自豪的神態，卻又似乎表明他「非戰之罪」的言外之意。公元一八一五年六月十八日傍晚，英國威靈頓公爵指揮的英國、普魯士聯軍在滑鐵盧遭遇，並展開慘烈的決戰，當時拿破崙的軍隊勢如破竹，橫掃歐洲，不料竟敗在原本寂寂無名的威靈頓手下。後來歷史學家對這個戰役有種種說法，但拿破崙從此退出歷史舞臺，畢竟是不爭的事實。當年戰況如何劇烈，只有那柳樹林知道。

滑鐵盧的「威靈頓餐廳」

一八二六年，人們在盟軍威廉王子受傷的地方堆起一座「獅子丘」，山丘頂上安放一頭長四點五米、高四點四五米、重二十八噸的鐵質巨獅，相傳是用拿破崙兵敗後丟棄在戰場上的槍炮鑄成的。我們沿著兩百二十六級陡峭的石階，爬到山頂，一路人來人往，站在山頂俯瞰，滑鐵盧古戰場一覽無遺，只見風吹動樹林輕擺，一片祥和之氣，哪裡有金戈鐵馬了？遠望，連布魯塞爾也在眼皮底下。

雖然拿破崙遭遇「滑鐵盧」，法國騎兵大潰敗，但在這裡，許多紀念館都是以他為主角，而威靈頓只是配角。山丘下便有一家以「威靈頓」命名的餐廳，雖然是秋涼，午飯時間在室外七彩太陽傘下用餐的人並不多。當年的滑鐵盧之役的場面浩大，每隔五年便會動用當地兩千多人，在古戰場重演一次。我們無緣目睹，可是再逼真，也不如真刀真槍實在。歷史難得重演，滑鐵盧大概也不會重蹈覆轍了吧？

位於布魯塞爾首都區的布魯塞爾市是比利時首都，也是北大西洋公約組織和歐洲聯盟總部所在地；名目繁多的國際會議常在這裡舉行，因而被稱為「歐洲首都」，它又有「歐洲最美麗的城市」之稱。歐洲最精美的建築物和博物館都集中在這裡，我們走走停停，四處張望，摩天大樓和中世紀古建築奇妙地諧調。我在壯觀的歐盟總部大樓附近徘徊，周圍出奇地沉靜，怎麼沒有人辦公？仔細一思量，不禁失笑，今天是周末，人們都休息去了，歐盟區怎會有人流？

別看它現在風光，一千年前，布魯塞爾這片土地，還只不過是塞納河邊的一片沼澤地，法國國王查理在一個小島上修建第一座城堡，命名為「布魯克塞爾」（Broekselle），到了十四世紀，布魯塞爾有了第二道城牆，從而形成了保留至今的五角形城區。布魯塞爾市區以中央大街為界，分上、下城兩個部份。下城是繁華的商業區，也是歐盟總部所在地；上城是王宮、議會、政府機關所

布魯塞爾市政廳

在地和住宅區，集中了眾多著名的旅遊點，我在雨果稱其為「世界上最美麗的廣場」的布魯塞爾「大廣場」漫步，腳下這個古代布魯塞爾市的中心，是世界上最大的長方形廣場，長一百一十米，寬六十八米，全用花崗巖鋪砌而成，抬頭一望，吸引我視線的是一座最典型的哥德式建築，它就是成為布魯塞爾城市地標的市政廳。如果不是他們提醒，我還以為是教堂呢！整個建築分兩期建造，規模較大的左半邊建於一四〇二年，到了一四五五年再建右半部，由菲利普皮爾・波恩（Philipele Bon）主持，建造了塔樓和九十六米高的尖塔。塔尖五米高的風向標，是布魯塞爾守護神聖米歇爾的雕像；傳說布魯塞爾的領主曾因聖米歇爾相救而倖免於難。

市政廳對面曾是法國路易十四的行宮，現在成為國家博物館。市政廳左邊，是一座中世紀建築，成為布魯塞爾擁有財富的象徵，其側門雕著天鵝雕像，它就叫做「天鵝咖啡館」。這個地方大有來頭，一八四五年二月，馬克思從巴黎遷居布魯塞爾，就住在這裡。同年四月，恩格斯也從巴門遷來，隨後他們在這裡共同草擬《共產黨宣言》。現在天鵝咖啡館也叫「天鵝餐廳」。除他們外，L指著天鵝餐廳左側的建築說，當年寫出《九三年》、《笑面人》等小說的法國文豪雨果，也曾居住在上面的公寓裡。事實上，許多名人如詩人拜倫、音樂家莫扎特等都在布魯塞爾居住過。

環繞廣場的建築物，大多分屬各種行會組織，如船夫、裁縫、粉刷匠等等，由於建築時期不同，這些大廈體出現哥特式、巴洛克式、路易十四式等等多種多樣的建築形式。其中，正面裝修著十九尊歷代布拉班特公爵半身雕像的布拉班特公爵大廈，最為威嚴壯觀，它由六座大廈組成，建於一六九八年，原來是磨坊主、木匠等的行會所在地。一問，滄海桑田，如今它已成了可可和巧克力

布魯塞爾「天鵝餐廳」

博物館。

比利時巧克力與瑞士巧克力齊名，當然不能錯過，我們在廣場小巷鑽進巧克力店，裡頭人山人海，不努力奮鬥還不行。「金邊」（Cote d'or）巧克力頗受歡迎，著名的「瑪儂」（Manon）牌白巧克力令我回味再三；是的，如此美味，怎捨得不捎回香港？

布魯塞爾大廣場是市民和遊客的天下，這裡的街市繁華，建築物內外都瀰漫著濃鬱的都市生活氣息，只見咖啡館、酒吧、海鮮店、冷飲店、服裝店、鮮花店處處，其中許多都是百年老店，坐在那咖啡座裡嘆一杯咖啡，我不禁想起馬克思、恩格斯、雨果都曾是這裡的座上客，但此刻只有秋風在輕輕吹過，周圍靜靜，並沒有留下任何明顯的痕跡。

大廣場早上是花市，我們穿行其間，在花海中沉醉。到了傍晚，便搖身一變，花去鳥來，成為百鳥爭鳴的鳥市。每隔一年的八月，是「大廣場鮮花地毯節」，到時，人們用數百噸花瓣拼綴成巨型的「鮮花地毯」，覆蓋整個花崗巖地面，使廣場變成了鮮花的海洋。但我已經趕不及，無緣見到那盛況了！鮮花地毯節錯過，我卻碰上市政廳二樓的陽臺上，一對剛登記的新人攜手，向廣場上的親友和遊人揮手致意，接受歡呼的場景；接著他們下樓，坐進在廣場上等候的禮車，然後帶領車隊繞場一圈，一路鳴笛，駛向廣場外的街道去了。這種人文趣味和市井情調，不禁讓我想起雨果當年的詠嘆：這真是一個豐富多彩的大舞臺！

說是大舞臺，一點也不誇張，就在我留連大廣場之際，忽地一陣鼓樂之聲響起，湊前一望，原來是一隊鼓樂手穿著節日禮服，從小巷列隊吹吹打打，操著往廣場中央行進；只有五六個老年男女，步伐整齊。不一會，又另一個小隊操來，人們興奮地觀看，充滿了節日歡樂氣氛。但我不知道是否是節慶？還是他們平時便如此生活？我的感覺是，他們生活在鮮花音樂中，就在大廣場外圍，我看到一個老漢，坐在靠牆的咖啡座外，手風琴拉得搖頭晃腦，一臉陶醉。在歐洲，這叫賣藝，不是乞討。你如果欣賞，可以酌情給點金錢，如果不給，也沒問題。許多行人都往他放在面前的帽子裡放下錢，有紙幣有硬幣。他微微點頭示意，眼睛也不睜開，繼續輕搖身子，完全沉醉在他的音樂世界裡。

走出大廣場不幾步，來到恆溫街和橡樹街的轉角處，便是全球最著名的可愛小孩之一「小于連撒尿雕像」所在地；布魯塞爾人稱它為「第一小公民」。它以青銅製成，高六十米，建於一六一九年；但我們來到的時候，原本裸體的雕像卻已穿上了衣服，也許是被人投訴為「有傷風化」吧？怪不得來之前，他們說，能不能看見小尿童的原貌，就看你的運氣了！我們擠在那裡張望一會，人若潮湧，小尿童雖然可愛，但我便很快就退卻了。有關它的傳說很多，其中最著名的一種是，一個名叫于連的小童，他尿出的尿水淋熄了要引爆整個市政廳的炸彈。另一種說法是，小童是古德弗雷德三世公爵（Duke Godfrey Ⅲ）的化身，一一四二年，他還是幾個月大的時候，就被帶到蘭斯貝克（Ransebeke）戰場，搖籃就掛在樹枝上，以激勵因他父親之死而沮喪的軍隊。正當軍隊準備撤退時，小公爵突然從搖籃站起來，做出後來噴泉雕塑的姿勢，激發士氣，使軍隊轉敗為勝。由於小于連廣受各國歡迎，各方都紛紛致送尿童衣服，第一個送禮的是法國皇帝路易十五。如今，各國元首出訪比利時送小尿童一套本國衣服，已成慣例。至今，它已擁有七百多套風格各異的衣服，其中兩套是來自中國的解放軍軍裝和中式對襟衣褲。這些衣服都存放在國王大廈（Maison Du Roi）展出。在某些特別的紀念日，小尿童也會給穿上某種衣服應一下景；但我那天所看到的，似乎只是普通衣服而已，並沒有甚麼特別意思。

當然，「皇家武裝力量與軍事博物館」也可觀，那裡展有各種槍炮、戰鬥機，以及歷史圖片等等，最讓我感興趣的，是那左右兩列斜插在牆壁上方的各種旗幟，好在它們靜靜地下垂在那裡，倘若迎風飄揚起來，想必會讓人眼花繚亂。那旗海讓我無端想起正在上海舉行的世界博覽會，布魯塞爾也曾於一九五八年舉辦世博會，我們在那「原子球博物館」底下徘徊，有些驚異。這是當年為布魯塞爾世博會設計的標誌建築，據稱設計者的構思來源於原子構圖，九個巨大的金屬圓球，由粗大的鋼管連接，構成一個正方形體圖案，其大小相當於放大了一千六百五十億倍的鐵的正方體晶體。八個圓球位於正方體的八個角，另一個圓球位於正方體的中心。每個圓球直徑十八米，連結各球間的鋼管每根長二十六米，直徑三米，總重量兩千兩百噸。他們說，可以乘電梯，到離地面一百米的頂端，俯瞰布魯塞爾景色。但我們已經沒有時間閒逛了，往回走的時候，但見人們駕著車子，一輛接一輛地駛入停車場，噢，布魯塞爾的周末之夜，他們前來悠閒度假。

二〇一〇年九月十八日，初草於比利時，布魯塞爾，Movotel Hotel；
十月十二日定稿於香港

（刊於《百家》）雙月刊二〇一〇年十二月號）

風車向哪個方向吹？

車子在暮色四合之際，緩緩開入荷蘭的艾因荷芬（Eindhoven），一想起香港譯成「燕豪芬」的這個城市，我立刻想起荷蘭足球，自告魯夫在上世紀七十年代率領荷蘭隊，以全攻全守的踢法殺入決賽，且僅敗於東道主西德隊之後，全能足球興起。荷蘭是公認的足球強國，雖然本屆世界盃也是決賽失利，充滿悲劇色彩，但三次打入決賽的荷蘭隊已被球壇冠於「無冕之王」的稱號。

小城靜靜，行人不多，車子也少。在這裡借宿，非常安詳。甚至在酒店自助早餐，也很安靜，人們輕輕地走動，靜靜地喝咖啡，悄悄地說話。這讓我想起海牙（Den Haag），它大名鼎鼎，只因為「國際法院」就設在這裡，它又稱「和平宮」。一八九九年第一次海牙和平大會決定建立仲裁常設法庭，和平宮因而建起。它是帶有兩座尖聳高塔的四方形建築。在建造過程中，各國政府都捐獻建築材料和內部陳列的工藝品，象徵各國協力締造和平之意；只是建成的第二年，就爆發第一次世界大戰，極具諷刺意味。戰後，國際聯盟把它的仲裁常設法庭設在和平宮內。第二次世界大戰後，聯合國代替了國際聯盟，仲裁常設法庭於一九四六年解散。現在設在這裡的國際法院，是聯合國的一個司法機構，由許多不同國家派出的法官常駐，仲裁國際法律爭端。並不是所有問題都能夠順利解決，但有這樣的一個機構，總是可以具一定的威懾力。不巧，我們碰到星期日休息，國際法院鐵門緊閉，我們只能倚在周邊，以那黃金建築物的外形為背景，照相留念。那周圍環境清幽，茂密的樹林迎風招搖，太陽當空照，我們坐在樹蔭下乘涼，一派和平氣息；歷史風雲彷彿從眼前緩緩掠過。

在海牙舊市區，很多又長又寬闊的獨特街道，房屋普遍都是不高於三層的建築，看上去十分雅致；我只看到很少量的運河，一問，原來是大多數都在十九世紀乾涸了。

雖然海牙不是荷蘭首都，因荷蘭憲法規定阿姆斯特丹（Amsterdam）才是，但海牙卻是荷蘭中央政府所在地，荷蘭女王也居住並在這裡辦公，所有政府機關與外國使館也都設在海牙。作為當時曾統治印尼三百年的荷蘭，海牙的名字更響亮，比起阿姆斯特丹，許多印尼人更加熟悉海牙。昔日荷屬東印度殖民地（即今日印尼）在海牙留下他們的標誌，很多街道名字前端都取用荷屬東印度地方名。而且城內也有一個規模很大的「Indish（e）」或「Indo」（即荷蘭人與印尼人的混血兒）的社區。難怪自從一九四九年十二月荷蘭失去這塊屬地之後，他們便稱海牙為「印尼之窗」。

我們在斯赫維寧根（Scheveningen）沿著三公里長的沙灘漫步，這個北海海濱小鎮，一九〇四年建成漁港之後，逐漸發展成為荷蘭最大的海濱旅遊勝地。它本來是個獨立市鎮，現在歸海牙管轄。這時才是九月中，但海邊風大，刺骨的寒風難於抵擋，走到臨海而建的療養宮（Kurhaus），那是十九世紀漂亮宮殿建築，以前是荷蘭的大賭場，現在改裝成為五星級酒店。我們只能徘徊而已，享受一下宮殿氛圍。而原來的大賭場（Holland Casino）則遷到對面的現代化建築群中，一望過去，它的造型就像一艘巨大的輪船，莫非象徵荷蘭曾經是「海上霸王」？

沿著海灘邊，是無數的餐館。我們借擋風的透明塑膠牆，坐在露天餐廳吃薯條，番茄醬和煎魚，那海風吹得塑膠牆微微顫抖，連棲息飯桌的兩三隻海鷗也止不住遠颺。那風越吹越勁，一不小心，就把薯條連盒子一起給吹得遠遠，撒得一地狼藉不堪！

一提起荷蘭，我的腦海立刻浮現風車、木屐、乳酪和鬱金香，但季節不對，我們無緣看到盛放的花兒，卻在阿姆斯特丹郊外的「贊達姆民俗村」（De Zaanse Schans）欣賞到風車、木屐和乳酪。木屐和乳酪的製作過程，自然是示範給大家看的，有興趣的可以就在旁邊的商店選購，木板地上時時走過腳踩木屐的售貨員，呼呼作響，看起來笨重，其實白楊木質地很輕，而荷蘭土地潮濕，穿上它，既防潮，又不滲水，經久不爛，還不怕重物砸在腳上，極適宜工作時候穿。他們在商店裡走來走去，無異於給木屐做活動廣告宣傳。至於乳酪，現場就有出售，大的小的，煙醺或不，皆齊備。

風車座座，呆立在空曠地上。我們站在它下方拍照，一面想像塞萬提斯筆下的唐・吉訶德如何與風車搏鬥。但靜靜的風車沉默不語，毫不動彈。不僅這一座，聳立在民俗村遠遠近近草地上的所有風車，也都一動不動。但無論如何，風車已成為荷蘭的象徵了，人們常把荷蘭稱為「風車之國」。由於坐落在地球的盛行西風帶，荷蘭常年盛吹西風；同時瀕臨大西洋，又是典型的海洋性氣候國家，海陸風長年不息，給了缺乏水力、動力資源的荷蘭，提供充分利用風力的優厚補償。荷蘭的風車，最早由德國引進，開始僅用於磨粉，到了十六、十七世紀，風車對荷蘭經濟發展有著特別重大的意義。荷蘭人根據當地濕潤多雨，風向多變的氣候特點，改革風車。首先給風車配上活動頂篷，為了能夠四面迎風，又把風車的頂篷安裝在滾輪上。這種風車，被稱為荷蘭式風車。據說，在十八世紀末，荷蘭有一萬兩千架風車，二十世紀以來，隨著蒸汽機、內燃機、渦輪機的發展，古老風車一度幾乎被人遺忘；但由於利用自然風力，沒有污染，環保意識的加強，風車至今沒有被淘汰，荷蘭全國還有約兩千架各式各樣的風車。它們靜靜地聳立在地平線上，遠遠望過去，就墮入童話世界一般神奇。歐洲從前流傳一句話：「上帝創造了人，荷蘭風車創造了陸地。」這個歐洲西部只有一千多萬人口的國家，真正名字叫「尼德蘭」（Netherland），「尼德」是「低」的意思，「蘭」是「土地」，合起來稱為「低窪之國」，全國三分之一的面積只高出北海海面一米，近四分之一低於海平面。如果沒有高高聳立的抽水風車，荷蘭無法從大海取得近乎三分之一的土地，也就不會有後來的乳酪和鬱金香，更不用說「荷蘭四寶」之首的木屐和聞名世界的足球了！

阿姆斯特丹有三大怪：紅燈區公開化、毒品合法化、同性戀合法化。我們從市中心的「水壩廣場」（Dam Square，又叫「多姆廣場」）走過去不幾個街口，轉左，路燈幽暗，中間是一條小溝，兩旁都是一間緊挨一間的性商店、性表演場所和妓院，這裡便是最大最有名的紅燈區「德瓦倫」（De Wallen）。經過紅燈照亮的窗戶前，穿三點式的性感櫥窗女郎一一展現眼前，不但眼可觀手勿動，連拍照也嚴禁，也不可手舞足蹈，一不留意你舉起手指頭，便當你是在講價了！據說，近年妓院數量在不斷下降。性劇院門前，排著一隊成年男女，有東方人也有西方人，他們購了門票，說說笑笑等候入場觀看性表演。到阿姆斯特丹，紅燈區大約是大多遊客必到之處，除性劇院外，這裡還有「西洋景」（Peep shou）、一家性博物館、一家大蔴博物館。大麻咖啡館以Coffee shop標榜，你可千萬不要以為是普通咖啡店，它內裡另有乾坤呢！如果想要喝一杯純正咖啡，那就要到Bar coffee了。

作為水城，阿姆斯特丹河網交錯，河道縱橫，有大小一百六十五條人工開鑿或修整的運河道。那天我們去中央火車站附近的運河碼頭，搭玻璃船遊阿姆斯特丹運河，它的總長度超過一百公里，擁有大約九十座島嶼和一千五百座橋樑。三條主要運河是紳士運河、王子運河與皇帝運河，都是開挖於十七世紀的荷蘭黃金時代；它們組成環繞城市的同心帶，稱為「運河帶」。從船上往兩邊望，可以見到典型的荷蘭傳統民居建築，房子正面和窗戶都是細長的，原來是建造當時，徵收房產稅是按門面的面積徵收，精明的荷蘭人為了省稅，便儘量減少正面面積。門面狹小，裝飾便花在屋頂的山牆上，難怪各戶山牆都不同，可見戶主們費了不少心思。由於門窄，大型家具物品都必須從窗戶吊進去，所以房屋上都設有突出的吊鉤。玻璃船駛經一處，岸上有許多人聚集，一問，原來那就是著名的「安妮之家」（Anne Frank House）。第二次世界大戰期間的一九四二年，德國猶太女孩安妮．佛朗克雙親被殺，她躲藏在這密室長達兩年，後因有人告密而被德軍逮捕，關進集中營。英軍攻入前不到兩個月，她和姐姐因傷寒在營裡去世。她寫下的《安妮日記》於一九四七年出版，成為納粹迫害猶太人的第一手資料；這本書為她在身後贏得了世界性聲譽。

嘆了一口氣，回頭卻見泊在岸邊的一家家「船屋」，裝修得十分整齊漂亮，據說設備齊全，和住家沒甚麼區別。有的還開放成酒吧經營，露天船艙上備有桌椅，有三兩客人在聊天，水吧有人在奔忙。他們說，河道上約有兩千家船屋。有的船屋還插上六色斑爛的彩旗，不問不清楚，一問才知道，那是同性戀的標誌。

來到一座橋前，忽見岸上有警號鳴響，車子都停下來了，是火警？是車禍？我們還沒看清，船已經穿過橋洞，遠去了。玻璃船航向大海，轉了一圈，又駛回碼頭。

我回程時又路過市中心的阿姆斯特丹大街，街上人來人往，人擠人，熱鬧得很，這才省起，今天是星期天。來時街邊有兩個老人，一個拉手風琴，一個吹單簧管，合奏著賣藝。到回程時，兩個老人依在，卻又加入另一個吹薩克管的老人，三人眉飛色舞地自吹自拉，閉目隨節奏輕搖身體，沉醉在音樂天地裡，完全不理會外間的喧囂世界。西歐人喜歡音樂，在倫敦，在巴黎，在布魯塞爾，在科隆，在阿姆斯特丹，到處都可以見到街頭賣藝人，也許未必完全為生活所迫，更多的是自娛娛人的成份。

阿姆斯特丹的風車

在人群中，遇到少有的堵車，推著自行車走的人很多。原來阿姆斯特丹市政府鼓勵市民利用自行車出行，街上到處可見騎車的人。很多道路都配有自行車專用道和存車處。各種各樣的自行車都可以在阿姆斯特丹找到：公路自行車、山地自行車，甚至比賽用的自行車等等。他們的日常生活離不開自行車，哪怕是接小孩上下學和購買食品這樣的小事。可是，有人編了個順口溜形容阿市景觀：「玻璃櫥窗活人賣，咖啡館裡賣青菜；自行車兩邊擺，買的沒有偷的快。」活現賣笑賣毒品的情景，還把自行車的處境道出。阿姆斯特丹有八十萬人口、一百萬輛自行車，市政府曾經投放五萬輛白色自行車，免費讓市民限時使用。不料不幾天就被人偷光了。所以現在放在街邊的自家自行車，全都上鎖。聽說有人前輪、後輪、車把、車座都上鎖，自以為萬事大吉了，誰知道開了鎖也照樣沒法用，原來竊賊一看偷不成了，把心一橫，再加一把鎖，你不讓我偷，我也不讓你車主騎走，大有「大家攬住一齊死」的況味。

號稱「鑽石之都」，阿姆斯特丹的切割術揚名全球；「考斯特鑽石廠」（Coster Diamonds）是世界上最著名的鑽石廠，英國維多利亞女皇皇冠上的鑽石，便是在這裡切割打磨出來的。難怪參觀的一群人中，女性表現得尤其興奮，或問價，或購買，我只是靜靜聽著，那個年輕的華人女講解員，操標準普通話，我才明白鑽石的四個要素：克拉（重量）、顏色、純淨度、切工。英文頭個字母都是Ｃ，簡稱為４Ｃ。但鑽石雖好，怎奈阮囊羞澀，還是看看就走好了。

在阿姆斯特丹，到處可以見到「×××」，三個白色符號自左而右，印在紅黑紅的三色旗中間黑底上，那是市旗，代表阿姆斯特丹增經受過水災、火災、黑死病的嚴重威脅。大概也是警醒現代人不要鬆懈吧？都說荷蘭氣候「四季無寒暑，一雨變成秋」，可能寒暑還是有的，只是一下起雨來，便立刻涼下來。幸好，我們在那裡留連的時候，九月中的天氣清涼，不冷不熱，正是出遊的好季節。

二〇一〇年九月十九日，
荷蘭，愛因荷芬，Novotel Hotel草成；
十二月二十四日定稿於香港
（刊於香港《百家》雙月刊二〇一一年八月號）

高聳教堂鐘聲下

進入德國境內，便直奔科隆大教堂（The Cathedral of Cologne），只為它實在太出名了。它矗立在科隆市中心，就在萊茵河畔，遠遠便望得見。它是科隆的驕傲，也是科隆無可爭議的標誌性建築物。

素有「歐洲最高尖塔」之稱的科隆大教堂，以輕盈、雅致著稱於世。它全名為「查格特・彼得・瑪麗亞大教堂」，又稱「聖彼得大教堂」，他們說是中世紀哥特式建築藝術的代表作，與巴黎聖母院大教堂、羅馬聖彼得大教堂並稱為歐洲三大宗教建築。它從十三世紀中起建，工程時斷時續，至一八八〇年才由德皇威廉一世宣告完工，前後超過六百年；至今還是修繕工程不斷，我們徘徊在它下面，只見搭著棚架。烏黑的外表，好像是煙燻過似的，其實那是古老歲月留下的痕跡。一百五十七米高的鐘樓，使得它成為德國僅次於烏爾姆主教堂的建築。

佔地八千平方米的大教堂，建築面積約六千平方米，主體部份有一百三十五米高，大門兩邊的兩座尖塔高達一百五十七點三八米，就像兩把鋒利的寶劍，直插雲霄。在大教堂轉悠，我看到四周還有許多小尖塔。

進入教堂內，裡面分為五個禮拜堂，中央大禮拜堂穹頂高達淵十三點三五米，中廳跨度十五點五米，只見堂裡排有整齊的木製座位，光是神職人員就有一百零四個，由此可以想像信徒做禮拜時的盛況。還有一座十一世紀德國奧托王朝時期的木雕《十字架上的基督》，成為哥特藝術的先導，對後世雕刻藝術產生了重大的影響。

抬頭看內部裝修也很講究，玻璃窗都用彩色玻璃鑲嵌出畫圖，畫的是聖經故事。在陽光反射下，這些玻璃金光閃爍，絢麗多彩，頗為神秘。堂內的好幾幅石刻浮雕，演繹聖母瑪利亞和耶穌的故事。再看看四壁上方的玻璃窗，都是用彩色玻璃嵌出的《聖經》。這些玻璃鑲嵌總共有一萬平方米，是教堂的一道獨特風景，難怪慕名而來的各方遊人絡驛不絕。傳說舒曼進入這教堂，就被那種氣勢所震懾，而萌發了創作《萊茵交響曲》的意念，不管傳說是否真實，但也足以證明它的震撼力。

爬上五百零九級的階梯，登上教堂的鐘塔，可以看到全世界最大的教堂吊鐘，達二十四噸重的聖彼得鐘；它被譽為「歐洲中世紀建築藝術的精粹」。每逢祈禱時，鐘聲宏亮，傳得很遠。我們站在那裡，俯瞰萊茵河水色和科隆瑰麗市容，風吹雲淡，剎那間，就只想靜靜站在那裡，不再動彈了。事實上，教堂完工之後，科隆市政府即規定：城內所有建築物都不得高過教堂，這就是為甚麼科隆許多大樓地面上的建築只有七、八層，地下卻達四、五層之多的奇特現象。

夜色中看科隆大教堂，更加誘人，在燈光輝映下，顯得熒光閃爍，燦爛奪目。裝在四周各建築物上的聚光燈，向教堂射出一道道青藍色的冷光，照在建築物上，藍瑩瑩地璀璨晶亮，彷彿嵌上藍色的寶石，塗上綺麗神秘的色彩。

看罷教堂，我們漫步遛到馬路對面，那是裡有一家精品免稅店，怪不得充斥著遊客。德國的產品聞名於世，少不得在那裡留連。德國人給我的印象是嚴謹，跟人約會，不論是公事還是私事，都絕對守時，但大多數人不苟言笑，很酷的樣子。在店裡其實也沒有非買不可的東西，轉了一圈，肚子餓了，便拐到隔壁一家德國餐廳吃德國餐，所謂「德國國餐」，其實簡單，就是德國豬腳，加上一杯冰凍「科隆啤酒」（Kolsch）。Kolsch也是科隆方言，有句笑話說，Kolsch是世界上唯一能喝的語言。就我的口味而言，豬腳太鹹，也太多，根本吃不完，許多人打包帶回酒店消夜。只有啤酒好喝，冷冷的，微苦而清涼。我又想起在精品店時聽說，科隆除啤酒聞名外，也是「科隆香水」即「古龍水」的發源地。

其實，科隆還與柏林一起，是德國兩個以接受同性戀文化聞名的城市，科隆在這方面的歷史悠長，是德國同性戀運動的重要陣地。有些事情柏林都有些收斂，但科隆卻以此為榮；他（她）們以德國最大的同性戀群體自豪。每年七月，都要在著名的克里斯多夫大街等地舉行盛大遊行，吸引一百多萬遊客蜂擁而來。這裡已經成為多個不同同性戀組織（LGBT）所在地和活動基地，可惜我是在九月間到科隆，錯過了那盛況。

即使科隆市區有八座跨越萊茵河的橋樑，但真正在河畔望著萊茵河水靜靜流淌，還是到了古老的小城市特里爾（Trier），別看它小，卻已有兩千年歷史，是德國最古老的城市之一。羅馬帝國是特里爾的黃金時代，至今遺跡尚存，特里爾也因而是現存古羅馬時代遺跡最多的城市。我們在「大黑門」（Porta Nigra）前照相，把這羅馬時期的城門收進鏡頭，但照片能拍下那歷史風雲於萬一麼？

這古羅馬時期的城牆，是特里爾的象徵，建於公元二世紀，曾在戰爭中起過很大作用。古特里爾城的北門，本是白砂岩砌成，有說它是被戰火燻黑，也有說是日久風化積塵才變黑。但能夠如此完好地保存下來，卻是因為在中世紀曾經被基督教會改造為教堂。我們在城門附近徘徊，那露天茶座下，有幾個中年人在歎咖啡，一派悠然。特里爾四周被葡萄園和小樹林所圍繞，美麗的摩澤河穿過其間，成為德國著名的葡萄產地。

還在皇帝浴池（Kaiserthermen）和古羅馬競技場（Amphitheater）留連的時候，但見只剩一片斷垣殘壁，唯有憑著好萊塢的宮廷片印象，來想像古羅馬康斯坦丁大帝荒淫場的浴宮模樣，單是那僅剩的地下迷宮般的當初奴隸們燒火燒浴湯的通道，就足以令人慨歎奢華的帝王生活。

特里爾景點，除了「大黑門」外，還有「馬克思故居」。大黑門是古羅馬城市的代表，而馬克思故居是社會科學巨人的代表。馬克思故居在市區步行街不遠處的布呂肯街十號，一八一八年五月五日，馬克思便誕生在這座十八世紀風格的普通白色三層小樓的房子裡。他在這裡生活了十七個年頭，那房子至今保持完好，棕色的門楣和窗沿，乳白色的窗扉，窗臺上還擺放著鮮花，當然是於今的工作人員放的。那舊居毫不起眼，就像普通民居一樣，沒甚麼特別。入口處有個小立碑，牆上鑲著馬克思的側臉浮雕像，傍晚時分暗淡光線下努力辨認，即使我們早已探聽好具體方位，竟也幾乎錯過了。順著不太大的門進入一層，右手邊是工作人員辦公的地方，櫃檯前陳列著馬克思著作和畫像，其餘房間擺放著馬克思生前使用過的桌子、椅子、書櫃等用具。二、三層是介紹馬克思為他的理想奮鬥一生的圖片、文字和雕像、畫像。當我們步出訪客不多的那座房子，昏黃街燈下，天飄起毛毛雨，似有若無，天氣涼了下來，我們急步奔向斜對面不遠處，掛著中文字招牌「華都食府」的餐廳取暖，看著中菜菜譜在眼前，親切的粵語飄來，忽然有一種回家的感覺浮上心頭。

馬克思之外，更有貝多芬。波恩（Bonn）是貝多芬的故鄉，他出生在波恩市政廳北面的Bonngasse二十號，一直生活到二十二歲才離開此處，現在它已被辟成「貝多芬故居」。說起來，它曾在一八八九年面臨被拆除的危險，波恩十二位居民挺身而出，合力把它買下來，改為紀念館；可見當地人對貝多芬的懷念和推崇。但它的外觀與周圍的民居沒甚麼區別，一不留神就容易忽略過去。我們徘徊在設有十一個展廳的紀念館裡，裡面陳述了貝多芬的一生，有他的遺物、資料、肖像等等。其中有交響樂第六號作品《田園》，鋼琴奏鳴曲《月光》等樂譜。

貝多芬故居

中等城市波恩，意為「兵營」，公元一世紀初，羅馬軍團曾經在這裡設兵營，為古羅馬要塞，因而得名。它原本是西德首都，一九九〇年十月東西德統一後，決定德國首都由波恩逐步遷至柏林。作為西德故都，擁有兩千多年歷史的文化古城波恩，像其他歐洲城市一樣，教堂、博物館、民居不斷，但給我的感覺是非常清新、寧靜，根本沒有那些大城市常有的喧囂嘈雜人車爭道的現象。市內到處見到鬱鬱蔥蔥的樹木、絢麗繽紛的花草；咦，街上怎麼完全沒有紅綠燈？一打聽，原來它是歐洲「無紅綠燈」試點城鎮，如果看到有人在前面穿過馬路，司機都會自動減速，保證行人安全通過。當地人說，自從取消紅綠燈之後，由於沒有交通燈可以依靠，大家只好慢慢開車，車速減慢，交通也變得比以前更加通暢了。

來到波恩，明斯特廣場上的貝多芬紀念碑和萊茵河畔的貝多芬頭像非看不可。貝多芬是波恩的驕傲，這兩處雕像也成了波恩的象徵。如果說，手拿樂譜和筆的貝多芬雕像散發著古典藝術魅力的話，那在草坪上用水泥瓦片堆砌而成的貝多芬雕像，則向人們展現現代藝術的奇妙。我們站在遠處的正面看，是貝多芬那張桀傲不馴的經典面孔，走到雕像背面，呈現的卻是深沉、憂鬱的貝多芬。但一旦走近它，或從側面看，那僅僅是一堆雜亂無章的瓦片。如此多義的貝多芬，表明出色雕塑恰如偉大的靈魂，歷經歷史風雲，卻在人們的記憶裡永恒。

在那個下午，我們漫步開放式校園的波恩大學草地上，有三三兩兩人群在陽光下或坐著或趴著讀書或聊天，我也學著他們悠然的樣子，坐在綠油油的草地上，以普魯士時期宮殿式建築的波恩大學主樓為背景，留一片藍天綠茵入鏡頭，重溫早已逝去的學子生涯。建於一七八六年的波恩大學，

萊因河畔的貝多芬雕像

是歐洲最古老的高等學府之一，馬克思和著名詩人海涅曾在這裡學習過。看著學生們充滿青春活力的模樣，在那一刻，我好像也有沾了一點書卷氣的感覺了。

我忽然記起，從貝多芬故居出來，步向橫街，那裡有處露天市場，出售瓜果蔬菜。走走停停，隨意踱進一間冷飲店買雪糕，見外面小空地上擺著許多空桌空櫈，教堂鐘聲轟然響起，我們自然地坐了下來，不料還沒坐穩，一位女侍者便急急趕過來，臉如冰霜，毫無笑容地往外一指：Take away！喔，拿走？我們趕忙起身，再一次為遭遇冷冰冰面孔而尷尬苦笑。

二〇一〇年九月二十日，盧森堡，Novotel Hotel，初稿；
二〇一一年二月十二日定稿於香港
（刊於《百家》雙月刊二〇一一年四月號）

科隆教堂內部

走在盧森堡大峽谷山徑

從特里爾過去，轉眼德國已在身後，腳下就是盧森堡了！因為國土小，來旅遊的大國國民自我感覺良好：我到這裡都可以當國王了！但他忽略了，盧森堡是工業國家，也是歐盟中人均收入和生活水平最高的國家。鋼鐵、金融、廣播電視是其三大經濟支柱產業。

我們蛇行在山徑上，看「大峽谷」裡林木鬱鬱蔥蔥，秋陽下，清涼中帶著暖洋洋氣息，滿眼一派蒼翠，綠得發亮。這峽谷峭壁直立，兩側聳立著不同風格的建築物，灰色的屋頂尖尖的塔，我們途經道旁的平房，舊磚殘瓦，昔日與當下相互交織，散發著別一種情韻。俯瞰峽谷，最深處約達數十米，我倚著欄杆瞭望，靜謐清幽，一大片碧綠茂密的闊葉林幾乎覆蓋整個峽谷，隱約可以瞥見谷底有兩條道路沿著峽谷的邊緣，組成一個環形的通道，處處藤蔓纏繞，綠樹叢生，古木參天。這時更體會到「森林之國」的含義，盧森堡全國十分之七的面積被森林覆蓋，到處是綠色，空氣清新。從「阿道夫大橋」看過去，峽谷裡溪水叮咚，兩旁青草綠樹隨風高低飄盪，錯落有致。林中隱約出現古城堡的尖頂，幽靜得浪漫古老。「盧森堡大峽谷」原名「佩特羅大峽谷」，建在這裡的「佩特羅斯要塞」，是盧森堡最具歷史的建築，建於當時西班牙統治時期的一六四四年，四十年後才由法國軍事工程師指導，擴建其網絡，隨後才由奧地利人補建完工。古堡下面修建了二十多公里長的地道、暗堡，都是從堅硬的岩石中開鑿，工程之艱巨，可想而知。其中防禦通道是建在幾個不同的地理層面上，並同時向下延伸四十米，工程之複雜，即使當代人，也不禁為之咂舌。這些防禦系統系統在盧森堡被稱為「北部的直布羅陀」；當然現在我們已經看不到了，堡壘在一八六七年被拆除，但還是可以看到，十七公里長的城牆內炮臺依然保存完好。它因在歷史上曾數次經歷戰火考驗，是兵家必爭之地，具十分重要的戰略意義，而於一九九四年被聯合國教科文組織列為「世界遺產」。

盧森堡的確是休閒放鬆的好地方，我坐在峽谷邊的石椅上休息，竟懶洋洋地不想離去，如果可以的話，我寧願就這樣坐下去，直到秋陽西斜，直到大地變黑，直到月亮東升。可惜我畢竟還是旅人，終歸還須歸去。起身沿著古牆深巷的老屋走去，街巷非常乾淨，樹叢間鳥語花香，四周幽靜閒雅，每家窗臺前總擺著鮮艷而芬芳味道的盆花，讓人望上去就滿心歡喜。

大峽谷已成為歐洲美麗的旅遊觀光地，離它不遠處就是「達克宮」，也就是「盧森堡大公館」，那是象徵性的王宮，通常大公都生活在郊外的宮殿裡。公館前站著一個衣著整齊，身材魁梧的武裝士兵，表情嚴肅，一絲不苟，換崗時，步伐規整，大步向前，成了遊客觀賞的對象。「盧森堡大公國」是歐洲大陸現今僅存的大公國，由於國土小、古堡多，它又被稱為「袖珍王國」、「千堡之國」。雖然小，但它擁有兩百多家銀行，以金融業為主的盧森堡，實行類似瑞士銀行的保密系統制度，吸引許多人把錢存入盧森堡的銀行，促使它的金融業發達。也許是多數人從事金融業的關係，我見到的盧森堡人大都西裝革履，談吐文雅。給我的感覺是，盧森堡人雖然傳統，但並不守舊，不像德國人或瑞士人那麼古板，他們喜歡跟人握手，見面要握手，離去也要握手。據我觀察，他們似對工作早餐特別喜愛，一面吃一面聊；午餐通常又慢又長，哪像香港人，早餐午餐都三扒兩撥，盡快搞掂上班，即使你得閒，旁邊也早已站著等候的人，不容你從容就餐。

一座石頭砌成的高架橋「阿道夫大橋」橫跨大峽谷，它是歐洲地區傑出的建築之一，建於十九世紀至二十世紀初，高四十六米，長八十四米，支撐橋樑的拱門左右對稱，這座跨峽谷大橋把盧森堡市新、舊市區連結起來了。遠遠望去，非常壯觀。當我們的車子從大橋通過，奔向新市區時，真有天塹變通途的感覺。

大峽谷有古老石階通往一旁的「憲法廣場」，我們曾在那裡留連，廣場上見到聚集著一些穿制服的人員，大多數是男的，站在那裡說笑。他們講的是法語？德語？還是盧森堡語？不知道。反正我是聽不懂。看那樣子，不像軍人，也不像警察，一打聽，原來是海關人員，大概是慶祝甚麼節日吧？不久，他們到紀念碑前列隊集合去了，我也步向對面橫巷，逛街市去。

少年時代在萬隆，喜歡集郵，印象最深的是聖馬利諾和盧森堡的郵票，聖馬利諾是因為圖案色彩漂亮奪目，而盧森堡卻純粹出於好奇。儘管那時不知道它們到底在哪裡，只知道是歐洲小國，在很遠的地方，好像在天邊。不料竟會有一天踏足盧森堡的土地，而且在那裡的小郵局裡看到二〇一〇年三月十六日剛發行的上海世博會郵票，盧森堡館的主題恰恰是「小也是美」，我於今親身印證了那種美麗，感覺十分奇異。

我們穿街過巷，早餐時間，一家接一家的餐廳開著門，但食客三三兩兩，並不太多，侍者悠閒，顧客也不慌不忙，他們吃著土豆蛋糕配蘋果醬，一杯咖啡在手，小口小口地慢慢喝，一派享受人生的模樣。

一般商店的營業時間是上午八點到十二點，下午兩點到六點，晚上休息。那裡出售的東西價廉物美，但你千萬不要試圖去殺價，那裡的貨物全是明碼實價，童叟無欺。我們進入一家士多店，有個遊客試著去講價，店主眼睛一翻，連答也不答。在盧森堡講價，會被店主視為不禮貌呀！我們挑了有大峽谷和大公府的明信片，連郵票一起算，見時間不早了，趕緊出去，奔到斜對面的郵局，把它投進郵筒，寄回給香港，為的是留住一個個盧森堡的郵戳。一面想像著，當我回家，那郵件恐怕還在路上飛行呢！

二〇一〇年九月二十一日，於巴黎；
二〇一一年二月十六日定稿於香港
（刊於香港《文匯報・采風》，二〇一一年三月四日）

哈囉，哈囉，萬隆！

強睜朦朧的雙眼，拖著行李幾乎跌跌撞撞跑到樓下大堂，暗夜櫃檯靜靜，只有一位小姐在值班，一見我們，還沒開口，她便笑容可掬地遞出飯盒，說，是早餐吧？是的，昨天早餐時遲了，早已收檔；那女領班很友善，主動說，麵包咖啡可以嗎？頓時令我們有賓至如歸的感覺。順便問起過早的今晨早餐，她依然笑容滿面，說：放心。

鈴聲忽然驚天動地響起，刺破這赤道暗夜的如水夜涼，朦朧驚醒，夜來翻山越嶺的夢依在，卻又要面對冰冷的行程。但那親切的接待，令我們渾忘人在旅途的睏乏。馳往機場的車子，穿過還在睡夢中的萬隆，漆黑的夜無邊無際，零星街燈如瞌睡者的眼神，暗淡無光，叫我們不由得輪番打呵欠。

那天從雅加達驅車，談笑間，不覺就抵達茂物（Bogor）野生動物園。其實前幾年也來過這裡，但舊地重遊，一樣的風景卻已是不一樣的心境。河馬半潛河裡，張開血盆大口朝天，牠捕捉到食物了麼？長頸鹿伸長脖子，越過樹梢猛嚼，牠吃到了甚麼？獅子懶洋洋地躺在巨石上，但一有風吹草動，牠們便猛然睜大眼睛，隨時撲出搏擊。「吼——」獅子一聲怒吼，樹葉並未亂紛紛抖下，但萬獸之王的的威嚴，令群獸靜悄悄沉默無言，不敢喘息。我們的車子穿越非洲村落，涉過茫茫溪流，進入猛獸區，自然無膽開窗停留。連猴群都對付不了，更不要說人猿了！據說也發生過駕車者在猛獸區下車修理，竟被撲出的老虎活生生咬死，體無完膚的悲慘故事。我們小心翼翼借著玻璃屏障偷窺，方得以全身而退。

退至山頂的本哲（Puncak），大概是過了午飯高峰時間，「思念大自然」印尼餐廳的食客沒有前幾次的多，但也幾乎滿座。在為慶祝亞非會議五十周年而建的雅加達——萬隆高速公路通車前，這裡是汽車必經之地，因為是半途，成為人們用餐的熱門地方。我曾暗想，有了高速公路，大部份汽車恐怕給分流走了，這裡應該冷清了吧？但眼見為實：不然。給我的感覺是，影響有限。這餐廳坐落在山邊，我們憑欄下望青山鬱鬱蔥蔥，吃著吃著，白霧慢慢從山腳漫了上來，眼看著它把大山籠罩，消隱了，只剩下茫茫一片白。其實還沒到傍晚，但竟有也有了夜意，街燈昏昏黃黃地亮了起來，一盞，一盞，一盞。那霧撲面，像微雨，有清涼的感覺。難怪許多人都喜歡來這裡，它成為這一帶著名的避暑勝地。

但真正可以稱得上是避暑勝地的，還屬萬隆。汽車進入市內時，已是華燈初上的時分，偶爾有幾陣熱帶驟雨掠過，但不持久，只是陣雨，滴滴噠噠打在車窗上，戰鼓似的密集，一會也就煙消雲散。X說，我們去周恩來喝過咖啡的地方喝一杯吧！於是在夜色中駛入具氣派的酒店，登樓，感覺好像有點不對，但X應是識途老馬，我雖出生萬隆，卻從來也沒來過這酒店，沒有理由質疑，等到坐了下來，侍者捧出餐牌，赫然見到勃良安酒店（Hotel Preanger）的字樣，已是欲退不能了。餐廳靜靜，咖啡喝不成，就要一盤萬隆雞湯飯吧（Soto Bandung），並不好吃，卻也解了一點「鄉愁」。荷曼酒店（Savoy Homann Hotel）就在斜對面，摸黑確是極容易走錯，走過時，路面暗淡，記得萬隆會議時，亞非國家的領導人中午會後從獨立宮（Gedung Merdeka）魚貫走出，一面對夾道的群眾揮手，一直走到荷曼酒店的情景，還歷歷在目；時光一溜，桃花依舊，但人面已經全非。

一九八〇年，印尼政府為紀念亞非會議二十五周年，而將會議舊址辟為亞非會議紀念博物館，裡面的陳設記錄了那一切，但這時早已下班，不得其門而入，我們只能以那牌子為背景，試圖捕捉歷史風雲。而獨立宮的正門就在旁邊，但見一批批年輕的男女攝影者，紛紛騎著摩托車呼嘯而至，架起腳架定位，閃光燈此起彼落，拍那具歷史意義的場景。獨立宮是一座三層高的白色建築物，始建於一八九五年，原為荷蘭佔領時期的高級俱樂部，在日本佔領時期成為文化中心，一九四五年印尼獨立後改成現名。

萬隆是西爪哇省會，古稱「勃良安」，意為「仙之國」，現名意為「山連山」。她僅次於雅加達、泗水，為印尼的第三大城市。位於爪哇西部海拔七百一十五米的萬隆盆地中，四面群峰環繞，植物茂盛，景色秀麗，四季如春，她被譽為印尼最美麗的城市，素有「東方的巴黎」之稱。早在十七世紀，萬隆就已成為著名的旅遊和避暑勝地。其竹製樂器「昂格隆」（Angklung）別具風格，適合群奏，小學時我曾學過，每人奏出一個音符，合奏成一首曲子。但我沒有耐性，終究半途而廢。那一年在「歡樂村」看表演，當樂隊合奏出印尼名曲《哈囉，哈囉，萬隆！》（《Halo，Halo，Bandung!》）的時候，這英雄歌曲讓全場觀眾應和，我憶起在北京讀書時，當他們知道我來自印尼時，最常問的是，去過峇里島沒有？當他們知道我來自萬隆，又會問，會不會唱《哈囉，哈囉，萬隆！》。這大概都是標籤化的問題。還是聽如行雲似流水的《鸚鵡》（《Burung

Kakatua》）吧，那節奏感極強，悠揚在敞開的大廳裡，全場聽眾貫注，果然歡樂無比。

歡樂還在「竹條帚」（Sapu Lidi），那是佔地不小的田園風光，附合都市人走向田野的消閒心理。小徑通幽，一座座四面通風的茅屋，隔一段便是一間；我們坐在那裡聊天，有一搭，沒一搭，眼看陽光一點一點地向西斜去。還是抓緊時間在那溪邊獨木橋拍一張吧，那衰老的光線照得出朦朧的人影麼？那就在「葉子之村」（Kampung Daun）喝一杯具萬隆特色的熱飲Bajigur吧，它似咖啡而不是咖啡，有點椰漿的香味，也有薑的微辣，但總的感覺，還是太甜，對於我們來說。可是我是重歸的遊子，即使重拾不了年少時的歡樂，但那熟悉的味道，就在觸舌的剎那間，滾滾而來。我嚐到的已不是那味道了，而是幾十年歲月風霜勾引的甜酸苦辣，儼然盡在其中。

無法忘記的是在「萬隆超級商業中心」（Bandung Super Mall）喝冰凍番石榴汁那一幕。商場一層兩層三層地高上去，無非是那樣。我們逛得累了，竟逛出外面的露天食街，可是並不餓，走走停停，就停在一家名為「芭堤雅」的果汁店前。熱帶的夜色開始深沉，我們坐在外邊低語，頭頂著椰子樹，那葉子偶爾被風一吹，嘩嘩地響動，還真的有泰國芭堤雅的感覺呢，只是這裡不在海畔，但有輕柔的歌聲輕輕飄來。

二〇〇九年十二月十三日至十五日，初稿於萬隆Aston Braga酒店；
二〇一〇年一月十二日修訂於香港
（刊於《百家》雙月刊二〇一〇年第一期）

熱帶風拂過

出了機場，那撲面的風，給人的感覺只有一個字：熱，而且熱得發燙。這就是雅加達了，印尼首都。赤道國家的首都，這裡不分四季，只有旱季和雨季，當熱帶陣雨掠過，嘩嘩嘩的，來無影，一下便水漫四處，但去也無蹤，像一陣風，轉眼就雨過天晴，太陽又再露臉，還是熱。跟我的出生地萬隆不同，萬隆是山城，天氣即使不像我少時那樣涼爽，也就是中午稍熱而已，而雅加達給人的感覺，就是熱。

雅加達大約建於十五世紀，最早是一個在「吉利翁」河口（Sungai Ciliwung）的小漁村，當時被稱為「卡拉巴」（Kelapa，椰子之意）。第一批到訪的西方人是葡萄牙人，十六世紀初，一位印度國王允許葡萄牙人在此建立要塞；至今這個港口依然被稱為「巽他卡拉巴」（Sunda Kelapa）。一五二七年，雅加達被印度教班登（Banten）王國的法塔西拉（Fatahillah）所征服。一五二七年六月二十二日，法塔西拉將這座城市重新命名為查雅加達（Jayakarta，即勝利之城），這個日子被訂為雅加達正式建城的日子。一六一九年，荷屬東印度公司征服了這座城市，並重新命名為巴達維亞（Batavia，荷蘭的羅馬名），且被定為荷屬東印度的首都。一八一一年，英國佔領了雅加達，直到一八一六年還給荷蘭殖民政府，在一九二〇年到一九四〇年之間，這座城市擴張而變得現代化。

一九四二年，日本佔領了這座城市，並重新命名為雅加達。一九四五年日本戰敗後，荷蘭殖民政府重新回到這裡，並且鎮壓了一九四五年八月十七日獨立的印度尼西亞政府，直到一九四九年，荷蘭才將統治權移交給印度尼西亞共和國。

我們在蘇加諾和哈達宣佈獨立宣言的公園廣場上徜徉，蘇加諾那精於演說的嗓子抑揚頓挫，我曾經在萬隆聽他表演，引起得加勒加（Tegal Lega）廣場的聽眾如醉如癡，喝采聲歡呼聲拍掌聲此起彼伏，組成洶湧的人群海洋。但時光荏苒，曾幾何時，他作為印尼獨立的國父，給蘇哈托推翻之後，竟軟禁至死；想當初，他無論如何也想像不到的下場吧？但此刻歷史無言，廣場旁邊有幾對年輕夫婦推著嬰兒車在閒逛，場上有兩隊少年在踢足球廝殺，呼喊聲陣陣；忽地一個鼓鼓的足球像炮彈似的擦身飛掠而過，嚇得正在照像的我們一驚，幸好照相機沒給震得掉了下來；而那群少年人並不以為意，嘻嘻哈哈呼嘯著繼續踢他們的球去了。足球在印尼相當流行，那時電視還剛問世，是稀罕事物，我們只能收聽實況廣播，在收音機旁聽得心潮澎湃。偶然去現場看比賽，是擠在一塊大家拚命往前躍的站位，哪有那些坐在有上蓋遮陽的看臺上的達官貴人舒服？

有消息說，印尼總統蘇西洛最近表示，是時候考慮遷都的問題。其實這已不是新煩惱，以往也曾提出過，雅加達地勢低，水患嚴重，交通擁擠阻塞，人口過多，都已經成為很大的社會問題。是的，水災，就是在夢中，也氾濫到膝下。我們在雅加達一日遊，車子在鬧市堵塞，果然行不得也哥哥，但見報販和售賣各種小用品飲食品的流動小販，在不動的車陣中冒著熱浪穿梭叫賣，也有抹車窗玻璃的小工不時兜售生意；但車中人大多都擺手婉拒，在大都市搵食，談何容易！

但也並非總是塞車，只要避過上下班時段的高峰期就可以。那個上午在酒店早餐後，匆匆趕去「香港酒樓」，才坐下，酒店給X電話，詢問有沒有落下手袋，剛回說沒有，我伸手一抄口袋，赫然發現皮包不見，這一驚，非同小可，其他不說，機票護照都在裡面！X二話不說，立即回電話給他相熟的酒店經理，托她保管遺留餐廳的東西，再請司機備車，一路飛馳暢通無阻，趕回酒店，果然安然無恙。原來離去太急，竟把隨身的皮包擱在椅背沒理會。嚇得一身冷汗，千恩萬謝出來，D歎道，如果在別的地方，如果不認識人，你就在雅加達擱淺，補辦證件再說吧！

我們在老城區巴達維亞徜徉，那舊日碼頭就是荷蘭統治時期荷蘭跨國貿易公司VOC的木船碼頭，叫「椰子島碼頭」，也就是音譯為「巽他卡拉巴」的那個碼頭。放眼一看，已經是一派破落景象。這碼頭竟讓我的思緒翩飛，當年我登船漂洋過海的「丹絨不碌」（Tanjung Priuk，意即「鍋子角碼頭」）安在哉？是的，是的，那時正當青春年少意氣風發雄心萬丈，在那個下午隨著眾人跨出雅加達海關，回頭一望，遠遠望見父母給攔在那一頭揮手，我忽然感到寂寞悲傷，欲回頭已經不能，登上那萬噸遠洋輪船。晚上十點，黑夜沉沉，「芝渣連加」號（Cicalengka）「嗚——」一聲長鳴，起錨啟航，碼頭解封開放，只見雙親在下面招手，我們紛紛拋下彩帶，讓它們連結我們的心，但隨著巨輪離去，彩帶越繃越緊，終於扯斷在空中，而我的心也在剎那間掉在冰冷的深淵，如那茫茫無際的夜海，又冷又黑。重回雅加達，我已經歷經萬水千山看盡人世滄桑，但當年乘船遠去的那一刻，卻永遠像一塊沉甸甸的石頭，沉在心湖深處，無法淡忘。

還有那舊火車站，是叫「城市火車站」（Stasiun Kota）吧，它位於華人商業集中區，為雅加達北部終站。站在街頭，以依然保留舊有的橙紅色半圓拱頂建築為背景拍照，但心裡懷想的是「甘比爾」（Gambir）火車站，那是雅加達最熱鬧的火車站，當年我便是從萬隆搭火車來到雅加達集中，過兩天才登船離去。我還記得火車站裡熙熙攘攘的情景，那一年重回，從雅加達乘火車回萬隆，也在這裡乘車，我們以那火車站為背景，拍一張相，只可惜，原來的建築物已經拆建，不復依舊，人面更是全非了。人面桃花的故事著實令人慨歎，車經總統府，我們聯想起一九九八年「五・一三」的排華事件，那慘絕人寰的動亂，導至蘇哈托政權的倒臺，也就有了他統治下被禁達三十二年之久的華文解封的契機。但那一切，憑肉眼恐怕是看不出來的，眼前一派歌舞昇平，只有深入歷史的內核，才會有揪心痛切感。

但這個明媚的上午，我們坐在樹蔭下喝茶，X的庭院深深，綠樹叢生，有如世外桃源，不時傳出「噗」的一聲，原來是熟透的芒果掉地。這時熱帶的風陣陣拂過，彌漫在空中的香氣不斷飄來，但覺眼皮漸漸沉重，恍惚間好像做了世紀漫長的夢。

二〇〇九年十月十五日，十八日至十九日，雅加達，Sano酒店；
十二月十一日至十三日，雅加達，Asia酒店；
二〇一〇年二月七日定稿於香港
（刊於香港《文匯報・采風》，二〇一〇年三月十二日）

悠長記憶

那時橫渡太平洋十一個日日夜夜，從雅加達登船時也並沒有料到從此改變命運，只是隨波逐流而已。萬噸巨輪在夜間停泊，並沒有人知會到了哪裡，外望一片漆黑，只聽得船艙裡嘰嘰喳喳的耳語，到棉蘭了。獲悉那是棉蘭港口巴拉望（Belawan），隔海與馬來西亞檳城相望，已經是好多好多年後，當我有機會踏上棉蘭的土地的時候。人生路兜兜轉轉，殊難預料，驚回首，但覺似乎總是在轉圈。

當棉蘭變得不再是可望而不可即，事前聽說海關遊客刁難，不免有些擔心，棉蘭機場雖稱為國際機場，卻很小，起落航班也稀；當地朋友說，有辦法花點小錢直入海關，把我領出，倒也省事。後來再次前往，行李給粉筆打了記號，我暗叫不妙，因為早就聽說那是過機時海關人員畫的，表示須開箱檢查。果然，出關時給攔住，無奈打開皮箱，剛拉開拉練，忽然那關員又叫我合上，揮手示意我過關，我對這突變一愣，忽然肩膀被人一拍，轉頭一看，不是接機的H是誰?!

出了關，接機的人群中忽見一個綻開的臉孔，溫暖的擁抱顯出溫情，那熱帶毛毛雨，在暗夜中晰晰瀝瀝從天而降。汽車在市內行走，市容寥落，一片漆黑，只有不知是誰的歌聲在車廂悠悠地唱，有點淒涼，正好配合那雨夜氛圍。忽地，前面跳出一片輝煌燈火，定睛一看，是大大的「M」

字豎在當街，回過神來，原來「麥當勞」叔叔已經空降棉蘭。這速食連鎖店商標的國際化步伐，端的是無遠弗屆。

市區不算大，特別是市中心，轉來轉去也就那幾處地方。那天車子駛經一處古舊建築物，以王室專用色的黃色為基調，看上去特別堂皇。原來是一八八八年義大利建築師設計的日里蘇丹王宮；棉蘭曾經是德里（Deli）回教王國的一部份，如今身為印尼國會議員的蘇丹王並不住在王宮裡，而是住在雅加達，每年只有在齋戒月時才回棉蘭；怪不得如今開放，讓我們隨便參觀。這是棉蘭最具歷史意義的建築，當然裡面的東西只是一般，沒甚麼驚人之處；反而「張亞菲大屋」有看頭，我們由張亞菲的兒子引領參觀，一幅活生生的華人移民奮鬥史，盡在其中。那三層的房子實在太大，熱帶的陽光燙人，我在堂屋歇息，戴上D的墨鏡遮陽，不料L見了，訝然問道，你有青光眼？

棉蘭（Medan）是北蘇門答臘省（Sumatra Utara）的首府，也是蘇門答臘島的最大城市。遊走在市內，我發現閩南話通行無阻，小販自不必說，甚至也難不倒當地人。原來，棉蘭同時使用印尼語、爪哇語、閩南語、棉蘭華語及泰米爾語，堪稱「語言天才」。有時他們說著棉蘭華語，正說得興起，突然冒出個「Hebat!」（印尼語，棒極了！）來，他們一群棉蘭人倒沒甚麼表情，我們身為外地人卻忍俊不禁，笑得前仰後合。

那晚，我們在「九龍城國際酒樓」吃飯，只見給隔開，只留下四分之一給我們這些散客，四分之三的地方卻由婚宴包場；但婚禮一舉一動，全在我們眼皮底下。但聽司儀妙語如珠，獻唱的男男女女輪番上場，怎麼棉蘭人都善唱？他們笑道，有紅包拿誒！只見一個女的，唱得七情上面，臺下掌聲如雷，賓客不斷上臺，貢獻紅包，比春節派「利市」還要熱鬧。不知別人怎麼樣，我倒是第一次看到這樣的場面。D嘆道，唱歌比寫稿值錢多了！S搭腔，那你明晚就粉墨登場，包你紅過容祖兒！

當然也只是「發口痕」罷了，沒人認真計較。我們還在「大上海」吃過一頓晚餐，飯菜也就這樣，但飯後餘興，卻有棉蘭「歌王」「歌后」登場。他們的歌喉早在「蘇北文學節」的晚會上聽過，於今幾乎面對面聆聽，那種親切感又自不同。高唱幾曲下來，歌王說，感冒，唱不出水準，大家多多包涵！感冒？怎麼我們聽不出來？莫非是謙虛？但也已經無從考證了。

那歌聲縹縹緲緲，讓我想起多峇湖畔「尼亞加拉酒店」（Niagara Hotel）的蘇北文學節告別「營火晚會」，自助晚餐在燈火暗淡的泳池畔舉行，我們坐在裝飾用的太陽傘底下，幾乎要摸黑用餐，卻也其樂融融。節目在舉行，歌星紛紛演唱，演到高潮，主持者走到中心位置，點燃象徵閉幕的火炬，場內一片拍掌歡呼聲，是慶賀華文在印尼復活？還是共祝文學前程？但我確然知道，在這熱帶的夜晚，大家在同唱一首歌，用心的節拍。已經是曲終人散時分，人群逐漸寥落，但歌者意猶未盡，依然站在臺上扮貓王高歌，晚風在繼續吹，冷意漸濃，還是站起活動一下吧。寂寞一角，天風漫天而下，卻有溫暖自心底升起，綿綿不絕。啊，這熱情的夜晚！即使喉頭發癢，是感冒初期的症狀，但在狂歡頭上，又有誰會在意呢！

最熱鬧的還是去遊多峇湖（Danao Toba）了，我們分組乘船而去，那機動船可載數十人，船頂還可擠上十來人，去程我貪玩，爬上去，坐在無遮蓋的當空烈陽下，船一開，風迎面勁吹，無情呼呼而來，灌得我們睜不開眼睛，想要轉移到船艙去，哪裡還有我們位置？但那些隨船的當地小男孩，個個六七歲的模樣，光著膀子，只穿一條短褲，在船舷遊走自若。望見我們，還打著手勢，意思是給一點小錢，他們就可以跳下水去表演。但我們哪裡有那種雅興？萬一有甚麼不測，豈非有草菅人命之嫌?!但當遊船掠過，借宿島上酒店的西方遊客，全身脫得赤條條地，見我們呼喊，他們也揚手怪叫，才一個個跳入水裡游泳，帶著一點表演味道。

這口位於馬達高原的多峇湖，據說是世界上最大的高原火山湖，海拔九百零五公尺，此湖呈菱形，長一百公里，寬三十公里，面積一千一百三十平方公里；湖的最深處五點五公尺。大約七萬五千年前的一場火山爆發，導致山頂陷落而形成美麗的多峇

多峇湖的船屋

湖。我們在湖中央的薩摩西島（又譯成「夏夢詩島」，Pulao Samosir）上岸，此島約佔全湖的三分之一，面積與新加坡相當。薩摩西島本來是半島的尾端，一九〇六年荷蘭人到達之後，便在西岸以人工開了寬度僅兩百米的運河，讓這小島與陸地分開，成了真正的一座島。這運河的開鑿，當時當地居民的心中引起巨大的恐慌，擔心薩摩西島因此沉入湖中。當然，那一切，都已成為我們在此島漫步時笑談了。

從碼頭沿著小道往東走去，兩邊都是售賣特產的店鋪，售貨員大都是女性，她們不時揚聲兜售，鶯鶯燕燕，十分熱烈，可惜光顧者寥落。走約十分鐘，便進入多莫克村（Tomok），在遮天的老榕樹下，列著好多大小不一的多峇石棺，最大的一個已有四百年歷史，石棺是由一塊大石頭挖鑿而成，其

從船上拍多峇湖岸邊

形狀是水牛與象的綜合體。據稱，裡面安放的是西達布塔部落（Sidarbuta）的頭目，而在石棺前面的下方，還雕著他的人相。

當然，最令人心醉的，是從我們居住的酒店寬闊陽臺遙望多峇湖夜色。當月亮冉冉升起，銀色的月光灑在波平如鏡的湖面上，遠處是峰巒朦朧融在茫茫月色中，眼下是一片墨綠，除了湖面上閃爍著星星般的點點漁火外，一切彷彿都已經進入夢鄉，寧靜得神秘莫測。迷迷惘惘，我似乎聽見心跳的聲音，噗噗——噗噗——噗噗——

從多峇湖返航，已是中午時分，飢腸響如鼓，我們一頭闖入湖畔一家酒樓，登上二樓，還是慢了一步，人們已經安坐那裡，只等開飯，我只好流落鄰桌當食客。酒足飯飽，走出飯店，赤道的陽光當空灑下，我們走到對面，那裡有許多賣衣物旅遊紀念品的商舖，一間接著一間；但看的人多，真正買的人少。回頭一看，卻見那用過餐的地方，赫然標著「香港酒樓」幾個大字。我們嚷著照相，一面把它攝入鏡頭，而我的心，剎那間又悠悠盪盪，不能自已了。

草於二〇一〇年五月二十日至二十二日，棉蘭City Inn酒店；

二十二日至二十四日，多峇湖畔「尼亞加拉大酒店」；

二〇一〇年二月二十一日定稿於香港

海嘯，悄悄潛來

機場巴士在我家樓下靠站，我在夜色中一腳跨下去，撲面是香港的冬意，忽然同事積琪跑了過來，叫道，啊呀！你沒事就好了！我一愣，能有甚麼事？這才知道，印尼發生世紀大災難，海嘯肆虐，死傷無數。我吃了一驚，心中感激，卻強笑著掩飾，那是亞齊，我在爪哇島，那裡沒甚麼動靜，距離太遠吧！

十二月二十七號早上六點，弟弟便陪著我離開萬隆，驅車趕往雅加達，趕搭下午兩點五十分的飛機。一路上錯過傳媒，我怎麼知道前一天發生的事情？甚至在雅加達機場也平靜得很，並沒有甚麼大事發生一樣。上了飛機，也和往常無異，空姐依然笑容可掬，服務周到。後來人家說：發生了這麼大的災難你都茫然不知，也是一種幸運！

但災難卻驚天動地地發生了，直叫人看著媒體的報導目瞪口呆。我們總是天真地以為人類可以為所欲為，濫用高科技，不顧生態平衡，終於得到可怕的教訓；那海嘯，是不是大自然的一種嚴厲警告？可嘆再沒有一個遭厄的靈魂，可以安然回來，複述那恐怖的經歷！

幸運是個人的事情，可怕的天災卻掠奪了多少無辜的生命、吞沒了無數溫暖的家園！而在事前，我們卻毫無警覺，依舊歌舞昇平，以為太陽日日還是從東方昇起；殊不知危機已然悄悄凝聚黑暗的力量，只待時機成熟，便讓天地風雲變色，令世間演出慘絕人寰的一幕悲劇！

在伊斯蘭地區，聖誕節並不熱鬧，萬隆自然也不例外。客居的我們沒有甚麼節目，甚至也沒外出。平安夜本來有一個在郊區山上的聚會，但終於也沒有去成。沒去跟當時還毫無動靜的海嘯無關，全因為恐怖襲擊的傳聞不斷。前兩天，當地報紙在頭版頭條大字刊出消息：在開往萬隆的車子的司機座位下，發現炸彈。弟弟勸說：不去為好吧！

其實，誰都會覺得，聖誕期間，恐怖份子恐怕會再度活躍。自從二〇〇二年十月十二日在峇里發生沙里夜總會爆炸案之後，不論是雅加達還是萬隆的商場還有其他公眾場所，人們都必須先通過安檢方可進入。我相信在其他印尼的城市也會如此。有點草木皆兵的感覺，但卻必要；在這樣的一種時刻，安全第一，不怕一萬，只怕萬一。穿制服的安全人員面帶微笑，很有禮貌地說：請把手袋過一下檢查機。等到過了又再補上一句：謝謝。即使檢查未必嚴密，但也總比任人自由進入，要更具威懾性。

恐怖襲擊最真切的感覺，還是在沙里夜總會的現場。上次到峇里，還是二〇〇二年的六月，在赤道夏夜的天空下，我和紹弟走過酒吧密集的勒甘街（Legan），沙里夜總會的露天酒吧，擠滿了勁歌狂舞的西方遊客，哪裡知道鏡頭一轉，四個月後的一個週末之夜，轟隆的一聲巨響，便頓時要了多少無辜的人的性命！兩年後的這個十二月我們重去峇里，不免再看看那地方，成了一片廢墟的沙里夜總會不曾重建，只掛著白布橫幅，用英文大字寫上：你們可以毀滅我們的肉體，但不能消滅我們的靈魂。聽說這廢墟將會保留下去，去以紀念死者，以警惕世人。

其實，在廢墟的對面，已經豎起一座爆炸案的死者紀念碑，上面刻著死者的名字和國籍；我發現，以澳大利亞人最多，也有不多的印尼人，但沒看見有中國人的名字出現。這也可以想像得到，去峇里的遊客，可能是距離較近的關係，向來以澳大利亞人最多；而恐怖份子的這次襲擊目標，據說便是澳大利亞人，如此，澳大利亞遊客經常流連的沙里夜總會，又哪能逃過這一劫？

進入雨季的峇里，時不時便會飄下一陣雨，當我們於夜色中站在那碑前，那雨也似有還無地飄然而下。但勒甘街人群洶湧，酒吧生意興隆，當地人說，自爆炸案發生後，來峇里的遊客驟減，旅遊業嚴重受創；今年下半年開始復甦，隨著聖誕的逼近，遊客似有大增的趨向。是的，雖然有些國家對聖誕期間的峇里發出旅遊警告，但十二月中我們在那裡，卻放眼都是滿街亂轉的外國遊客。人們都是健忘的，時間可以醫治創傷；何況不忘記又能怎麼樣？人總得生活下去，太陽依舊從東方昇起，既不可避免，那就只好接受現實。

只是，那創傷剛剛平復，更可怕的海嘯又呼嘯而來；幸好峇里可以躲過災難。自然，位於爪哇島的萬隆也無恙。只是，對於那事先完全沒有徵兆的災難，我們再也不能置身事外了，不論是人禍還是天災，也都是擦肩而過的事情。只是我們常常懵然不知罷了！

二〇〇四年十二月二十七日，由萬隆回香港；

二〇〇五年一月二十三日修訂

昨夜夢魂

夜色就那樣彌漫整個海灘，遠處有黃豆似的燈火，一閃一閃的；夜航機自天邊降落，又一架起飛；天風無定向地飛來，海潮嘩嘩，滾滾向岸上衝鋒，又倉皇潰退，周而復始，有節奏地組成轟鳴曲。我們見勢不好，立刻起身從第一排撤退到第三排，以為已經很保險，豈知海浪不甘寂寞，積蓄力量，一鼓作氣深入腹地，說時遲那時快，竟以迅雷不及掩耳的速度掩至腳下，慌忙抬腳，哪裡來得及？那暴怒的潮水早就把我們的褲腳淹濕，只剩下一片驚慌失措的笑聲蕩漾在夜空中。人群狼狽不堪，那些侍者也尷尬地陪笑，不知向誰說了一句，給這蜜月增添一點音樂！而一對想像中的日本新婚夫婦，正站在臺階上等車來接呢。

這是第三次到金芭蘭（Jimbaran）海灘，以前兩次到峇里島，也來過這裡的海邊露天餐廳晚飯，但見海灘上擺著一張張椅子桌子，燭光閃爍，在玻璃罩裡兀自搖曳。輕風呢喃，有三人一組的男歌手，兩人彈吉他伴和音，中間一人用渾厚的嗓音高唱《重歸蘇蓮托》，叫人沉醉到不知人間何世。這次不再邂逅歌聲，但此時無聲勝有聲，夜風輕輕吹，冰涼的酩梨汁香甜，赤道詩之島美妙如此，人生難得幾回醉，此時不醉更何待?!

沉醉了，也是在海邊，在峇里的地標海神廟（Tanah Lot）。它蓋在海邊一塊巨上，是峇里最重要的海岸廟宇之一，漲潮時，海神廟四周環繞海水，與陸地完全隔絕，只有退潮時分才可以相通。話說十六世紀時，有個來自爪哇的高僧，從峇里島西岸南下，來到這裡，被海中巨石奇景所震撼，認定這裡一定有神靈，所以協同當地村民的力量，建立這座海神廟。遠看好像海中船隻，巨岩下方與對岸岩壁的洞穴，有幾條有毒的海蛇，據說是化身為黑海蛇的神靈的棲身處，牠是海神廟的守護神，防止邪靈與其他入侵者來犯。當我們來到，海神廟還是屹立在那裡，任海水潮來潮去。這時正值黃昏潮退，引來無數遊人走下海灘，在留下的潮水間岩石涉足而行，有些大膽的，走得更遠，幾乎就要湧身海水邊了，旁邊有人喃喃地說，晚潮說來就來，再如此放肆，把他們淹了，也就是一句話了！

但這海邊景色誘人無比，在那裡留連也是人之常情。許多人去拍攝海景，只等那呼嘯著的海浪退下，又重新滾滾而來，全力擊在岩石上，掀起滔天巨浪時，迅速拍下那一瞬間。但那火候極難掌控，不是拍早了，便是拍晚了，恰到好處是那麼難以達至，我們的業餘鏡頭很難恰如其份捕捉畫面。只好歎一口氣，世上完美難求，連天色也絕望地暗了下來，我們退回岸上，但見另一邊印度洋的懸崖下，風高浪急，有三兩個勇者正在海中踏浪，那腳下的滑板，明明是在挑戰大自然的桀傲不馴。

看那光景，夕陽西下，落日這回恐怕是看不到了。正憮憮地準備離去，忽聽旁邊一聲驚叫，嘩！夕陽！回頭一看，一輪橙紅的太陽正冉冉地西墜，緩慢地，然而不可阻擋地下沉。知道那如血殘陽，稍縱即逝，絕不久留，我們手忙腳亂地取景，以昏黃天空和茫茫大海為背景，把那淒美的剎那收入鏡頭，咔嚓聲聲，那景象從此刻入我們的記憶年輪了嗎，歲歲年年？

其實也未必是夜色才美，在金塔馬妮（Kintamani）自助午餐，菜式一般，沒甚麼驚喜，但倚著圍欄，看巴杜爾火山和巴杜爾火山湖，霧氣彌漫下，那湖水粼粼，一閃一閃的，像美人在眨眼。在湖的那頭有一條古老村落，村民是一群自稱「老峇里」的峇里人，以及一些仍維持舊有生活方式的峇里原住民組成。建在一大片老菩提樹蔭下的暮色爾賈葛寺，極有特色。遊人可僱一葉小船蕩到那裡去參觀天葬，但據說不甚安全，曾經發生過遊客被載到湖中，腰插匕首的船主忽然坐地起價，這時船在水中央，四圍茫茫湖水，喊天天不應，叫地地不靈，又不能跳水當浪裡白條，還不是任人宰割？也許傳言所及，載客生意也就沉寂得很。

在當哥朗（Tanggelang）看了層層梯田往下斜去，一派綠油油，讓眼神發亮；又到烏布特（Ubud）逛市場，那裡攤檔一間接著一間，我們好像穿街過巷，在那裡閒逛，想要買點小首飾，終於沒有合意的而退卻。還是在街頭買蛇皮果吧，峇里蛇皮果果然名不虛傳，又脆又香，吃在嘴裡，甜在心裡。就像我們斜躺在酒店陽臺的躺椅上，眼看天色一點點地發黑，燈火一盞盞地亮起，峇里之夜悄悄地來臨的感覺。那夜色悄悄，好像寂靜無人，只有冷氣轟鳴，歌聲如霧，迷離朦朧，卻又明明清晰可聞，好像就在耳畔輕哼。待到驚醒，天色濛濛亮，夜來那夢已經翻過千山萬水，太陽從東方升起。

峇里位於爪哇島的東南方，僅是印尼一萬三千七百座島嶼的一個小島，但因為具有活火山、火山湖、熱帶雨林、河流等多元地形景觀，和綿延四萬公里左右的海岸線，讓這只有五千六百三十二平方公里的小島，擁有豐富的旅遊資源，加上島民天生的藝術天份，以及信奉印度教的溫和處世態度，讓峇里島成為洋溢祥和及藝術氣氛的旅遊勝地。那早晨，我們僱用的司機，早早來到酒店等候，當時正吃自助早餐的我們，悄悄地說，不要理他！誰叫他那麼早來！於是慢慢用餐，吃完了回房，路過游泳池時還取景照相。施施然再回大堂，預約的時間剛剛好。那司機不言不語，只是微笑著。等到上路，不知問起甚麼，這才驚覺，原來峇里時間比爪哇時間要早一個小時，他準時，是我們來遲了！

二〇〇九年十月十六日至十八日，峇里，Aston Kuta酒店；
十二月三十日改定於香港
（刊於香港《文匯報・采風》，二〇一〇年一月二十九日）

在那並不遙遠的地方

前往多峇湖的路上，離開棉蘭有兩個半小時車程吧，便來到西馬冷（Taman Simalem Resort），我們在那度假村的船形餐廳用餐，它分上下兩層，正值午飯時間，但見到處都是人，容納數百人同時用餐沒問題，好一派熱鬧的景象！這裡的地勢高，天氣涼爽，怪不得它已成為蘇門答臘北部新開闢的度假旅遊景點，吃飯時我從這裡向南望去，但見群山環繞的多峇湖，在淡淡的雲霧中如夢如幻，猶如傳說中的仙境；難怪度假村的宣傳手冊形容它為「多峇湖的珍珠」。棉蘭市內街道狹小，基礎建設落後，有點破敗，少年時在那裡住過的友人一聽我要去，便冷笑，那鄉下地方，有甚麼好看！是的，棉蘭有點乏善可陳，除了質樸的人情味；但人情卻往往比風景更加引人入勝。

印尼是伊斯蘭教國家，棉蘭的穆斯林人口約佔百分之五十左右，華人多數信仰佛教和天主教，所以走在棉蘭的街道上，抬頭一望，清真寺、天主教堂、和佛教寺院比比皆是。但更進一步瞭解，才明白棉蘭的佛教也並非全是佛教，只是一種文化信仰。他們信甚麼的都有，觀音、彌勒佛、關公，甚至濟公，都有各自的信徒。我小時在萬隆，便曾經碰見一個自稱是濟公信徒者，他跑到我們家廊下，對我說，他有法力，能唸咒把人變成蒼蠅，問我要不要試試？我大吃一驚，連連搖手說不。他笑道，沒關係，我會再把你變回人的！他開始在我面前唸唸有詞，我卻早已嚇得落荒而逃。

棉蘭的寺廟一般建在城市裡，也不住和尚、尼姑，香火卻不斷，人們都很虔誠。我還注意到，一般華人住宅的門口外牆上，都會置放香爐，有個寫著「天官賜福」的牌位。

沒有想到離棉蘭不遠的地方，竟然別有洞天。位於多峇湖西北群山上的西馬冷，原本是養牛場，如今這生態度假村以山林、果園、茶園、咖啡園為主軸，只有二十五公頃的土地發展為綜合度假園地，有酒店、高爾夫球場、餐飲及其他旅遊設施等；可惜計劃雖好，但就眼前所見，只有景點和基本餐飲服務齊備，其他欠奉。徜徉在興建中的酒店周圍，友人嘆了一句，很不錯啊！立刻，美好的感覺印象給召喚回來，翩翩有如被微風吹動的帆船。

最難忘的還是離棉蘭約六十五公里的「伯拉斯達基」（Brastagi），華人因此地多馬達族居民而稱之為「馬達山」（Gunung Batak）。車子沿著山路蜿蜒而上，有許多急轉彎，轉得讓人暈頭轉向，而且那山路是荷蘭統治時期開闢的，如今只拓寬了半米左右，依然顯得狹窄而曲折，如果兩輛大巴相遇，如何錯車，便成為大學問。山路兩旁是保持原始風貌的森林、繁盛的參天古樹、濃密的叢林，隔著玻璃窗望過去就覺得涼意森森；我們下車走在這印尼的原始山路上，赤道的天空，太陽高照，地面溫度在三十度以上。那些高大筆直的松樹軀幹底部，大約一人高，全都剝了皮，中間一道豎槽直奔樹底置放的碗狀容器，裡面盛著黃白色的粘稠狀液體，原來那是當地人刮松脂的結果。那泥土氣息和草木香味襲上鼻端，森林裡傳出一陣陣蟲鳴聲，在那一刻，真有點恍惚，到底人在哪裡！

馬達山山頂平地海拔一千六百米，中午雖然艷陽當空，出了有冷氣的汽車也不覺得熱，怪不得這美麗的小山鎮成為避暑勝地，它四周環山，居民依山勢建築房子；多數是木屋，間中也有磚屋，

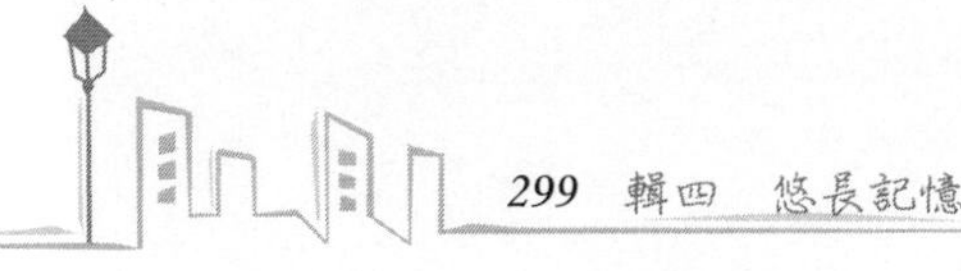

貴境者，可千萬不能亂點鴛鴦譜！

教堂蓋得很漂亮。馬達人信奉基督教，他們吃豬肉，也吃狗肉，公開出售時以A、B為代號。初到

記得那次上多峇湖，路途中我們曾在這裡歇息，一問方知是美麗的錯誤，原來那次是在山的那一面，這次是在山的這一面。這裡是花卉、蔬果的集散地，每天有卡車運送這些農產品至棉蘭。我們確然在那水果市場留連過，看到各種熱帶水果，還曾買了一袋的蛇皮果，路上吃東西，它不像芒果榴槤沾手，當然成了最佳選擇啦！還有熱帶花卉檔、寵物檔，甚至冷飲舖等等，烈日下，我們以那馬達傳統屋為背景合影一張相，手裡不忘拿著一杯鮮榨的冰涼甘蔗汁。這一回，沒進入市場，我們就在路邊停下，先和水果檔檔主瞎聊，再到旁邊一個空蕩蕩的檔口，那裡坐著一個馬達族老漢，缺了門牙，說話有些漏風。S用印尼話跟他討價還價，那老漢一副堅持的模樣，S也就不再固執己見。那老漢咧嘴一笑，豁口盡露，一鐮刀便把那榴槤劈成兩半，一面說，好榴槤啊！他們蜂擁而上，我卻遲遲不前。雖然我在萬隆出生，但因為父母都不吃，我也自小抗拒榴槤，因為傳說「那是三寶太監下南洋時留下的糞便」。可是榴槤雪糕我是吃的；人的心理，就是這般古怪！

在周圍，還有許多馬達年輕人騎著馬，招徠顧客。有些遊客好奇，租那馬兒在山路上嘀嘀達達兜一圈也是美事。我小時曾在萬隆連旺（Lembang）租馬騎過，看上去很自在，其實那顛簸，不習慣的人是有苦說不出；更不用說馬兒狂奔了！我只唯有亦步亦趨，讓那馬主在旁邊「護駕」，萬一掉了下來，可不是鬧著玩的！但如果不騎馬，也大可坐一坐馬車過過癮，路邊便有許多正在候客，坐在車廂裡，任那馬兒拉著，嘀嘀達達地在那赤道山路上一路奔馳，也是極大的樂趣。

馬達男人聲音洪亮，能歌善舞，據一個嫁給馬達人的華人說，大概與他們喝馬達酒有關，馬達酒有兩種，一種是椰子釀的，一種是水果釀的，都是三十來度，我當然選了水果酒，那種香味，含在嘴裡慢慢咀嚼，口舌生津，令人捨不得立刻就吞下去呢！

馬達族也是尊嚴至上的民族，他們告訴我說，在紅燈區，永遠找不到馬達女人。他們不管多窮，都要送子女上學，而有文化的女子，嫁人也是身價很高，所得的彩禮也特別多。

在西那篷酒店（Sinabung Resort）看夕陽西下，我們以那後花園為背景照張相，向日葵、木槿花、三角梅處處，草地上留下幾顆落地的芒果，可以猜想夜來風雨聲。探首隔壁，隔窗有耳，卻聽得朗朗笑聲如昨。這酒店，因西邊高達兩千四百五十一公尺的西那篷火山而得名。

從馬達山下來，一路桃花林盛開，伸手一摸，卻原來是人造的，真個是假亦真時真亦假了，不過在剎那間也已有了驚艷的感覺。但如假包換的鮮花也還真是一叢叢，看得讓人心花怒放，其中以繡球花居多，紅的黃的粉的白的，令靜靜屹立在山谷中的寺院驀然生色。香山寺裡裡外外，都是漢字，大門前的兩根柱子，分別豎寫著「佛光普照三千界」「法水長流五大洲」，大門兩邊的牆上都貼著一塊祈福牌「威德福海」，當風飄過，只聞得叮鈴鈴的清脆悅耳聲，抬頭一望，原來是大門前掛著竹子製成的風鈴。階梯口置放一塊寫著「禁止言語」的木牌，我們按例除下鞋子入殿，清冷的佛殿，冰涼的地板，加上四顧無人，真有點寂靜的感覺。我們默默地點香祈願，但願人長久。

出了大殿，我上旁邊的洗手間洗手，但見那裡掛著牌子，寫著：山裡困難，請節約用水。回頭忽見那人正在一笑，這深山寺廟，在太陽高照的中午時分，竟也有幾分道不出的神秘感。這時，不知是誰敲響梵鐘，那鐘聲深邃幽遠，但寧靜詳和，一直把我們送進回棉蘭的路上。

二〇〇九年十月二十日至二十一日，草於Brastagi，Sinabung Resort；二〇一〇年三月二十三日，定稿於香港

（刊於香港《文匯報・采風》，二〇一〇年四月十四日）

曼谷傾情

總是忘不了那個鏡頭：夕陽從落地玻璃窗外斜射而來，我們坐在香格里拉酒店咖啡座上聊天，忽然鈴聲響起，侍者高舉著牌子繞場一周，原來有電話尋人。這時，陽光照在湄南河上，河水微微翻著金色的波浪，一閃一閃的，像在眨眼，又像在打著無言的密碼。也許曼谷浪漫的感覺便是那次得來的吧？

那是二〇〇三年二月底的事情。

再到曼谷，已經是今年八月了。那是在一個上午，我們從酒店散步，再度走進香格里拉，它依然故我，在陽光下靜靜躺著，但咖啡座悄悄，寂寞無人，不像那下午茶時間那般熱鬧。我們走到外間，望著湄南河發呆，但見一艘艘船兒駛過來又駛過去，這繁忙的水上交通！

水上交通離我們太遠，但夜遊湄南河的情趣卻讓我們碰上了。夜色中啟航，坐在遊船的甲板上，晚風徐徐拂來，小桌上的蠟燭晃動不已，在夜的精靈陪伴下，好像在跳著不定向的靈魂舞；更有女歌手在小提琴伴奏下，悠悠唱起旋律優美的歌，岸邊掠過的廟宇輝煌，它訴說了甚麼樣的故事？還是照一張合影，把這流動的夜，定影在這詩意的時刻吧；為葡萄酒乾杯，雖然沒有月光杯，但今夜的月亮真圓，圓得叫人懷想不已。

我已經把曼谷的夜裝進行囊裡了嗎？我聽見秒針滴答運轉，熱帶的夜風在輕輕吹，真的嗎？真的嗎？一個不眠之夜，在輾轉翻側中，不覺天已大亮。

還是漫步街頭，下午放學時分行人如鯽，那些活潑的男女中學生成群結隊，喧嘩著而過，留下青春的身影，那咯咯的笑聲，是不是青春的註腳、身份的象徵？晚上走出酒店，以為夜市必然熱鬧，但熱帶的夜風並不涼爽，沒有想像中擺攤子吆喝的景象，沿途靜靜，只有小店捕捉寂寞的風；甚至連通宵連鎖便利店，在殘白的燈光下，也只有小貓兩三隻，在那裡徘徊。踱到路邊的露天大排檔，想要吃點甚麼，不見有引人之處。待要退出，L忽然看到有河粉堆在鍋旁。我們並排坐在街邊的桌椅，錄音機悠悠播出溫婉的歌聲，是《甜蜜蜜》呢，我們吃著可口的手打魚丸河粉，那漂在湯面的煎蔥味道芬芳，鄧麗君的普通話攪動寧靜夜色，檔主的泰語不斷插進來，形成兩種語言交叉的局面。我們這才發現，鄧麗君至今還在曼谷流行，走在大街小巷，冷不防就會遭遇她留下的歌喉。甚至在Z的莊園，晚飯後餘興節目，卡拉OK也還是鄧麗君的天下。

暮色降落，莊園在樹與樹之間拉起七彩燈泡，把黑暗驅走。我們野餐，卻有餐桌椅子有菜有肉有酒有水，今宵夢醒何處？但見半山坡上房子在夜色中屹立，有燈光透出。我們且在那旁邊樹下的桌椅下聊天，那晚上的景象攝入鏡頭了嗎？但有一個夢境，確然已經沉落我的心湖裡。

那叻丕的莊園巨大，山林圍繞，遍地是黃黃的軟枝黃花，令人咋舌，而小紅樓就在曼谷鬧市，讓人在喧鬧中遺世獨立。紅樓夢醒，身在十里紅塵中，這恐怕是主人的寫照。只因為四棵樹，他毅然買下這座小樓作為別墅，在院子裡種滿了盆栽。愛樹愛花愛到發燒，這也是生活。正如我們來到

「蜜園」溫泉，才赫然發現那是一處無遮無掩的露天溫泉，即使早已自備泳褲，但那換衣間非常簡陋，門甚至都關不實，可是既然來了，也就個個奮勇當先，不能不下去浸一場了。也是，他日還想再來這荒山野嶺，不知是何年何月了！這就是機緣巧合。那溫泉水暖，萬里長空白雲飄飄，我們半躺在泉水裡，任那水流從頭上沖下；上岸，那出水芙蓉的姿態，又是另一種風情。歸途中一陣風吹過，但見金急雨如歌飄飄而下，沿路給我們灑下金黃色的希望。

也難忘那人妖歌舞表演，千嬌百媚的女郎，個個樣貌出眾，可惜一出聲，竟暴露他們的鵝公喉性別。可是到底為甚麼要變性，人言言殊，有的是說為了生活為了賺錢，有的說是為了自身的性傾向，但人們只管對他們的表演評頭品足，卻鮮有追問背後的這些問號。

臨走傾情，留下的足跡也許會被淹沒在茫茫人海中，但確實有顆真心，駐在心裡，永不消褪。我們留連在附近，走過菜市場，走過便利店，走過大街小巷，樹蔭下有鳥兒在細語，那提在手中的榴槤糕是否能把曼谷裝進行囊裡呢？走著走著，印度廟赫然就在面前，我們按例除鞋，赤足在大門前張望，但見香火甚旺，善男信女虔誠祈禱。

不覺就身在機場，L與時間賽跑，匆匆；只剩下我一個人，做機場的流浪漢。沒心思再上一層去尋找餐廳，就地坐在大堂的座位上，啃昨夜的餅乾充飢，用留下的礦泉水送進口中。終於，登機的時間到了，我恍惚記得，來時戴著綠色口罩推著行李車的影子緩步而來，但一轉眼，我自己竟也踏上歸途。

曼谷在機翼下漸漸朦朧。

二〇〇九年八月五日至十二日，

曼谷波士酒店——帝日酒店——Silom City inn；

二〇〇九年八月二十六日，改定於香港

（刊於《文匯報・采風》，二〇〇九年十一月九日）

熱帶冬日

天色剛擦黑，六點多鐘吧，著名的帕蓬路（Patpong），男女攤販們才紛紛開檔，只見他們忙著搬貨擺貨，擺賣的主要是贗品T恤、手袋、手錶、銀飾品、翻版光碟、手工藝品和紀念品等。但各個攤位價碼不一，彈性很大，看中甚麼之後，倘若得閒，不妨多走幾檔，比較價錢，再跟檔主討價還價不遲。這時，這分為一、二街的曼谷夜市，巷道間都給東西堆滿，阻住去路，還得拐道，到邊上店舖旁的人行路上走。怪不得的士司機一聽，就說，Patpong？還早著呢！那裡是越夜越精彩！我們當然知道。一路走去，兩三步就有個猛男躥出，手持光碟，低聲道：Show! Show! Show! 不用問，自然是「真人秀」啦！除了熱鬧的夜市之外，這裡也是著名的紅燈區，可能時間尚早，並沒有洶湧的人潮，店門幾乎都半掩，故意讓行人窺見裡面燕瘦環肥的小姐，有的甚至派遣穿著各色比基尼制服的青春女郎，坐在門口閒聊，想必是「活動招牌」吧？半敞的門裡，燈光昏暗，那些女郎站在吧枱上，拉著鋼管扭動，大跳鋼管舞。大約夜未闌，人群還疏落，她們跳得有些懶洋洋。也有許多食肆，每間店門口都站著幾個手持白紙的泰國男人，上面用英文寫著餐點或飲料的價目。走到一家義大利餐廳前，露天座位冷冷清清，只有一個西方肥佬坐著喝啤酒。

這紅燈區起源於一九六〇年越戰時期，招待來休假的美國兵。至今，曼谷街頭上，依然有許多中年以上的西方人，手臂彎挎著年輕的泰國女郎招搖過市。莫非，他們是來這裡尋回失去的青春？這裡物價低廉，尤其用美元換泰銖，更合算；再加上東方情調，難怪他們在這裡如魚得水，樂不思蜀了！雖說是一月中，但曼谷處於熱帶地方，冬天不冷，一般白天二十四至二十五度，早晚二十一度左右，絕大多數人都穿短袖，在大街小巷招搖。那晚我們坐在酒店露天茶座喝啤酒聊天，附近空地站著兩個男人，一面抽煙一面說笑，用我們不懂的語言，不是日語便是韓語。這酒店只有四層，從三樓陽臺外望，可以看到一株海杏樹傲然挺立，在微風中輕擺；近處還有一叢叢咖哩葉。它藏在巷子裡，格局不大，還在擴建中，但軟件甚佳，有給住客提供免費「篤篤車」（即機動三輪車）二十四小時服務，隨叫隨時接送，送到附近的輕軌站轉接。我們常常搭篤篤車來回，特別是夜間，坐在車裡，敞開兩邊，風從四面拂來，街面人流不斷，七彩霓虹光管不絕閃耀，叫人想要乘風歸去。我恍然大悟：難怪早餐在酒店餐廳，舉目所見都是西方遊客。

曼谷到處都可以看到泰式按摩「馬殺雞」（Massage）的招牌，帕蓬路當然也不例外。一看門口的價目表，也只是一小時兩百銖，比酒店附近那家還便宜，但人流繁雜，不敢亂試，萬一入了黑店，那就哭都無謂了！還是回酒店那家，兩百八十銖一小時，可能剛開始經營的關係，招牌不響，店面冷冷清清，沒有其他人光顧。我不免擔心：要是長此以往，如何得了？回心一想，他們開店，必有他們充足的理由，我何必杞人憂天?!兩個人服務一個人，有些誇張，即使那男的看來是實習而已，但女的卻盡力，也是值回票價。事前照例問價，年輕老闆娘說，兩百八十銖一小時。循例殺價：兩百五十銖？她笑答，不能夠。一問一答，也只不過是開場白而已，當然也就一笑了之，誰也不會放在心上。放在心上的，恐怕是灑下的鳥糞了。離開時經過攤檔長廊，忽然人們抱頭疾跑，我見到頭上黑壓壓一片，飛來飛去，在松樹頂周圍盤旋不停，是鳥群歸巢吧？L急忙拉我剛躲進一家有帆布篷上蓋的各式燈泡檔下迴避，那年輕女檔主只是一味微笑，這時一大堆燕子的糞便像驟雨般落下。難怪人們爭相躲避。良久，糞雨依然不止，等到稀疏了，才伺機用餐巾紙遮頭逃亡，但不知何時已經中彈，長褲留下燕子的「彈痕」。

也曾幾次車經曼谷城西的「唐人街」（China Town），那是市內最繁華的商業區之一，從早到晚車水馬龍，長約兩公里，由三聘街、耀華力路、石龍軍路三條大街及許多街巷連接而成。但幾次到曼谷，我都沒下車去逛。這晚從地鐵站走過去，天剛黑下來，一路摸黑，不多久，眼前一片紅燈籠高掛，列成方陣，再往前走，望見一座牌樓高高聳起，上面是曾在北京大學讀書的詩琳通公主所題「聖壽無疆」，簡體字看起來較為稚嫩，卻一筆一劃頗為用心。有一對西方遊客在對面拍照。正走著，驀地一片光明一派喧囂，人來車往，熱鬧非常，抬頭都是中文招牌，不用問，唐人街到了！那兩旁大多是金舖，還有售賣包裝豬肉乾鳳梨乾芒果乾等旅遊手信的商店，當然缺不了二十四小時營業的連鎖店。金舖關門後，一長列人行道就搖身一變，成了熙熙攘攘的街邊檔天下，賣小吃的、海鮮的、魚翅的、燕窩的居多，當然也有賣果汁的。甚至有賣年畫的檔口，叫我赫然省起，春節就在眼前。放眼一望，大牌檔人山人海，幾乎座無虛席，吆喝聲、喧嘩聲，夾雜著營營嗡嗡的人聲，和街道上的大小車聲，組成一首人間世俗生活的交響曲。仔細一聽，人們大都是講潮州話，偶爾也有閩南話。恍惚間，我差點以為身在潮州呢！

這一帶是老曼谷的街區之一，已有近兩百年的歷史，房屋大都比較古舊，商業卻相當繁榮，經營者幾乎全是華人。濃郁的潮汕風情，是這裡的顯著特色。我們坐在橫巷的一處大牌檔，吃一碗豬肉丸河粉，不禁憶起夏天在街邊檔口充飢的夜晚，好像已經很久了，認真一想，那只不過是去年的事情。時光如水流，流向何方？回過神來，欲叫旁邊的小吃，但那泰國女小販耍手擰頭，似乎不賣單個的意思。反正也並不餓，太多吃不了，也就作罷。正自尋思，曾在那一頭行乞的駝背老漢，彎曲近九十度，穿著襤褸的短衫褲，又拐著過來，叫人難過頓生，有點不知如何是好。

但拐入另一邊的巷子，卻有如掉入另一個世界，熱鬧喧嘩頓失，沉寂驟生，街燈孤清，人群寥落，昏黃燈光下，有幾個人各自就著矮桌吃晚飯，原來這裡是古舊市場，賣的是古錢幣、古文物、佛像、鏈牌等。人流稀稀落落，偶然碰到兩個年輕華人女學生，試著問路，不料她們竟能講幾句普通話，表達不太清楚，她們乾脆領著我們，穿過一條街，在馬路口一指，笑道：地鐵站就在那裡！泰國素有「自由之國」、「微笑之邦」之稱，在曼谷，人們的友善微笑，即使語言不通，也很容易讓來客被那種真誠感融化掉。

到曼谷，市中心的「四面佛」不能不去。那個中午，煙香繚繞，許多信徒手持香燭誠心跪拜，還順時針四面敬拜，獻上黃色花環。在門口碰到一個還願的大嬸，就地從守在那裡的女販接過鳥籠，向四面佛方向打開籠門，讓麻雀振翅高飛。大約是在還願吧？但也有用更虔誠方式表達的，除了帶備祭品之外，還僱請駐守那裡的穿著泰式傳統衣帽女郎們，隨著坐在一側鼓鑼管齊奏的男樂隊的節奏，載歌載舞；我見到那一對青年男女在前頭跪著，雙手合十，直到一個段落結束，才起身離去，讓位給一個抱著嬰孩的青年。據說它是因為一九五六年興建Erawan酒店（君悅酒店前身）時，發生一連串不幸事故，因而請來道士作法，並依其建議供奉四面佛供大眾參拜。

酒店接送客人的「篤篤車」

回到君悅酒店喝下午茶，環境優雅，人不多，大家靜靜地喝咖啡、聊天，有偷得浮生半日閒的輕鬆愉快；比起也在鬧市、附在那家超級市場前頭的食肆又大異其趣。那裡只有一橫排高櫈，食客面對著開放的櫥房，填單點菜交給廚娘。正是午飯時間，人流極旺，我們等了好一會才有空位落座。吃完結賬，便宜好吃又便捷，難怪客似雲來。其實曼谷食檔選擇很多，在商業中心便有一處食物中心（Food Court），那晚路過，躲在約有五米長兩米高的魚缸後吃自助晚飯，一碟木瓜沙律，一盤蔬菜卷，一碗肉丸河粉，眼前是大條鯉魚群游過來又游過去，悠然自得的樣子。透過魚缸，在另一面，有一對西方年輕情侶，在嘔嘔細語，不知到他們在說甚麼，但從他們不時傾向對方的親密舉動判斷，看上去很陶醉在兩人世界裡。

可是，那美好的印象，回程時卻給破壞了。過關很慢，也不能怪罪工作速度，他們也要認真檢查呀！但關員態度並不友善，慢了一步，竟大聲呼喝，大有「一朝權在手，便把令來行」的架勢，令人反感。多日來「微笑之邦」的絕好印象，剎那間撲啦啦遁走。但回心一想，十個指頭伸出來還不一般長呢！我又何必苛求？

二〇一一年一月十五日至十八日，初草於曼谷，Salil Hotel；

一月二十三日定稿於香港

（刊於香港《文匯報・采風》，二〇一一年二月十七日）

秋涼大阪

飛機在大阪降落，迎面就有一股秋意，過海關時，那男關員截住我，笑容滿面地說：可以打開嗎？很客氣，但堅定不移，你不能說一聲不，也容不得你說不。即使萬般不願，也只得說好。權在人家手裡，要過關，不能不低頭。倒也沒有翻箱倒莢，稍微一看也就過去了，還給你好好整理回去。本以為可以順利過關了，不料他又說了，可以脫下鞋子嗎？依然還是笑容可掬。也算是到過一些海關，卻從來沒有需要除鞋的遭遇；但到了這個時候，那客氣中帶著不可置疑的命令，令人無法反抗，唯有乖乖聽命。四年前也來過大阪，也被檢查行李，但並沒有脫鞋，不知是我行蹤可疑，還是海關越來越嚴？

但終須過去，帶著一點不快，但這種感覺很快就給笑臉融化了。

秋日，橫街靜靜地在夕陽下躺著，四周悄悄，好像無聲無息，只有秋日的氣息在空中流蕩。久違了，這氣息，它曾經那麼熟悉，當我在北京讀書的時候，秋天便冷不防這樣撲面而來。街面空蕩蕩，有一個男人推著自行車走出家門，騎上去，只見他的外衣在風中向兩邊微微揚起，飛也似的絕塵而去。偶爾也有兩三個穿著中學生校服的女孩，說說笑笑走過去了。到了夜間，這條街更靜了，販賣飲料的自動售貨機依街立在路邊，在黑暗中兀自發出清冷的光。但不論是白天還是晚上，我從來也沒見過有人買那裡的飲料，倒是在商場或地鐵站有不少年輕顧客光顧。

那天中午正自休息，忽然高音喇叭轟然響起，全然不顧四周安靜的氛圍；到底是誰竟如此斗膽如此放肆？哦，原來是收購舊貨的，在沿街吆喝。人一下便給驚醒了，哪裡還能繼續做甚麼清秋大夢？倒是垃圾車叮叮噹噹地駛過，挨家挨戶收集垃圾，那車子上的漢子不時跳下車子，撿起戶主們早就放在門口垃圾箱的那袋垃圾，車子猶自響著輕鬆的音樂，那種清脆，給人以愉快的感覺。

城市有城市的風景，但郊外的紅葉已經紅了，也以它的魅力，誘惑著我們前往。也並不是沒有看過紅葉，在北京香山，在長沙橘子洲頭，紅葉無非是那樣，看來看去也沒甚麼不同，但在不同的地方會有不同的心境，這也正是紅葉令人百看不厭的原由。我記得，那橘子洲頭的紅葉給製成書籤販賣，上面還刻有詩句，但究竟是誰的大作，我已經忘卻了。越是要讓人記得，越是讓人忘卻，造物主給凡人開了怎樣的一個玩笑。

箕面國立森林公園以一條長長而微陡的山路迎接我們，開始還有一些店鋪，售賣各種紀念品，但無論售賣甚麼，都無一例外有女人在油炸紅葉天敷羅。那香氣四溢，誘人甚深。如果不是忌油忌熱，我也早投身顧客行列中，嚐嚐那奧秘了。走著走著，終於見到紅葉，雖然只是一叢，但在萬綠叢中露出一團紅，給人以剎那驚豔的感覺。越到深處，紅葉越多，但依然沒有我原來想像的多。大概天氣還不夠冷吧，我想。走過一處熱鬧地方，定睛一看，那招牌大字寫著「橋本」咖啡館，燈光昏黃從裡頭透出，傳出男中音的渾厚歌喉，我往室內張望，只見一組小型樂隊在娛客呢。那年輕男歌手閉著眼睛搖頭晃腦，正唱得動情。有許多遊人路過，男男女女，也紛紛圍了過來，停下拍照。拍的是那氛圍，還是騰騰熱氣或者香氣？

是下午時分，但兩旁林木森森，遮天蔽日，秋風習習，十分涼快。這秋日，實在是爬山的好日子，難怪迎面下山的，或者從後頭趕上來的人，絡繹不絕。特別是一對對年輕情侶，更是相互牽著手而上，把熱量傳給對方，渾然不覺路途之遙遠。

終於達到目的地，原來只不過是一道不高的瀑布，據說瀑布還是加了自來水才有此等氣勢；儘管如此，但還是迎來那麼多觀瀑布的人，面對的瀑布，雖沒有銀河落九天的氣勢，人們卻也很自得，紛紛以瀑布為背景照相者眾，想要排隊輪候取景，也不是那麼容易的事情。二點四公里的路程，來回便差不多五公里，但這山路好走，只要有心，便不怕不到終點。

不到五點，天色已漸漸暗了下來，上山的勇者還是不斷湧來，我們無心戀戰，只好下山去了。沿途還是陸續有上山的人，走到半路，忽然不見了人影，只有我們兩人的腳步在叩響山徑，山下有燈光，彷彿有人家，在如此深山老林孤獨居住，不是勇者無懼是甚麼？要問我，端的沒有這個膽量。

正走著，一群猴子攔在路當中，大模廝樣地蹦蹦跳跳，悠閒得旁若無人。剎那間，我猛然想起古小說中剪徑的綠林好漢，暗想，要是此時跳出拿著板斧的強人來，這一邊是山林，那一邊是斜坡延綿，無路可逃，那可真是叫天天不應，喊地地不靈，那便如何是好？牠們見我們走來，並不走避，只是閃到一邊去了，也不來搶東西。上山的時候，我們還在納悶，猴子呢？怎麼不見了？不料一入黑，牠們才跑出來搵食；原來是日入而作。想來大概也是日出而息了吧？箕面的猴子，果然與眾不同。

繼續往前走，燈光乍現，原來已回到入口處，山下的舖頭也紛紛關門了，我一看錶，還不到七點鐘呢。大阪的秋天，天色已經大黑，好像香港的深夜一樣。

二〇〇八年十一月四日，於日本大阪

（刊於《香港作家》雙月刊二〇〇九年一月第一期）

尋找溫泉

聽人說，日本人最愛溫泉了。據說，公司組織旅行，那些日本女孩子一見溫泉就要跳進去浸一番，似乎不去溫泉是不可思議的事情。我不解，大概這就是他們的溫泉文化吧？不僅是女的，男的也一樣；或者有過之而無不及。

在初冬的一天，沒有想到我竟也搭上海輪，從大阪駛往九州大分縣，在船上航行了十一個多鐘頭之後，天亮時分，我踏上了別府市的土地。舉目四望，但見到處都在冒煙，乍看還真以為是哪家失火了呢，或者是發生了山火。但，都不是，那是溫泉，別府號稱「溫泉之鄉」，處處是溫泉，來這裡的人，鮮有不去泡溫泉的。

我們住在「太陽谷」，離碼頭很近，但日本酒店一般三點才能入住，只好先把行李託管，自己才可輕鬆上陣。問服務員，附近有甚麼代表性的溫泉，她們說：「不老泉。」光聽那名字就很引人，長生不老？誰不想？那快快去吧！

走一點路便到了，那家溫泉，其貌一般，毫不張揚，靜靜地立在那裡，好像街坊鄰里似的，平易近人，收費不貴，才一百日圓、來泡的人大多上了年紀，他們絕大多數穿著街坊裝束、男浴池只有五六人，在溫泉裡泡，怡然自得，其中一條中年漢子還一面搓身，一面引吭，用他低低的嗓音唱

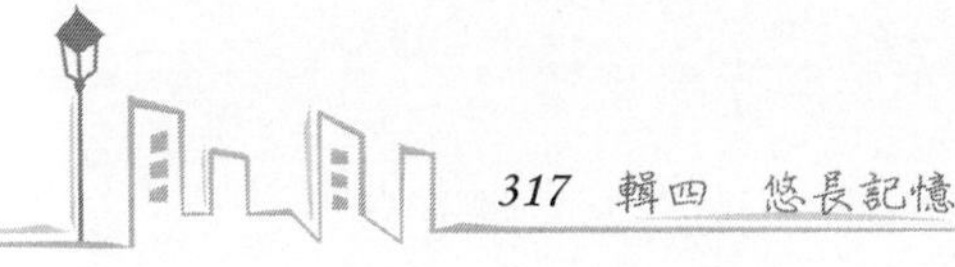

日本風民間小調，似曾相識，但我又說不出是甚麼歌。大概是《柔道龍虎榜》之類吧？

再去附近的「竹瓦溫泉」，好像比「不老泉」莊重些。一進門，坐在收費處的中年女人詳盡地解釋了一番。進到「男浴」更衣，赤條條滑進池子裡，溫泉水暖，毛孔好像都張開了。全池也是五六人，有兩個中年人在池邊的淋浴水龍頭邊刷牙、剃鬍鬚、沖涼、擦背，一面和友人用我聽不懂的日語聊天，自在得好像在自家一樣。我聽著那抑揚頓挫的音調，不覺眼皮沉重。忽然又滑下一條漢子，我乍醒，一看，是個年輕西方人，二三十歲的樣子，也不吭聲，他泡了不到十分鐘，便起身抹身更衣走人。我也匆匆離開，走出浴室，到大廳休息室小歇。陸續又來了兩個外國男女，在詢問洗溫泉事項。

別府以溫泉著稱，來這裡旅遊，都是奔著溫泉而來的，因為除了溫泉，並沒有太吸引人的名勝風景點。其實，光是溫泉就已經夠叫人眼花繚亂的了，哪還顧得其他？

別府溫泉設施極多，放眼一看，到處皆是，凡是冒煙的都是溫泉的標誌。日本是火山活躍的島國，溫泉多得不可勝數，而別府更是以溫泉著名，它共分八大溫泉區：濱協溫泉、別府溫泉、龜川溫泉、柴石溫泉、鐵輪溫泉、觀海寺溫泉，明礬溫泉和崛田溫泉。「竹瓦溫泉」和「不老泉」便屬於別府溫泉區。既然想要探個據究竟，當然我也不會僅此就滿足，於是從別府電車站乘巴士上山，去看「白絲瀑布」。遠遠就望見那水流飛濺而下，我們趕緊冒著毛毛雨下車，徒步而上。爬到跟前，那瀑布也只不過是一道小瀑布而已，不知何故，名聲竟然會這麼響！倘若所抱的希望太大，我看十有八九會失望。幸好我們只是看看而已，順便拍了相片便滿足了，那雨中瀑布的姿態，有寥落的神情，別有一番風味。既然到了這裡，何不就近順道去一下「崛田溫泉」？這半山上的溫泉，又是一種風情，老闆娘一開口言明，沒有香皂，我暗想，溫泉怎麼會沒有香皂呢？但也沒問，她們只講日語，問了也白搭。沒有便沒有吧，反正只是看看個大概，不必計較。這裡人進人出，比較熱鬧，有的人開著車子來，大概路途較遠，並不是街坊。走進去，但見男溫泉分兩處，一部分在室內，另一部分在室外，是露天的，各有捧場客。我本想跑到露天浴池試試，無奈一開門，便感到一股冷風撲面，我打了個冷顫，算了算了，還是不要去充當勇士，乖乖的在室內浸溫泉好了。

最奇特遭遇，該算是在山上「鐵輪溫泉區」的「鐵輪蒸湯」遇到的小插曲了。沿著小徑往下走，那「蒸湯」就在眼前，它上面還標著「足蒸（無料）」（即免費燙腳之意）的字眼，許多年輕男女坐在相連的兩間小室裡，裡頭各有兩張椅子，他們各自把雙腳伸進去、原來是在燙腳呢。

別府的「鐵輪蒸湯」

還是過去浸溫泉吧。進得門來、那日本大嬸又是一輪日語，聽得我似懂非懂。進得男浴室、我依照慣例，脫下衣服就往池裡跳，與我同時進來的一個愛爾蘭年輕人，不到三十吧，就坐在水龍頭前沖涼。我正泡著，忽然有人拍我後肩，回頭一看，不禁大吃一驚，那大嬸赫然站在池邊，指手劃腳不知說甚麼。看那身體語言估計是叫我上來，在大庭廣眾之下要赤裸裸地現身她面前，無論如何有點遲疑，有點尷尬，但她不容分說，便伸手抓我上來；又轉身叫那正在沖涼的愛爾蘭小夥子，示意我們跟著她走出浴室，又是一番雞同鴨講，我們大概也猜得到，是叫我們換上浴袍，鑽進暗暗的密室裡，仰面躺在鋪著麥桿草的床上，身子底下有石頭滾燙。我給焗出一身汗，正尋思要不要棄床逃出去，老闆娘的敲窗聲響起：八分鐘到了！

我舒了一口氣，和那愛爾蘭年輕人相視苦笑，相繼爬出那密室，再度浸溫泉去了。我望著那從我身上掉下，漂在水面的三兩根麥桿草發呆，那老闆娘是夠盡責的了，本來來客交了錢，你去不去焗桑拿是你的事，何必這麼認真？但她不，她要把應做到的服務完成，甚至不惜衝了進來，把我們抓回去。事後這「歷險記」讓我又好氣又好笑。給這溫泉之行平添一個話題。

二○○八年十一月七日至九日，
於日本，九州，大分縣，別府市，太陽谷酒店

（刊於《香港作家》雙月刊二○○九年第一期）

別府陌生人

印象最深的，是在日本問路。

本來盡量不去問路，因為語言不通，再加上問路常常碰到硬釘子或者軟釘子，一句「唔多清楚。」或者乾脆「唔知。」聽得多了，漸漸便失去了信心。但因為有當地朋友導遊，也就做「順德」人，由他去了。

零四年五月到日本，忽然覺得在日本問路，往往遇到熱心的指路人，但感覺還不相這次再訪日本這樣強烈。

平時逛超級市場，因為不懂日語，只好看牌子自己連矇帶猜，解決問題。那些顧客，不論男女，都很熱心地想要見義勇為，只是無法溝通，變成雞同鴨講，最後只好用手勢搭夠，勉強過關，皆大歡喜。這默片雖不能常用，危難時倒可以應急；只要用肢體語言加上眼神，簡直是無往而不利。普通顧客都這麼熱情，更不用說那裡的工作人員了！

日本的電車（也就是我們所說的火車）發達，但一般不見擁擠，大概是因為有冬天的關係，椅子都是沙發式的軟座，很多時候，乘客都不喜歡挨在一起，乘客間都會留個半身的空位，相互保持距離。即使有空位，但一些年輕人寧願靠著車廂的角位，站著打遊戲機。

那天中午在別府問路，那是一個金髮的年輕人，我正要向當地友人示意，但那青年已經指手劃腳地說開了，當然我一句都聽不懂，只好傻等，Z滿口的「係」，一面鞠躬；那青年也一面鞠躬，一面後退，看他明白了，才轉身走開。我一面走一面跟Z發牢騷，都不知道那金毛有沒有誑我們？話剛說完，忽見那金毛一支箭似的飛過來，趕到我們面前，一面一輪嘴地說甚麼。我見雙方一面鞠躬一面「係係」有聲，覺得有趣。說完了，那金毛似還不放心，又領著我們走了好一段路，確定我們不會認錯了，這才又鞠了個躬，才轉身回去了。

我說，這金毛是雷鋒！Z笑道，這樣的人多著呢！

我以為他只是調侃而已，也不放在心上；那天上午也別府，按地圖索驥，索了半天也索不出一個所以然，正好迎面碰上一個中年人，他聽說我們尋找「鐵輪蒸湯」，便說，我正好去那裡，你們跟我來吧！他是別府人，年輕時跑到東京去打工，一打二十年，從不覺得別府有甚麼好。去年退休回來，才覺得別府的可愛。現在他每天上午揹著揹包走路，還說他家就有私家溫泉，在別府，幾乎家家都裝；如果不裝，政府另有補貼。他還是喜歡上公共溫泉，「好多人在一起，那感覺真是不一樣！」他說。他把我們送到溫泉門口，才轉身繼續走他的路。

過幾天在車站等酒店的小巴，Z向一個正站在那裡閒聊的中年的士司機打聽，那胖胖的司機一聽，立刻撇下同伴，告訴小巴上客的時間和地點。我們唯唯，走過去張望，確定地點，又到旁邊的超市看了看，大約過了十五分鐘，就見那胖司機小跑著過來，告訴我們，小巴到了。原來他怕我們搞錯了，不放心。直到我們上了車，他才安心地揮揮手，走了。我甚至有些迷惑：他本來是小巴司機的生意競爭對手，怎麼可能如此豁達和瀟灑？看慣了商業社會你死我活的鬥爭，這現象令我覺得驚奇。

也不僅是司機如此，連餐館侍者也一樣。中午，進餐時間到了，我們爬上二樓，在別府一家具特色的日本餐廳就餐，鄰座有一對青年男女，二三十歲的模樣，還有另一個男的，也是差不多年紀，大概是朋友吧，聲聲笑語傳來，但我聽不懂。那女的千依百順，大部份時間在微笑著傾聽，讓人想起徐志摩「恰似那低頭的溫柔」那句。飯後，她還起身跑出去結賬。

我們坐在日本式矮桌上點菜，老闆娘慇懃招呼，並主動減去兩道菜，勸我們不夠才再叫。咦，見慣了香港的侍者期望食客叫得越多越好的常態，我有點驚異，簡直有點像置身君子國的幻覺。

至於搭的士，司機也彬彬有禮，那次從半山上下來，走了老半天，也不見一個人影。雨後的山徑濕滑，我又冷又餓，有點狼狽，但路上時見道旁人家的小花園，有三五朵的粉紅色秋櫻伸出頭來，好像在跟我微笑著招呼，頓時讓我精神為之一振。終於見到一輛停在路邊，我們便像遇到救星般撲了過去，我的皮鞋早已濕透一半！到了目的地，那中年司機摘下帽子，頻頻說，非常感謝！把我們送出車外。

當然也有印象不佳的，比方在東京潮流地方新宿，走過「歌舞伎町一番街」的時候，新潮少男少女雲聚，有許多貼著女孩大照片的「無料介紹所」（即免費介紹所），原來是色情架步。忽然一陣喧嘩，原來是兩幫染髮文身少年對陣，起先是相互叫囂，繼而以胸膛對撞，目露凶光，口中「荷荷」有聲；我見勢不好，趕快躲到一邊避難。

但他們並不動手動腳，難道是規矩？可惜已經無法查證了。但見街頭熱鬧依舊，燈火如晝，勝似白天。

新宿的又一夜剛剛開始。

二〇〇八年十一月七日至九日，
草於日本，九州，別府，太陽谷酒店；
二〇〇九年五月五日定稿於香港
（刊於香港《文匯報・采風》，二〇〇九年九月二十八日）

後記

與義芝兄論交十八年，從未想及其他事情，今天忽然請他為我在台灣出的散文集寫序，倒真有點始料不及。心潮起伏，晃晃悠悠又回到武夷山，那裡正是初識的地方，在一次文學會議上。後來便有了交往，不密切，但持久。他是詩人、散文家又是評論家，不知為甚麼，儘管相處的真正時間並不多，但我總覺得在精神上我們相當接近。

這本書能夠在台灣出版，要衷心感謝朵拉的引薦，衷心感謝楊宗翰兄的大力支持。當然也要感謝林泰宏兄盡心盡力地責編，而董橋、鄭明娳、袁勇麟諸好友的推介更加無話可說，一切盡在不言中。該說的，恐怕都在這本集子裡說了，我也不再囉唆了。

陶然

二〇一一年二月十七日，元宵

陶然著作年表

《追尋》，長篇小說，香港上海書局一九七九年五月初版；北京中國友誼出版公司，一九八四年九月初版；北京群眾出版社，一九九〇年八月初版。

《強者的力量》，小說散文集，香港文學研究社，一九七九年六月初版。

《香港內外》，小說散文集，福建人民出版社，一九八二年六月初版。

《夜曲》，散文詩集，青海人民出版社，一九八三年一月初版。

《平安夜》，中短篇小說集，廣州花城出版社，一九八五年五月初版。

《回音壁》，散文集，北京中國友誼出版公司，一九八五年十一月初版。

《旋轉舞臺》，中短篇小說集，香港香江出版公司，一九八六年四月初版。

《此情可待》，散文集，香港山邊社，一九八六年七月初版。

《蜜月》，中短篇小說自選集，深圳海天出版社，一九八八年十月初版。

《月圓今宵》，散文集，香港宏業書局，一九八九年一月初版。

《側影》，散文集，香港現代教育研究社，一九八九年十一月初版。

《表錯情》，微型小說集，香港明窗出版社，一九九〇年六月初版。

《心潮》，中篇小說，北京群眾出版社，一九九〇年十二月初版。
《與你同行》，長篇小說，上海文藝出版社一九九四年七月初版；香港知出版有限公司，二〇〇六年四月初版。
《黃昏電車》，散文詩集，北京中國華僑出版社，一九九四年九月初版。
《紅顏》，中短篇、微型小說自選集，北京中國文聯出版公司，一九九五年十一月初版。
《窺》，短篇小說集，桂林灕江出版公司，一九九六年三月初版。
《一樣的天空》，長篇小說，香港香江出版有限公司，一九九六年六月初版；北京人民文學出版社，一九九七年四月初版。
《陶然中短篇小說選》，中短篇小說自選集，香港作家出版社，一九九七年四月初版。
《秋天的約會》，散文集，香港香江出版有限公司，一九九八年五月初版。
《美人關》，微型小說集，香港天地圖書公司，二〇〇〇年初版。
《香港節拍》，散文集，山東文藝出版社，二〇〇二年一月初版。
《「一九九七」之夜》，散文集，浙江文藝出版社，二〇〇二年二月初版。
《紅茶館》，散文集，貴州教育出版社，二〇〇二年四月初版。
《歲月如歌》，短篇小說集，香港天地圖書公司，二〇〇二年初版。
《生命流程》，散文詩集，香港日月星製作公司，二〇〇四年一月初版。

《綠絲帶》，散文集，香港和平圖書出版公司，二〇〇四年九月初版。
《赤裸接觸》（魔幻世界），短篇小說集，上海古籍出社，二〇〇四年十月初版。
《走出迷牆》（都市情話），中短篇小說集，上海古籍出版社，二〇〇四年十月初版。
《一筆勾銷》（故事新編），短篇小說集，上海古籍出版社，二〇〇四年十月初版。
《連環套》，短篇小說集，香港知出版有限公司，二〇〇六年五月初版。
《十四朵玫瑰》，散文集，上海華東師範大學出版社，二〇一〇年五月初版。
《密碼168》，微型小說集，南京江蘇文藝出版社，二〇一〇年九月初版。

主編

「香港文學選集系列」三輯共十二冊，包括小說、散文、評論、筆記選等，香港文學出版社，二〇〇三年七月、二〇〇五年十月、二〇〇九年五月初版。
《香港散文選（2000～2001）》，香港三聯書店，二〇〇四年八月初版。
《共邁旅程——香港作家聯會成立二十周年紀念》，大型畫冊，香港作家聯會，二〇〇八年十一月十五日初版。
《蔡其矯詩歌作品評論選》，香港文學出版社，二〇一〇年一月初版。
《蔡其矯書信集》，鄭州大象出版社，二〇一一年六月初版。

《香港作家作品合集選・散文卷》，香港明報月刊出版社、新加坡青年書屋聯合出版，二〇一一年八月初版。

有關陶然的評論集

曹惠民主編：《閱讀陶然——陶然創作研究論選》，北京師範大學出版社，二〇〇〇年九月初版。

蔡益懷主編：《陶然作品評論集》，香港文學評論出版社，二〇一一年九月初版。

釀文學22　PG0593

街角咖啡館

作　　者	陶　然
責任編輯	林泰宏
內頁攝影	陶　然
圖文排版	蔡瑋中
封面設計	王嵩賀

出版策劃	釀出版
製作發行	秀威資訊科技股份有限公司 114 台北市內湖區瑞光路76巷65號1樓 電話：+886-2-2796-3638　傳真：+886-2-2796-1377 服務信箱：service@showwe.com.tw http://www.showwe.com.tw
郵政劃撥	19563868　戶名：秀威資訊科技股份有限公司
展售門市	國家書店【松江門市】 104 台北市中山區松江路209號1樓 電話：+886-2-2518-0207　傳真：+886-2-2518-0778
網路訂購	秀威網路書店：http://www.bodbooks.com.tw 國家網路書店：http://www.govbooks.com.tw
法律顧問	毛國樑　律師
總 經 銷	聯合發行股份有限公司 231新北市新店區寶橋路235巷6弄6號4F 電話：+886-2-2917-8022　傳真：+886-2-2915-6275

出版日期	2011年7月　BOD一版
定　　價	390元

國家圖書館出版品預行編目

街角咖啡館 / 陶然著. -- 一版. -- 臺北市：釀出版,
2011.07
面； 公分. --（釀文學；PG0593）
BOD版
ISBN 978-986-6095-30-6（平裝）

855 100011557

讀者回函卡

感謝您購買本書，為提升服務品質，請填妥以下資料，將讀者回函卡直接寄回或傳真本公司，收到您的寶貴意見後，我們會收藏記錄及檢討，謝謝！
如您需要了解本公司最新出版書目、購書優惠或企劃活動，歡迎您上網查詢或下載相關資料：http:// www.showwe.com.tw

您購買的書名：________________________________
出生日期：________年________月________日
學歷：□高中（含）以下　□大專　□研究所（含）以上
職業：□製造業　□金融業　□資訊業　□軍警　□傳播業　□自由業
□服務業　□公務員　□教職　□學生　□家管　□其它______
購書地點：□網路書店　□實體書店　□書展　□郵購　□贈閱　□其他
您從何得知本書的消息？
□網路書店　□實體書店　□網路搜尋　□電子報　□書訊　□雜誌
□傳播媒體　□親友推薦　□網站推薦　□部落格　□其他__________
您對本書的評價：（請填代號　1.非常滿意　2.滿意　3.尚可　4.再改進）
封面設計____　版面編排____　內容____　文／譯筆____　價格____
讀完書後您覺得：
□很有收穫　□有收穫　□收穫不多　□沒收穫

對我們的建議：________________________________

____

____

____

請貼
郵票

11466
台北市內湖區瑞光路 76 巷 65 號 1 樓
秀威資訊科技股份有限公司 收
BOD 數位出版事業部

....

（請沿線對折寄回，謝謝！）

姓　　名：__________ 年齡：______ 性別：□女　□男

郵遞區號：□□□□□

地　　址：__________

聯絡電話：(日) __________ (夜) __________

E-mail：__________